講談社文庫

今ふたたびの海(上)

ロバート・ゴダード|加地美知子 訳

講談社

目次

今ふたたびの海 (上)

『今ふたたびの海』の歴史的背景——日本の読者のために

一七二〇年、英国ではドイツの*ハノーヴァーから迎えたジョージ一世が王位についていた。首都ロンドンはヨーロッパ最大の都市で、アムステルダムに次ぐ世界貿易の中心地であった。英国の商業は拡張の一途をたどり、富の追求がロンドンの第一原則だった。この追求にいそしむ多くの会社の株式は、土地とは異なり、税金がかからないこともあって、市民の投資の大きな対象となっていた。一七一三年に*スペイン継承戦争が終結すると、中断されていた貿易活動が再開され、南北アメリカ大陸の新しい市場の開発などをあてこんだにわか景気が訪れた。その中で、スペインが所有するアメリカの植民地との独占貿易権を持つ*南海会社の株価は急上昇を続けるが、一七二〇年夏ついにバブルがはじけることになる。英国経済は大打撃を受け、責任の追及が始まると、莫大な利益を得ていた会社の関係者たちは保身を図り、逃走を試みる者もいた。一方、一六八八年の名誉革命以来国外に追放されていたスチュアート王家の再興を画策する*ジャコバイトたちにとっては、この混乱は巻き返しの好機を提供したのであった。

ロバート・ゴダード

（*を施したものや、その他の歴史的事項については各巻末の用語解説を参照されたい。）

主な登場人物表

【実在の人物】

サー・シオドア・ジャンセン　南海会社の理事で下院議員
ロバート・ナイト　南海会社の財務主任
トマス・ブロドリック　下院の南海事件秘密調査委員会の委員長
ジョージ一世　英国国王、兼、ハノーヴァー選帝侯。南海会社の総裁
ジョン・アイラビー　南海事件で辞職に追いこまれるまでは大蔵大臣
ロバート・ウォルポール　通称ロビン。一七二一年四月までは陸軍支払長官。そのあとは第一大蔵卿、兼、大蔵大臣
スタナップ伯ジェイムズ　一七二一年二月まで北部地区担当の国務大臣
サンダーランド伯チャールズ・スペンサー　南海事件で辞職に追いこまれるまでは第一大蔵卿
ジェイムズ・クラッグズ（父）　一七二一年三月まで郵政大臣
チャールズ・スタナップ　南海事件で辞職に追いこまれるまでは財務長官。スタナップ伯とは従兄弟同士
カドガン伯ウィリアム　陸軍の指揮官。一時期ハーグ駐在英国大使。ウィンザーの森の地主

タウンゼンド子爵チャールズ　一七二一年二月から北部地区担当の国務大臣。ロバート・ウォルポールの旧友で義弟

ジェイムズ・クラッグズ（息子）　一七二一年二月まで南部地区担当の国務大臣

ジェイムズ・エドワード王子　王位僭称者。イギリスのジェイムズ二世の息子で英国王位の正統な継承者であると主張している

ジョン・カータレット卿　一七二一年三月より南部地区担当の国務大臣

ジェイムズ・エドガー　王位僭称者ジェイムズ・エドワードの秘書

ドロシー・タウンゼンド　タウンゼンド子爵の妻でロバート・ウォルポールの妹

クリストファー・レイヤー　弁護士。ジャコバイトの陰謀者

ジョージ・ケリー　フランシス・アタベリーの秘書。ジャコバイトの陰謀者

フランシス・アタベリー　ロチェスターの主教、兼、ウェストミンスターの首席司祭。ジャコバイトの陰謀者

エドワード・ウォルポール　ロバート・ウォルポールの次男で、イートン校の校外寄宿生

ホレイショー・ウォルポール　通称ホレス。一七二一年四月から財務長官。ロバート・ウォルポールの弟

ジョン・プランケット　ジャコバイトの陰謀者

フランシス・ニーガス大佐　ウィンザー城の副統監

チャールズ・エドワード王子　王位僭称者ジェイムズ・エドワードの息子。若王位僭称者

【架空の人物】

ニコディーマス・ジュープ　サー・シオドア・ジャンセンの従僕
ウィリアム・スパンドレル　通称ビリー。数奇な運命にさらされる地図製作者
マライア・チェスニー　チェスニー家の娘
マーガレット・スパンドレル　ウィリアム・スパンドレルの母
イスブラント・ド・フリース　アムステルダムの東インド会社の役員。サー・シオドア・ジャンセンの旧友
サム・バローズ　ロンドンのチェスニー家の下男
ピーター・ザイラー　イスブラント・ド・フリースの秘書
エステル・ド・フリース　イスブラント・ド・フリースの英国人の妻
コルネリス・ホンズスラハー　スパンドレルを殺そうとした悪漢の親分
リチャード・サーティーズ　通称ディック。ウィリアム・スパンドレルの旧友
ニコラス・クロイスターマン　アムステルダムの英国副領事
イヴリン・ダルリンプル　ハーグの英国大使館の代理大使
ジェイムズ・マクルレイス大尉　起伏に富んだ人生をおくる軍人。ブロドリック委員会の秘密の代理人
ヘンリック・アールツェン　アムステルダムのランカールト保安官の代理
ランカールト　アムステルダムの保安官

ビッグ・ヤヌス　アムステルダムの監獄の看守
オーガスタス・ウェイジメイカー大佐　ロバート・ウォルポールの秘密の代理人
ドロシア・ウェイジメイカー　オーガスタス・ウェイジメイカーの妹。一七一三年に転落死
タイベリアス・ウェイジメイカー　オーガスタスの弟。ウィンザーの森の地主
ジャイルズ・バクソーン　エステル・ド・フリースとスパンドレルがスイスで出会った、グランド・ツアーで各地をめぐっているという二人の男のうちの一人
ネイズビー・シルヴァーウッド　エステル・ド・フリースとスパンドレルがスイスで出会ったグランド・ツアーで各地をめぐっているという二人の男のうちの一人
ギデオン・マラブー　スパンドレルにウィンザーの森の地図を売った店の主人

スパンドレルの旅路

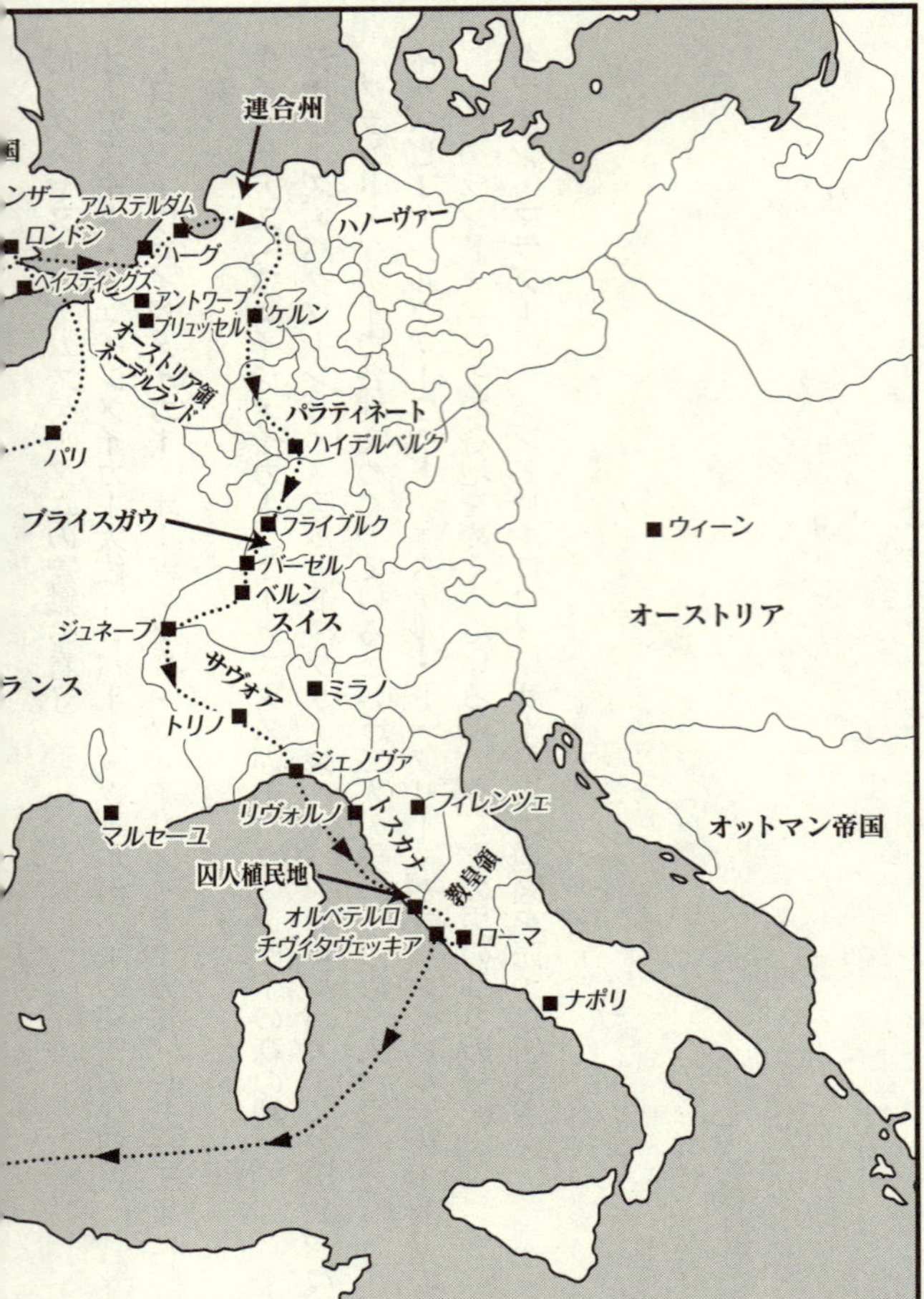
連合州
国
ンザー
アムステルダム
ロンドン
ハーグ
ヘイスティングズ
アントワープ
ブリュッセル
オーストリア領
ネーデルランド
ハノーヴァー
ケルン
パラティネート
ハイデルベルク
パリ
ブライスガウ
フライブルク
バーゼル
ベルン
スイス
ジュネーブ
ウィーン
オーストリア
サヴォア
ランス
ミラノ
トリノ
ジェノヴァ
フィレンツェ
マルセーユ
リヴォルノ
トスカナ
オットマン帝国
教皇領
囚人植民地
オルベテルロ
チヴィタヴェッキア
ローマ
ナポリ

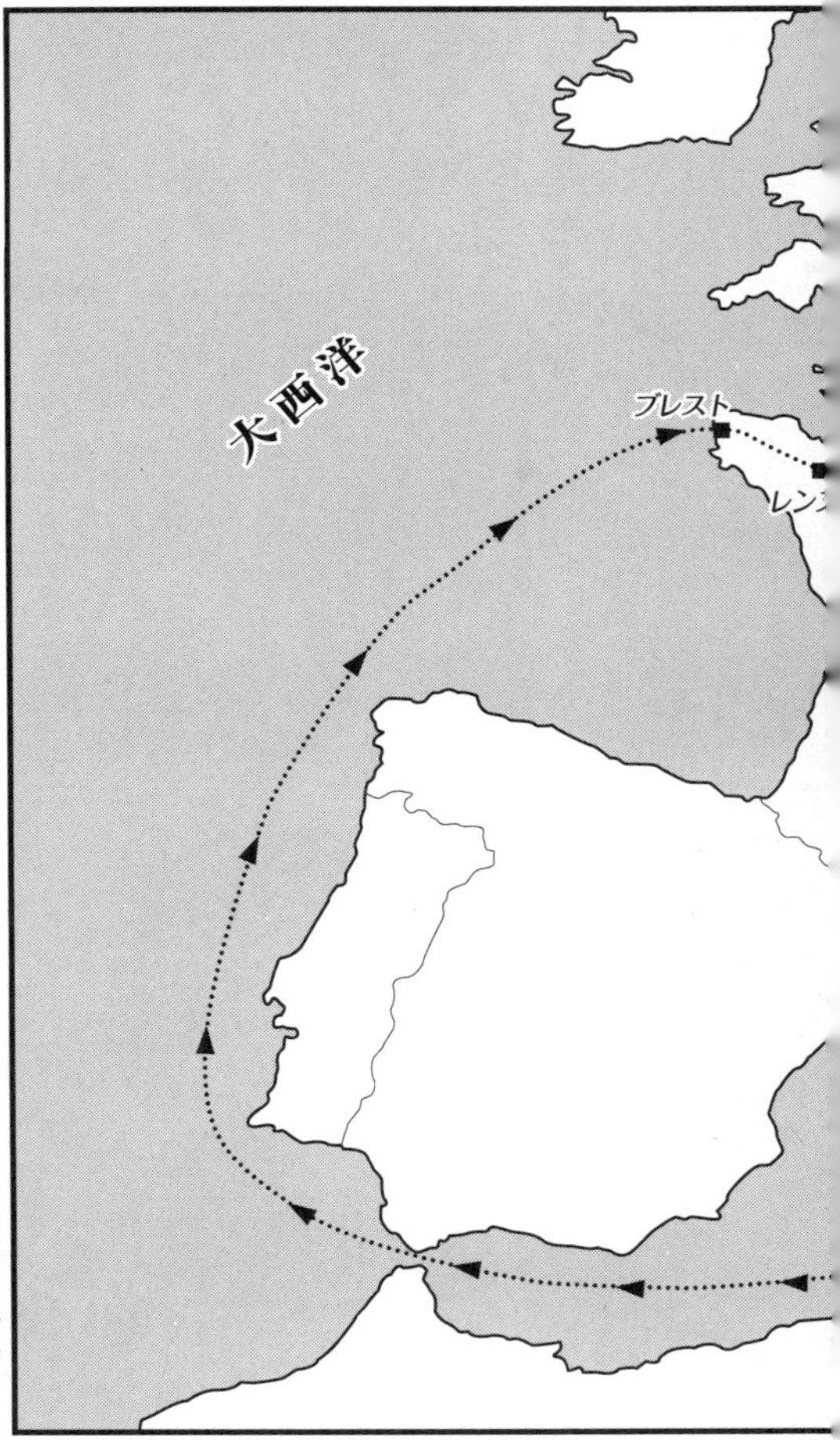

ここに掲げたのは一七二一年から二二年にかけての西ヨーロッパの地図で、この物語に登場する場所や国を記入してある。スパンドレルがたどった道筋は、点線と矢印によって示してある。（モザイクのように入り組んだドイツの州は、呆れるほど複雑で実際に地図にはできないために、この地図では簡略化してあることに言及しておかねばならない）

今ふたたびの海 (上)

商業国家は外的な危険にもまして、飽くなき欲望にたいする金色の餌や、計画立案者の非現実的な野望や、投機家の無謀で狂気じみた夢をより警戒すべきだという、きわめて思慮に富んだ考察がなされてきた。

ジョン・ミラー『南海計画についての信頼できる解説』（一八四五）

「わたしは千パーセントの利益を得た――そしてそのことに満足している」

ロバート・ウォルポール（一七二〇）

第一部

一七二二年一月—三月

1

窮境にある男たち

陰鬱な季節の陰鬱な天候の日だった。夜は冷たく湿っぽく、冷や汗のようにロンドンにまつわりついていた。火床では火があかあかと燃えていたが、サー・シオドア・ジャンセンは暖炉からは遠い客間の窓辺に立っていた。開いた窓の下枠に片腕をのせ、もう片方の腕をブロケード織りのチョッキの胸に斜めにあてがっている。ハノーヴァー・スクエアに向けられた視線は、霧雨にまみれた暗がりのなかに、深まりつつあるおのれの未来の翳《かげ》りを見ているかのようだった。

ごく最近まで、彼は名実ともに押しも押されもせぬ重要人物だった。皇太子の〝特別要請〟による准男爵、下院議員、英国銀行理事、地主、ほとんど伝説になるほどの鋭い眼識を持つ財務家として、尊敬される安楽な晩年を期待できるはずだった。友達もいない若いフランドルからの移民だった彼は、そこから自由商業の新時代の先駆者へと変貌を遂げたのだった。にもかかわらず、彼はいまや破滅の瀬戸際に立っていた。自己変貌を遂げた男は今まさに失おうとしているものを、いずれ取り戻せると考えてみずからを欺くには、あまりにも人生の終盤に近づいていた。

言うまでもなく、大勢の男たちと同様、南海会社（註・三六〇頁の解説を参照）が彼の過ちだった。十二ヵ月前に理事を辞めていれば、それとも、さらにいいのは、最初からその職を引き受けていなければ、この問題を免れることができた。もちろん、すべての金銭的損失を免れるわけにはいかなかっただろう。おそらく、ほかのすべての人々と同じように上がりつづける株に賭けていたに違いない。が、それならたいした痛手ではなかった。彼の富は膨大だったから、ほとんど気にもとめなかったはずだ。しかしながら、この問題は違っていた。これによっておのれの恥ずべき貪欲さと愚かさを露呈せざるを得ないのだ。それは、彼ですら償うことのできない代価を伴うだろう。

状況をさらに厳しくしているのが、部屋の反対側の薪をたっぷり積み上げた暖炉の前で体を温めている男で、彼こそが二年前にサー・シオドアを理事に誘いこんだ張本人だった。ロバート・ナイト。会社の財務主任で、会社の帳簿を保管しているとともに、その秘密を守っている男だった。ナイトもまた破滅に瀕《ひん》していたが、眉をひそめることもなく、快活な微笑をたたえていた。実際の年齢よりも十歳は若く見え、瞳には蠟燭《ろうそく》の明かりとは無関係のきらめきが宿っている。

「どうしてここへきたのかね、ナイトくん？」サー・シオドアが窓辺から振り返って問いかけ、声のかすれを取ろうとして咳払いした。

「明後日、委員会に出頭することになっているからです、サー・シオドア」ナイトが言った。委員会とは、下院の南海スキャンダル秘密調査委員会のことだった。それは占領軍さながら、この一週間ずっと南海本社に居座り、訊ねたいと思う者には相手かまわず尋問し、真相に導きそうだと考えた書類はどんなものだろうと無断で持ち去った。だがじつのところは、真相はすでにわかっていた。南海会社の計画はつねに実現不可能な夢であり、それを信じる決断をした人々の総意によってのみ支えられていたのだ。迷いから醒めた今は、貸し金は凍りつき、資産は霜で壊滅するという残酷な冬の時期だった。調査が続いていた、真実よりもむしろ責任者の追及が。誰もが被害者だったが、誰もが悪人であるはずはない。「わたしは厳しく追及されると思います」ナイトは続けた。「あなたもそう思われますでしょう？」

「ああ、非常に厳しく」サー・シオドアは頷いた。「それは確かだ」

「彼らにどう話すべきでしょうか？」

「わしに助言を求めるためにここへきたのかね？」

「あなたに助言と——援助をお願いするために」

サー・シオドアは眉をひそめた。「どんな援助だね？」

「わたしの旅行かばんの中味の処分です——そう申してもよろしければ」ナイトは体を屈《かが》めて持参したかばんを取り上げ、部屋のなかほどにあるテーブルに歩み寄った。「よろしいですか？」

頭をわずかに傾けて、サー・シオドアは承諾を与えた。ナイトはかばんを開き、背の部分が革の装丁になったぶ厚い本をテーブルにするりと落とした。本のページの切り口は墨流し模様になっていて、わずかにまるくぼんでいる。表紙は緑色だった。

「驚いておられるようですね、サー・シオドア」

「いかにも」

「これが何かご存じですか？」

「どうしてわしが知っているのだ？」

「どうしてご存じないのでしょう？　もっとも——」ナイトはテーブルの反対側に回ってテーブルにもたれかかり、片手をすっと滑らせて背後の本の表紙にのせた。「意図的に知らないとおっしゃってるのでしょうがね。そう申し立てるためのリハーサルというわけですか。もしそうなら、そうした努力を省いて差しあげますよ。あなたはこれが何かご存じです。わたしにはそれがわかっています。ほかの人なら騙《だま》せるでしょう。あなたがうまくおやりになるように願います。ですが、わたしを騙すことはできません」

「ああ」サー・シオドアは顔をしかめた。「確かに。しかし、すべてが語られ、すべてがなされた暁《あかつき》には、いかなる弁明も完全にくつがえされる」

「われわれの事業につきもののリスクにはお気づきでしたね、サー・シオドア。ご存じなかった振りはしないでください」

「わしが気づいていたと？　今になると、ずっとうまくいくと考えたのが不思議な気がする」

そう思っているのはサー・シオドア一人だけではなさそうだ。イギリスじゅうで身分の高い人々や善良な人々が、にわかに貧しくなった人々やもはや金持ちではない人々が、他人にではないにしても自分自身に同じ疑問を投げかけていた。どうしてあんなことがうまくいくと考えたんだろう？　指をぱちっと鳴らして三千万ポンドの国債をある会社の暴騰する株式に変えてしまうことが、魔術さながらの魅力的なことに思われたのだろう——その会社の実際の商業的な資産はそれよりはるかに低かったのだが、南海貿易から見込まれる潜在収益はまさしく無限だった。そして、言葉巧みなロバート・ナイトが疑いを抱くすべての人々の心を動かした、言葉によってではなくとも……より具体的な説得手段によって。しかしながら、いまや魔術師は詐欺師であったことが暴露された。彼に協力した人々は、彼の傀儡《かいらい》、もしくは、彼の共犯者のいずれかだったと認めねばならない厳しい選択を残された。

「わしは個人的に豊かになることより、もっと大きな望みを抱いていたんだ、ナイトくん」サー・シオドアは続けた。「これはすべての人々にとってのすばらしい新世界の始まりだと見ていた。われわれは慈善事業の実践にのりだしたと信じていたんだ」

「その主張を委員会に持ちだされるのはお薦めできませんね」

「これは主張ではない。事実だ」

「それで投獄されずにすみますか？　そうは思えません」

「何か方法があるとでも？」

「おそらく」ナイトの指が本の表紙にとんとん打ちつけられた。「もっと容赦ない真実がわれわれを救えるかもしれません」

「われわれ？」

「あなたとわたしですよ、サー・シオドア。あなたとわたしと、あなたの同僚の理事の方たち。それに、その友人でいらっしゃるすべての高位高官の方たち。多くの友人たち。非常に高貴な方々。引きずり落とすことは許されないほど高貴な方だと思いますよ。転落にたいする人々の恐怖が奇跡をもたらします。その奇跡こそが、われわれの必要とするものです」

「きみに必要だったのは援助だったはずだが」

「厳密に言えばね。大きな目的にとってはささやかなことです」彼の指の動きがとまった。

「この本がわれわれの救いになります。ただし、これを破棄するだろうわれわれの友人たち、屋根の上からこの秘密を喚《わめ》き立てるだろうわれわれの敵、その両者からこれが安全に守られているかぎりは、ということですが」

「それなら、きみがそれを安全に保管するよう提言するよ」

「どうしてそんなことが可能なんです？　南海本社には安全な場所など残っていません。ブロドリック氏が彼の捜索者たちにあらゆる窪みを探らせています」トマス・ブロドリックは調査委員会の委員長で、南海会社とその全事業に公然と敵対している男だった。彼が献身的に、かつ張り切って自分の任務に取り組んでいることを、サー・シオドアに告げる必要はなかった。それには触れないまま話は進められた。「わたしがここにとどまれば、彼らはこれを見つけるでしょう」

「ここにとどまれば？」

「あるいは、わたしが逃亡したとしても」

「逃亡すると言ってるのかね？」

「そうは言ってませんよ」ナイトは微笑した。「言いましたか？」

サー・シオドアは目を細めた。いきなり力まかせに背後の窓をぴしゃっと閉めると、互いの駆け引きにうんざりしたように、こう問いかけた。「わしに何を頼みたいのだ？」

「この本を預かっていただきたいのです」

「どうしてわしに？」

「あなたは理事会のメンバーのなかでもっとも高名な方ですから。それと同時に、もっとも信頼できる方です。それに、もっともパニックを起こしそうもない方です。今日、南海本社の外の通りで、カズウォールとマスターが殴り合いを始めました。教訓的な光景とはとても言えませんでしたよ」

「わしを持ち上げているようだな、ナイトくん」

「いいえ、まったく。単なる事実を述べているだけです。あなたはわたしが申したとおりの方です」

「仮にそうだとしても、なぜわしが預かるほうが安全なんだね？」

「まさかわたしがそんな書類を人に渡すとは誰も考えないからです。それにあなたには生まれ故郷に、これを預けられる長年の知己《ちき》がおありだからです。そうなれば、わたしにはその在処《ありか》もわからない。わたしを締めあげても情報を絞りだすことはできないし、誰もあなたから絞りだそうとは考えないでしょう。この本が国外にあるかぎり、われわれにたいして取られかねない行動も制限されます。これはわれわれ二人にとっての保険証になるのです。それにわれわれの同僚にとっての」

「彼らのことを考えているのかね？」

「いいえ」ナイトはにやりとした。「あなたがお考えかもしれないので、言及したまでです」

「きみがそれをわしに渡したことがわかったなら、わしはその内容を知っていたと思われるだろう」

「だがもちろん、あなたはご存じない」ナイトの微笑が大きくなったが、すぐにかき消えた。「わかるはずはありませんよ。どうしてわかりますか？　これを受け取ることについても、密使を送ることについても、あなたの選択を信じます。あなたを全面的に信頼していますから」

「わしがきみをほとんど信頼していないように、きみもわしを信頼しているとは思えないがね、ナイトくん」

ナイトは心底、傷ついたように見えた。「どうしてそんなことをおっしゃるんです？」

「信頼はもはや問題ではないだろう？　信頼していたら、われわれは今もうまくやっているはずだ」

「それなら、何が問題ですか？」

「絶望だよ」サー・シオドアは重い吐息を洩らし、ゆっくりとテーブルに歩み寄ると、そこで足をとめて緑色の表紙の本を見おろした。「完全に望みを絶たれたことだ」

「そうでしょうね。そのことで議論はしません。質問はごく単純なものです。これを引き受けてくださいますか？」

「引き受けるようなら、わしは狂っているだろう」

「引き受けなければ、もっと狂ってますよ。これには多大なものがかかってます。単なるわれわれの個人的事情ではすまないものが。はるかにそれを超えるものが。ところが、偶然にも」――ナイトの声音は甘いねっとりした響きを帯びた。南海会社の事業はけっして失敗しないと、そんなことはあり得ないと思われていた過去の日々に、彼が大勢の人々を説得するのに用いた声音だ――「われわれの利益と国の利益が一致するのです。われわれの救済はすべての者の救済なのです」

「じつに喜ばしいことだな」

「引き受けていただけますか?」ナイトはもう一度問いかけた。

サー・シオドアはしばらくじっと彼を見ていたが、やがてこう告げた。「きみを引き留めはしないよ、ナイトくん」

「持参したものを置いていってもいいですか?」

「きみは何も持ってこなかった」サー・シオドアは片眉を吊り上げた。「そのことは諒解《りょうかい》ずみのはずだが」

ナイトは頷いた。「きわめて明確に」

「では、もうこれ以上言うことはない」サー・シオドアは本を取り上げ、部屋の隅に置かれた大机のほうへ持っていった。引きだしのひとつにそれを入れると、錠にさした鍵をまわして、鍵をチョッキのポケットに落とした。「そうだな?」

ナイトが立ち去ってから一時間後、サー・シオドアは緑色の表紙の本がそのなかにロックされたままになっている大机の前から立ち上がった。彼はグラスに入ったポートワインを飲み干し、一時間の大部分を費やして書いた手紙を見おろした。そう、結局のところ、伏せねばならない部分はできるだけ伏せたものの、必要なだけのことはすべて打ち明けてしまった。もっとも古くからの、もっとも信頼できる友人にくれぐれも用心するよう促した警告は、いささか度を越しているとはいえ、明らかに必要な警告だった。手紙に封をすると、彼は部屋を横切って呼び鈴の引き紐のところへ行き、紐を引っぱった。

数分が過ぎ、そのあいだサー・シオドアは消えかけている暖炉をじっと見つめていた。右手の親指と人差し指で、もう片方の手の小指から金とダイヤモンドの指輪をゆっくり抜き取った。それは、八ヵ月前にセント・ジェイムズ宮殿で開かれた国王の誕生日パーティのときに、皇太子から贈られたものだった。その頃は晴れた春の空から富が降り注ぐように思われ、一ポンドの南海会社の株が翌日には十倍になり、翌々日には百倍になることを誰も疑わなかった、というか、誰ひとり疑おうとしなかった。彼自身の持ち株もその頃には百万ポンドに達していたに違いない。百万ポンド、そして、それがさらに一兆になるという夢。それが今は無になっている、まったく価値のないものに。

ドアにノックの音がした。サー・シオドアの雑事いっさいを取り仕切っている忠義な従僕、ニコディーマス・ジュープが部屋に入ってきた。四十歳かそこらの、痩せて厳《いか》めしい顔つきの鷲鼻の男だったが、彼には、この世におけるおのれの価値を過大評価も過小評価もしていない人間に特有の雰囲気があった。卑屈さはみじんもないが謙虚で、出過ぎたところはみじんもないが洞察力があった。サー・シオドアにとっては、いかなるときにも完全に信頼できる男であり、彼の頼もしさの真髄ともいえる冷徹な有能さが、彼と彼の主人のあいだに存在する相互信頼には欠くことのできないものだった。彼ら二人が陥った窮境から自分を救いだしてくれることを、彼はサー・シオドアに期待していた。事実、そう求めた。彼自身も救いをもたらすことができるなら、どんなことでもするつもりだった。だが、そこまでが彼の忠義の限界だった。事態はあまりに遠くまで突っ走ってしまった。とはいえ、地の果てまで行ってしまったわけではない。

「大机の上に手紙がある」サー・シオドアは告げた。「今夜すぐに送らねばならない」

ジュープは手紙を取りにいき、宛先に目を走らせた。彼の顔にはなんの反応もあらわれなかった。

「すまないな、こんな時間に。緊急の用件なのだ」

「わかっております、サー。ただちに出かけます」

「そのまえに、もうひとつ頼みがある」

「はい、サー？」

「窮迫状態にある地図製作者、スパンドレルだが。彼をまだ見張っているのかね？」

「見張っております。そのうちかならず、定められた場所から出てくるに違いありません。そのときには彼を捕らえます。でも現在のところは――」

「拘禁区域（註・三六二頁の解説を参照）にとどまっている」

「そうです」

「彼に会いたいのだ」

ジュープの目が驚きでわずかに丸くなった。「で、そちらも……緊急の用件なのでしょうか？」

「そうだ、ジュープ。間違いなく」

2

使われていない歩行距離計

キャット・アンド・ドッグ・ヤードの簡易宿泊所の、ウィリアム・スパンドレルが母親といっしょに暮らしている薄暗い屋根裏部屋に、夜明けがゆっくりとためらうようにやってきた。スパンドレルに夜明けの到来を歓迎する気はなかった。すすけたような灰色の光は、壁の漆喰《しっくい》の割れ目や、その下の煉瓦積みの崩れた状態を目立たせるだけだ。親指に塗りつけただけの石鹸を顎にのばして鈍い剃刀《かみそり》で髭を剃りながら、彼は鏡のかけらに映った自分のひび割れた映像をしげしげと眺めた。くぼんでいくばかりの頬骨、黒いくまのある目、それらの陰に隠れようとしている負け犬の卑屈な表情。いわば暗闇がせめてもの逃避なのに、誰が夜明けを歓迎できるだろう？

彼は屋根窓の内側の南向きの壁にその鏡を釘で打ちつけてあった、万一、そうしなければならない羽目に追いこまれたときには、すくなくとも喉を切り裂くのに必要な光が確保できると考えてのことだった。手のほどこしようのない彼の窮状を考えると、いつかそんな日がくるのは充分あり得ることだった。彼が窓の外へ目を転じたなら、居酒屋〈パンチ・ボール・タヴァーン〉の垂れさがった棟木《むなぎ》のかなたにぼんやり見えている、フリート監獄の矢来《やらい》をめぐらした塀が目に入っただろう。南海のあぶく《サウス・シー・バブル》がはじけ、それとともに数千の甘い富の夢が潰《つい》えたあと、急に貸し金の取り立てが厳しくなったために、その思いがけない被害者となったスパンドレルは、去年の秋に懲罰として十日間そこに収監されたのだった。厳密に言うと、それらの夢のなかに彼の夢が含まれていたわけではないが、南海事件の規模での商業活動の破局は、深く苛酷な影響をおよぼし、それから免れたと信じていた人々にまで苦悩をもたらしたのだ。

スパンドレルにも今になってわかるのだが、自分は免れたと考えたのは、彼自身は南海の株に手を出さなかったという、たったそれだけの事実に基づいた空頼みでしかなかった。彼は父親の骨の折れる測量の仕事を手伝わねばならず――それは『英国国王ジョージ一世陛下の御世におけるロンドン市ならびにその周辺の正確にして権威ある地図』という彼らのもっとも誇り得る仕事になるはずだった――あまりにも多忙だったために、たとえ投資するだけの資金を持っていたとしても、株式市場の投機に加わることができなかった。一方、世間の男たちやその妻たちは投機に走り、最初はうまくいったが、結局は悲惨な結果に終わった。

立派な紳士たちがまもなく金箔ばりになるはずの応接間の壁に飾るために、地図のコピーを買うと父のウィリアム・スパンドレルに約束し、彼の計画のためにすすんで資金を貸した。ところが、彼らの足元で財政的な裂け目がぱっくり口を開けたとき、彼らは今度はその資金を取り返そうと躍起になった。地図は焦りをおぼえるほど完成が間近に迫っていた。しかし、それがなんの役に立つだろう。突然、顧客がいなくなり、債権者だけが残った。父のウィリアムはその心労で病に倒れた。彼には監獄で生きながらえるだけの体力はなかったから、彼が収監されずにすむように息子のウィリアムが父の負債の責任を引き受けた。執行吏は当然、息子のところへやってきた。だが、いずれにしても父親は亡くなった。スパンドレルの犠牲もむだだったのだ。

監獄での彼の情況があまりにも悲惨だったので、彼の母親はふだんは吝嗇《りんしょく》な兄をなんとか説き伏せて五ギニーを出してもらい、監獄の拘禁区域内にある簡易宿泊所で暮らす自由を(そこはとにかく、監獄の塀の外だった)彼のために買った。それはかぎられた自由ではあったが、フリート監獄の恐怖に較べればはるかにましだった。やがて彼の心からその恐怖が薄れていくにつれ、代わりに新しい恐怖が生じた。本当に自由になる日がふたたびくるだろうか？　壺のなかの蠅として過ごさねばならないのか、人生の盛りを？　そこから逃れる道はないのだろうか？

この一月のじめじめした朝、確かに道はなさそうだった。部屋の隅には、母親が暖炉の前に吊るした洗濯物になかば隠れて、彼と彼の父親がロンドンの通りを押してまわった歩行距離計の一台が置かれていた。その機械はきわめて正確に距離を計測する。だが今はその車輪に錆が浮かんでいた。すべてのものが、希望さえ腐食していく。彼らがすでに描いた地図の形になった図面は彫版工のところにあったが、その男にはそれまでの仕事の代金を払っていなかったから、おそらくそこに置いたままになっているものと思われる。スパンドレルがフリート監獄の求める規則どおりに、キャット・アンド・ドッグ・ヤードに拘禁されているかぎり、これ以上図面が作製されることはないだろう。それだけは確かだった。

測量が彼の知っているすべてだった。彼は父親の忠実な徒弟だった。だがこんな時期に測量師は誰からも必要とされない。彼がこの朽ちかけた屋根裏部屋から測量できるのは、おのれの未来に横たわる不毛の地でしかなかった。自分が失ったものを考えることにはとうてい耐えられなかった。去年の夏には、美しいマライア・チェスニーと結婚する望みを抱いていた。地図の計画は父親がこれまでに考えた最高の思いつきだと思われた。しかし、いまやすべてが無に帰した。マライアは彼からもぎ取られた。父親は亡くなった。母親は洗濯女になった。そして、彼は洗濯女の手伝いに成り果てた。

ドアにノックの音がして、彼は母親だろうと思い、こんなに早く戻ってきたのにちょっと驚きながら振り返った。妙なことに、それは母親ではなかった。

黒っぽい衣服と灰色がかった黒い鬘《かつら》をつけた痩せた男が、横木にぶつからないようにすこし体を屈めて戸口に立っている。くぼんだ、すばやく動く目が、鋭いとがった鼻とあいまって、腐肉を捜す奇妙な猛禽《もうきん》のような印象を与える。彼は何かを見つけたと思ったようだ、スパンドレルはふっとそう感じた。

「ウィリアム・スパンドレルだな」男は言った。それは質問ではなかった。否定を抑えこむ告知のような響きがあった。

「はい」スパンドレルは用心しながら認めた。

「わたしの名前はジュープ。サー・シオドア・ジャンセンの代理の者だ」

「あなたが？　はあ、しかし……」スパンドレルは剃刀をおろし、顎に残っている石鹸を拭った。「ご覧のように、サー・シオドアのためにわたしにできることは何もありません」

「あんたは多額の金を彼から借りているな」

それだけは否定できなかった。事実、サー・シオドアはある意味で彼の主債権者だった。サー・シオドアが数年前に買ったウィンブルドンの地所の測量を手がけたスパンドレルの父親は、地図の計画を思いついたときに、サー・シオドアに後援してほしいと頼んだ。その頃、あり余る現金を持っていたサー・シオドアは喜んでその願いを聞き入れた。その彼も今は、南海会社の理事として絶望的な立場にあるようだ。借りた新聞や、中庭で洩れ聞いた会話などから、スパンドレルもその程度の情報は手に入れていた。とはいえ、助けを必要としている彼の多くの債務者のなかの、もっとも不運な者に匹敵するほど絶望的であるはずはない。

「サー・シオドアは負債の清算を望んでおられる」ジュープはそう言いながら部屋のなかへ入ってきて、みすぼらしいわずかな家具を見まわした。

「わたしもそれを望んでおりますが、自分の望んでいることを考えて苦しむよりは、自分に課せられたことをやるのが良策と存じます」

「サー・シオドアも同じお考えだ」

「それなら、どうしてここへこられたのですか？」

「あんたがサー・シオドアにささやかな、しかしながら重要な奉仕をすることによって、その負債を——それに、ほかの負債もひっくるめて——清算する機会をあんたに差しだすためだ」

「これは何かの冗談ですか？」

「わたしが冗談を言うような男に見えるかね？」確かに見えなかった。「いいかね、わたしは、あんたがここで送っている生活からあんたを——それにあんたの母親を——救いだす機会を差しだしてるんだ。それを無視することができるかどうか、よく考えるんだな」ジュープは垂れさがっている漆喰の切れっぱしをじろっと見た。「つまり、これが生活と言えるとしてだが」

「お許しください」スパンドレルはむりやり微笑をつくった。たぶん、と彼は自分に言い聞かせた、サー・シオドアは自分も関与した背任行為によって破産へ追いやられた人々にたいし、寛大になろうと決心したのだ。今さしあたっては思いだせないとはいえ、もっと奇妙な話だって聞いている。これが本当なら、この苦境から抜けだす道が実際にあるのかもしれない。「当然ですが、負債を免除してくださるなら、喜んでサー・シオドアにいかなる奉仕でもいたします」

「当然だな」ジュープはうっすらと傲慢さをにじませた微笑を彼に向けた。「あんたが言うように」

「サー・シオドアはわたしに何をしろとおっしゃるのですか？」

「ご自分で説明されるだろう。あんたに会ったときに」

「ここへお見えになるんですか？」

「とんでもない」その問いかけがどんなにばかげたものかをスパンドレルに知らせるために、ジュープは片眉をしかめて見せた。「あんたが行くんだ」

「でも、それはできません」

「行かねばならない」

「わたしをばかだと思ってるんですか、ジュープさん？」効果的に仕組まれた罠《わな》が、しだいにスパンドレルに見えてきた。「獄外拘禁区域の外へ足を踏みだせば、わたしは逮捕されます」それこそがこんなことをやらせるただひとつの目的だと思われた。

「日曜日にはそうではない」

もっともな反論だった。安息日には負債者を逮捕することはできない。それはスパンドレルにとって週に一度の自由な息抜きの日で、文無しにもせよ、彼はロンドンの通りを自由に歩きまわった。ときにはもっと遠くへ、周辺の田舎のほうまでぶらぶら出かけたが、その日のうちに戻れないところまでは行かなかった。彼の首には目に見えない紐がついていて、それがいつも彼を引き戻すのだ。

「サー・シオドアはそのときにお会いになる」

「わかりました」

「日曜日の午前九時に。ハノーヴァー・スクエアの彼のお屋敷で」

「お伺いします」

「かならずくるんだぞ、いいな。時間を守るように。サー・シオドアは時間厳守を重んじられる」

「何か——持参するものがありますか？」

「あんたの体だけでいい。サー・シオドアが求めておられるのはそれだけだ」

「ですが……どうして？　わたしに何が——」

「これ以上の質問はなしだ」ジュープの張り上げた声がふいに部屋じゅうに響いた。が、すぐに普通の声に戻った。「日曜日に答えが手に入るだろう。あんたがそれを気に入るよう願っている」

スパンドレルは気分が高揚しているのか、それとも、サー・シオドア・ジャンセンの前に呼びだされることに不安になっているのか、自分でもわからなかった。まったく予期しないときに、すべての苦難から抜けだす道が目の前に開けたのだ。とはいっても、これがまだもっとひどい苦難へと彼を導くかもしれない。そこには胸にひっかかるものがあった。サー・シオドア・ジャンセンのような階層の人間が、スパンドレルのような階層の者にたっぷりと慈善を施したりするはずがない。そんなことは物事の本質にはないことだ、すくなくとも、豪商の本質にはあり得ない。

愚かさと自信過剰がスパンドレルの父親を負債へ追いこんだ。彼は自分たちの計画のために、入手できるもっとも高価な器具が必要だと主張した。まっさらの経緯儀、歩行距離計、目盛りつきの計測鎖。そのどれひとつ、残っていない。暖炉のそばに置かれた歩行距離計はあまりにも古くて、執行吏さえ見向きもしなかった。父親は有望な顧客を気前よくもてなし、地図のすばらしさと精密さを説明するあいだ、食べ物や飲み物を出し惜しみすることはなかった。種を撒く農夫さながら、金を撒き散らした。ところが彼が収穫したものといったら、反古《ほご》にされた約束と未払いの請求書だけだった。息子のスパンドレルが彼から受け継いだものといったら、地図製作者の気質と、利子がついて数百ポンドにまではね上がった負債だけだった。

スパンドレルは、窓から飛びだして空からロンドン市の地図を作製し、それだけの金を稼ぐことを空想していたほうがよかったかもしれない。しかしながら、サー・シオドアはそれを稼ぐ手段を彼に提供しようと決めたようだ。どんな方法で？　彼はそのために何をしなければならないのだろう？　彼にそれほどの価値のあるどんな奉仕ができるのだ？　わけがわからなかった。

それでも日曜日の朝には、もちろん、ハノーヴァー・スクエアへ出かけて行く。行くだけではなく、サー・シオドアに頼まれたら、どんなことでも引き受けるだろう。彼に選択の自由はなかった。だが、それは彼に疑念がなかったということではない。希望がよみがえった。しかし、それには疑念がつきまとっている。


その朝、もうしばらく経ってから、汚れた洗濯物を背負ってキャット・アンド・ドッグ・ヤードへ戻ってきたマーガレット・スパンドレルは、息子が部屋の窓から外の景色を眺めているのを見つけた。それは母と息子のどちらもすっかり見飽きた景色で、いくら眺めたところでなんの役にも立たない。すでにいい加減疲れていた彼女は、息子のひどく物憂げな様子を目にして、たちまち苛立ちをおぼえた。

「母親が帰ってきても、ねぎらうためのお茶もいれてないのかね？」彼女は嚙みつくように言った。「わたしが出かけていたあいだ、おまえは何もしないで、ばかみたいにそこにすわってたのかね？」

「考えごとをしてたんだ」ウィリアムは答えた。

「考えごと？」スパンドレル夫人は心の温かな女だった。愛する男と結婚して五人の子どもに恵まれたものの、幼児期を無事に生き延びたのは一人だけだった。おまけに早くに未亡人になったあげく、想像もつかなかったような貧しい境遇に陥ってしまった。考えごとは、なるべくなら彼女がしたくないことだった。「おまえのことは諦めたよ。もうすっかり」

「ううん、そうじゃないだろう、かあさん」

「もうほとんど諦めてるさ、ほんとに。さあ、これの洗濯にとりかかるまえに、お茶でも飲もうよ」彼女は洗濯物の大きな包みを床に落とし、溜め息をつきながら暖炉のそばの椅子に体を沈めた。「それと、うちへやってきた謎の訪問客が誰だったのか話してくれるね」

「訪問客なんかなかったよ」やかんをあたためるために消えかけている暖炉に石炭のかけらを投げこみながら、ウィリアムは言った。

「陛下《したた》でアニー・ウェルシュに会ったら、すこしまえに見知らぬ男が訪ねてきたと言ってた。きちんとした、立派な身なりの男だったそうだよ」

「あの女がものすごいお節介焼きだということは知ってるだろう」

「でも、しょっちゅう間違ったことを言うわけじゃないよ」

「それなら、今度は間違ってるんだ」

「彼女の作り話だって言ってるのかい？」

「違うよ。その男はほかの人を訪ねてきたんだ、それだけのことさ」ウィリアムは母親ににっこりした。最近は彼の笑顔を見ることはめったになかったし、彼の微笑はいつも母親の心を明るくした。「きちんとした、立派な身なりの見知らぬ男がおれになんの用があるんだ？」

3

遊歴の騎士

その土曜日、ウィリアム・スパンドレルが南海本社の会議室の壁にとまっている蝿だったとしても、サー・シオドア・ジャンセンが彼に求めている奉仕がどういうものか、推測できたかどうか疑わしい。そのとき会議室では、薄暗いために蠟燭が灯され、雨が窓に叩きつけるなかで、秘密調査委員会はロバート・ナイトにたいする尋問を始めた。滑らかな弁舌と機敏な頭脳を駆使するナイトは尋問者より上手《うわて》だったが、その彼でさえ最後にはぼろを出しかねない。とにかく、それが委員長のブロドリックの計算だったに違いない。質問がますます微に入り細にわたり、返答がますますのらりくらりと回避的になるにつれ、スキャンダルの核心部分が必然的に表面に出てくるだろう。結局のところ、委員会にとっては時間が味方だった。その日の夕方に散会になったとき、彼らはまだナイトが巧みにめぐらした混沌とした藪に、道を切り開くことはできなかった。しかし、月曜日にはかならずや切り開いてみせよう。

陰鬱で冷え冷えとした日曜日の夜明けが訪れた。雨足はすっかり弱まり、町は静まりかえっていた。スパンドレルは眠っている母親をそのままにして家を出たが、目を覚ましたときに息子がいないとわかっても、彼女は心配しないと知っていた。彼が安息日にぶらぶら歩きまわるのには慣れっこになっている。だがこの安息日の朝はあてどなくぶらついているのではなかった。彼には目的も行き先もあった。やるべき仕事があるとわかって張り切っている男に特有の力強い足どりで、彼はハイ・ホーバンを歩いていった、その仕事がどんなものか見当もつかなかったとはいえ。

彼と父親が多くの時間と努力を注ぎこんだ地図を彼はもう所有していなかったけれど、それは今も脳裏にあった。ロンドンの巨大なネズミの迷路は彼の記憶にくっきり焼きついていた。彼に負けないくらいそれに通じている者はほとんどいない。囲い地、袋小路、四辺を街路に囲まれた広場、狭い小道。ハノーヴァー・スクエアへ行くのに、彼は六本の迂回路を選ぶことができたし、迷わず的確にそれをたどることができた。けれどもいちばん近い直線ルートを進む気になったのは、用心からではなく気がせいたからで、彼はセント・ジャイルズを通りすぎ、ブロード・ストリートの南のほうへカーヴしている道を歩いていった。誇張ではなく、遅れることは絶対に許されなかった。

まもなく彼はタイバーン・ロードに出た。左側には優雅な近代ふうの邸宅が並び、右側には建物の敷地と空き地が交互に並んでいる。ここはロンドンの街の西のはずれで、新しい富が古い土地へ蔓《つる》を伸ばしてきた地域だった。ところが、南海の不幸な事件がその蔓を断ち切った。建築は中断した。北側に見える建ちかけの家並みはもう完成することはない。もうすぐ、西のハイドパークのあたりまで地図に書きこまねばならない入り組んだ通りができるはずだと、数人の有望な顧客が彼の父に請け合った。だが、ボンド・ストリートのかなたの牧草地では、いまだに馬や牛が草を食べていて、まだこの先、何年もその光景は変わらないだろう。

ハノーヴァー・スクエアはこのふいに終わった建築ブームのぎりぎりの区域であると同時に、最高の邸宅地だった。新しい君主政体の寵臣《ちょうしん》の多くが、ここのドイツふうの装飾をほどこした壮麗な邸宅を住居として選んでおり、サー・シオドア・ジャンセンもその一人だったが、貴族や政府高官がまだ隣人として彼を望んでいるかどうかは疑問のあるところだった。その大物の邸《やしき》のドアに近づいてノッカーを打ちつけたとき、サー・シオドアは隣人たちにとっていまや明らかに困惑の種になっているのだろうと考え、スパンドレルはすこしばかり心が慰められた。

ノッカーに応えてあらわれたのはジュープだった。あまりにもすばやかったから、すぐそばで待っていたに違いない。彼は最初は無言のまま、かかる卓越した人物を訪問するのに、これがこの男の見つけだしたいちばん上等の衣服なのかと怪しむように、スパンドレルを見上げ見おろしただけだった。（じつのところ、誰を訪問するにしても、これが彼のいちばん上等の衣服だった）そのときジュープの背後の玄関ホールで時計が九時を打ちはじめ、驚いたような、よしよしといった表情がジュープの顔をかすめた。

彼は後ろにさがって、入るようにと身ぶりで告げ、スパンドレルが入るとドアを閉めてから、「こちらへ」とだけ言って玄関から階段へとスパンドレルを導いた。金箔をほどこした小壁や、宴会用のテーブルほどもある油絵からもはっきりわかる巨大な富を目の当たりにして、スパンドレルはたちまち感動をおぼえたが、時計の時報を不気味な鐘の響きに変えてしまうようなあたり一面に広がる静寂によって、昂ぶりはすぐに抑えこまれた。

二階のドアを開けると、そこは応接間で、部屋の高い窓は広場に面していた。ここにも何枚も油絵があり、そのほかにも胸像や壺がたくさん置かれていた。暖炉には火が燃えていたが、スパンドレルはごくわずかな燃料にしか慣れていなかったから、それはまるでごうごうと燃えさかっているように思われた。暖炉の前に一人の男が立っていた。紫色のけば織りのガウンを着てターバンをつけ、カップに入ったチョコレートをすすっている。背が低く肩幅が広くて、明らかに年寄りだったが、老齢の弱々しさはみじんも窺えない。彼が絶望していたとしても、それは表にあらわれていなかった。サー・シオドア・ジャンセンは冷静な権力者の振る舞いをむだに身につけたわけではなかった。

「スパンドレルくん」彼はそう呼びかけるとカップをジュープに渡し、ジュープは無言のますぐに部屋から出ていった。「わしはおまえの父親と知り合いだった」

「父はしじゅうあなたのことを話しておりました、サー・シオドア」

「ほう、そうか？　どんなふうに言ってたんだね？　すばらしいパトロンだと――それとも、彼を苦しめる無慈悲な男だと？」

「父は借金を背負っている状態を楽しんではいませんでした」

「誰でもそうだろう。それでもおまえは父親が監獄に入らないですむように、その状態を自分が引き受けた」

「それ以外、わたしにできることは何もありませんでした」

「そんなふうに考えない息子もいるだろう」

「そうかもしれません」

「ジュープが話していたが、おまえの現在の宿舎には……ほとんど慰めはないそうだな」

「あそこはハノーヴァー・スクエアではありません」

「ああ。しかし、フリート監獄でもない。そこにおまえの慰めがある」

「おっしゃるとおりです」

「わしはおまえを慰めるためにここへきてもらったわけではない」

「なんのためにお呼びになったのでしょう、サー・シオドア？」

「取引をするために、というかな？　まっとうな理由だ。じつはな、われわれの取引はおまえがわしに借りている金の件なのだ」

「わたしには払うことはできません」

「ああ、現金ではな。もちろん無理だ。だが同種のものでなら。そうとも、わしの考えではおまえは同種のもので支払うことができる」

「どうやってですか？」

「極秘の用件でわしの密使の役目を引き受けてくれたらいいのだ」

「あなたの……密使？」

「わしの知人の、アムステルダムにいる紳士のところへ、ある品物を届けてほしい。わしにはそれを届けてくれる信用できる人間が必要なのだ」

「わたしがそうだとおっしゃるのですか？」

「ああ、まさしく」

「でも……どうして？」どんなに努力したところで、スパンドレルには当惑を隠すことはできなかった。やってほしいと求められていることは単純だったにもかかわらず、サー・シオドアに商売がたきを殺してくれと頼まれたより、もっと当惑することだったから。「あなたにはそうした使いをする使用人が何人もおありに違いないのに。どうしてジュープさんにお命じにならないのですか？」

「わしにはわしの理由があるのだ。おまえがその理由を知る必要はない。事実、おまえはなるたけ知らないほうがいい。品物が無事に届けられた旨の確認書を見たうえで、おまえのわしにたいする負債を棒引きにする。おまえが理解する必要があるのはそれだけだ。どうだ、わしの条件を受け入れるかね？」

「ジュープさんは、あなた以外の人たちにたいするわたしの負債のこともおっしゃってましたが」

「ほかの人たちなどいない。おまえの負債はすべてわしが買い取った。わしがおまえのただ一人の債権者なのだよ、スパンドレルくん。ついでに言っておくが、おまえの負債は非常に安い値段で買い取れた。誰も払ってもらえるとは信じていなかったのだ。しかし、支払い方法を考えだすことにかけては、誰もわしほど融通がきかないようだな」

「その全額を返済するためにわたしがやらねばならないのは、あなたの配達人をつとめることだけですか？」

「そうだ。それだけだ」

「これ一回でいいのですか？」

「今回きりだ」

「それはまことに寛大なお計らいです」実際、疑いを抱かずにはいられないほど寛大だった。この簡単な任務をやり遂げて彼の要望に応えたことを証明しても、さらにもっと厄介な要求を突きつけられる心配はないのだろうか？　そのことをどうやって確かめればいいのだ？　確かめるすべはないと言わざるを得ない。

「どうやらおまえは、この条件が尊重されるという保証がどこにあるのかと考えているらしいな」サー・シオドアはスパンドレルの考えを容易に読みとれるようだ。「いいだろう、おまえに約束する」

「わたしの立場でしたら、それで……充分だとお考えでしょうか、サー・シオドア？」

「おまえの立場はな、失うものは何もない、取引するものも何もないという立場だ。わしがおまえの立場なら、どんな保証でも充分だと考えるだろう」サー・シオドアは反論を抑えこむために片手を上げた、じつのところは、スパンドレルには反論などまったく考えつけなかったのだが。「わしのほうはおまえを信用して重要な品物を預け、アムステルダムまで旅をするのに必要な金を渡さねばならない。おまえのほうはこの旅を引き受ける報酬として、負債から解放されるというわしの言葉を信用しなければならない。おまえは逃亡することもできる。しかし、おまえが父親に示した思いやりが、簡単に母親を見捨てたりしないことを示唆している。わしもおまえとの約束を破ることができる。だが、なんのために？　おまえを監獄に入れてもわしにはなんの利益もないが、おまえが感謝してくれたら、わしにも得るものがあるかもしれん。わしは今でもおまえの父親の地図を、商業的にやる値打ちのある計画だと考えている。それを完成できるのはおまえだけだ。わしはおまえの邪魔はしたくない。ただ、おまえが地図を完成しても、そのときわれわれはもっと……まっとうな共同事業の契約を結ぶ立場にはないかもしれん。今はそれしか誰にもわからんのだ」サー・シオドアは微笑した。「われわれはみんな日々、危険を冒しながら生きている。わしがおまえに冒してくれと求めている危険はそれほど大きなものではない、そうだろう？」

「そうだと思います」

「それなら、引き受けてくれるかね？」

「はい。お引き受けします」本当のところは、引き受ける以外、自分に選択の道はないと言いたかったが、スパンドレルは我慢した。

「よかろう」サー・シオドアは彼の横を通って部屋の中央にあるテーブルのほうへ歩いていった。スパンドレルがそちらを振り返ると、テーブルに古い革のかばんが置いてあるのが目に入った。サー・シオドアはかばんのふたを開けた。「これがおまえに届けてほしいと頼んでいる品物だ」

スパンドレルは近寄った。かばんのなかには縁を真鍮《しんちゅう》で補強してある、留め金と錠がついた栗色の革の送達箱が入っていた。

「この箱をイスブラント・ド・フリース氏に届けてくれ。かならずアムステルダムの彼の自宅でじかに手渡すように。彼は街の中心に近いヘーレングラハトに住んでいる。家を見つけるのは難しくない。ド・フリース氏は有名な人物だ。彼はおまえがくるのを待っているだろう。おまえは受領書を受け取り、それを持ってここへ戻ってくるんだ」

「それだけでいいのですか？」

「そうだ。箱には錠がかかっている。その鍵はわしが保管している。わかったな？」

「はい」

「ド・フリース氏はわしと同じぐらいの年齢で、古くからの友達だ。おまえが箱を渡す相手の身元確認に関して間違いがあってはならない。それゆえ、彼とわしが初めて会ったとき、いっしょにいた三人目の人物の名前を思いだしてもらうよう指示されていると、おまえはそう告げるのだ。彼はその人物はヤコブ・ファン・ディレンだと答えるだろう。頭に入れたかね？」

「ヤコブ・ファン・ディレン」スパンドレルは復唱した。

「ファン・ディレンはずっと前に亡くなった。現在、生きている者で、イスブラント・ド・フリースとわし以外に彼を憶えている人間がいるかどうか疑わしい。だがもちろん、今はおまえもいるが」

「ファン・ディレンの名前を言えないかぎり、箱は渡しません」

「けっこうだ」

「いつ出発することをお望みですか？」

「ただちに」

「そのまえに母親に会わねばなりません」

「その必要はない。彼女に手紙を書いて、一週間かそこら留守にすると告げるんだ。だが、理由を言ってはならない。ジュープがそれを届け、心配する必要はないと彼女に請け合うだろう」

「でも、きっと――」

「この件はそんなふうに進められるんだ、スパンドレルくん。すわって手紙を書きなさい。今、紙とペンを渡すから」

自分が何をしているのかほとんど気づかないうちに――スパンドレルにはそう思われた――彼はテーブルの前にすわって、いくつかの言葉を走り書きしていた。その文面は母親にとってわけのわからない戸惑うものであるのはむろんのこと、彼にとっても曖昧で判然としないものだった。サー・シオドアは彼が書くのを監視しながら、書き終わるのを待っていた。

「これでいい」サー・シオドアはスパンドレルの指から、署名したばかりの手紙を抜き取った。「これはわしに任せなさい。さて、おまえの旅行の手はずだが。ハンガーフォード・ステアズまでは、わしの馬車がおまえを乗せていく。そこにわしの軽装帆船が待っていて、おまえをデットフォードまで連れていく。デットフォードからはスループ帆船『ヴィクセン号』が、午後の潮流にのってヘルフートスライに向けて出航することになっている。おまえの乗船料は支払ってある。それ以外の費用については……」サー・シオドアは部屋の隅にある大机のほうへ行き、ふくらんだ財布を持って戻ってきた。「これで充分だろう」

「ありがとうございます」スパンドレルは礼を言って、中味を調べずにポケットに入れたが、コインの重さから判断して、サー・シオドアが言ったように充分に入っているようだった。「わたしは、えー、オランダへ行くもっとも早い航路はハリッジからだと、ずっとそう思ってました」

「おまえが経験豊かな旅行者だとは知らなかったよ、スパンドレルくん」

「いいえ……そうじゃありません」

「オランダへ行ったことはあるのかね？」

「いいえ」

「実際にこの国から出たことはあるのか？」

「いいえ」

「それなら、この国から遠く離れたところで生まれた者が、おまえのためにととのえた手はずを受け入れるんだな。おまえは明日にはヘルフートスライに上陸する。そこからアムステルダムに到着するのに、二日以上はかからないはずだ。ド・フリース氏は水曜日におまえがくるものと思っているだろう。万一、予見しなかった面倒が生じた場合は、あの街のわしの取引銀行――ペルス銀行――に連絡するように。しかし、絶対に必要でないかぎり、そうしてはならない。あらゆる面倒を避けたほうがおまえのためにはいいのだ、そう、ずっといい。そして戻ってきたら、おまえの報酬を受け取るためにここへくるように」

「そういたします、サー・シオドア」スパンドレルはかばんのふたを閉め、それに片手をのせた。「わたしを信用してくださってだいじょうぶです」

「そう願おう」そう言ったサー・シオドアの顔に笑みはなかった。

スパンドレルはぼんやりしながらハノーヴァー・スクエアを出発した。キャット・アンド・ドッグ・ヤードでその日暮らしの惨めな数ヵ月を過ごしたあと、突然、ポケットに金を持ち、お仕着せ姿の御者が手綱をとって飛ぶように駆ける馬車に乗ってロンドンを横切っているのだ。あまりにもすばらしくて、こんなことが真実であるはずはないと彼は思った。だが、すばらしい、夢ではない本当のことがこの世にはあるのだと自分を元気づける。たぶん、これはそのひとつなんだろう。

マライア・チェスニーのこととなると明らかに話はべつだった。ごく最近、チェスニー家のお喋りな下男サム・バローズと、サムの日曜日の行きつけのバーで出会ったときに聞いた情報では、マライアはまだ婚約はしていないということだった。スパンドレルはこの事実を、彼女がまだ自分のことを思っているからだと解釈したが、それは彼をいっそう憂鬱にしただけだった、マライアの父が負債を背負っている者と娘を結婚させることは絶対にあり得なかったから。けれども、もうすぐ負債から解放されそうだった。サー・シオドアが助けてくれたおかげで、地図を完成させ、それによって商業的な成功をおさめる道が開けるのだ。そうなれば、チェスニーのおやじさんも彼を義理の息子として認める気になるかもしれない。

こんな空想にふけるのは愚かだとわかっていたが、スパンドレルはそうした望みを脳裏にふくらませた。失望はもういやというほど味わってきた。せめて今は、もっと甘い飲み物の香りを楽しまずにはいられなかったのだ。

ジュープはスパンドレルの手紙をすぐさま母親に届けた、とはいえ、まさしく一方的な使者だった。あなたの息子は留守のあいだじゅうミドルセックスの行政権の管轄外にいるので、彼が逮捕されることはないとスパンドレル夫人に請け合っただけで、ジュープはそれ以上は何も説明せず、ウィリアムが書いたたった数行の手紙を彼女が読み終わるまえに立ち去ってしまった。その手紙も同様に心配するなということ以外、彼女に何も告げなかった。そう言われても、当然ながら彼女は心配した。とくに、ジュープが金曜日の朝にここへ訪ねてきた男だと、アニー・ウェルシュがきっぱりと言い切ったから。ウィリアムはすくなくともそのとき以来、もしかしたらもっと以前から、このことを計画していたのだ。それだけは明白だと思われた。が、それ以外は何ひとつはっきりしなかったし、はっきりするまでは心配せずにはいられないだろう。「あの子のためにも」彼女は凛々しい態度でアニー・ウェルシュに告げた。「彼には年老いた母親をこんな惨めな状況に置き去りにするだけの、もっともな理由があるに違いないと、わたしはそう願ってるよ」

鉛色の真昼の空の下で、サー・シオドアの軽装帆船がデットフォードの波止場に近づいて『ヴィクセン号』に横付けになったとき、母親が息子の理由をもっともだと思っているかどうかなど、スパンドレルは考えてもいなかった。テムズ川をくだっていくあいだに、興奮がさめてしまうような現実に直面して――そのあいだじゅう、乗組員たちは互いに意味ありげな眼差しや囁きをさんざん交わしていたにもかかわらず、彼にはひと言も声をかけようとしなかった――彼の自信はすでに萎えてしまっていた。ひどく寒いうえにひもじかったし、もうすぐ故国からも遠く離れてしまう。箱のなかには何が入っているのだろう？　彼は知らなかったし、知りたいとも思わなかった。すべてがうまくいけば、知らずにすむことだ。だが、うまくいかなかったら……

サー・シオドアはどうして彼に白羽の矢を立てたのだろう？　それに、どうしてハリッジからのルートで送りださなかったのか？　疑問はいくつもあったが、答えはなかった。あるのはひとつの結論だけ。どんなことがあっても、これをやり遂げねばならない。ほかに採り得る道はないのだから。

サー・シオドア・ジャンセンの邸宅を最近訪れた客が、その同じ日にべつのルートで海峡を横断しようとしていることをスパンドレルが知っていたとしても、彼のその結論に変わりはなかったはずだ。ロバート・ナイトもまた、カレーまでの短い航海の手はずを前もってととのえてあり、その計画どおりドーヴァーで私有のヨットに乗りこんで、この国から脱出しようとしていた。調査委員会は彼にたいする尋問を続けるために、月曜日の朝に南海本社にふたたび集合したとき、尋問を受ける者があらわれないのに気づくことになるだろう。

4

地図製作者の旅

情況が違っていたら、スパンドレルもアムステルダムまでの旅を楽しんだだろう。『ヴィクセン号』で荒れた海を航行したが、いささか驚いたことに、彼は船酔いで苦しむことはなかった。しかしながら不安となると、そうはいかなかった。ド・フリースに箱を届けてしまったら、外国旅行の感動や景色をゆったり味わうことができる。だがそれまでは無事に日々が過ぎ、目的地までの距離が縮まっていくのを願うだけだった。

彼は自分ひとりの殻にこもっていようとしたが、『ヴィクセン号』の乗船客用の船室で、メイブリックというお喋りなサセックスのタイル商人が彼の殻を破って踏みこんできたあげく、月曜日の午後に上陸するヘルフートスライからロッテルダムまで彼に同行すると言い張った。スパンドレルはメイブリックにたいして、自分がもうすこしでなるはずだった者だと言い繕ってあった、すなわち、連合州（註・三六二頁の解説を参照）の都市で自分の才能を活用することを考えている地図製作者だと。けれどもメイブリックのことでは、彼もあまり文句は言えなかった、というのも、その男は安くて快適なロッテルダムの宿屋へ彼を連れていき、エセックスの宿屋の主人たちが貪欲な商売をするので、ハリッジからの航路を避けるのが賢明であることを説明してくれたから。

それでもスパンドレルは翌朝、乗合船に乗りこんでふたたび独りきりになったときにはほっとした。冬で裸になった平らな畑のなかを流れる運河を、乗合船は馬に引かれてくねくねと進んでいく。霧雨から土砂降りまでさまざまに変わる雨が、空の巨大な灰色の丸天井から絶え間なく降り注ぐなか、乗合船は安定してはいるが、ゆっくりしたペースで進みつづけた。九時間後の冷え冷えした夕方、船はようやくハールレムに到着して疲れきった乗船客を吐きだしたが、スパンドレルはといえば、その九時間のほとんどをぎゅうぎゅう詰めの船室で、ほかの人たちのパイプの煙を吸いながら過ごしたためにふらふらになっていた。

しかし、ハールレムからアムステルダムまではわずか三時間だった。翌朝、顔を洗い元気を取り戻したスパンドレルは、かぼそいながらも、いくらか自信が戻ってきたのを感じた。その日のうちにサー・シオドアに頼まれたことを片づけてしまえるだろう。彼を阻むものは何もないはずだ。万事うまくいくに違いない。

雨はまだ降りつづいていた。ハールレムからアムステルダムへ行く乗合船は、前日に乗った船よりも隙間風が吹きこみ、じめじめしているようだった。それとも、彼の忍耐力がすり減ってきただけかもしれない。運河は細い首のような陸地のなかを流れていて、陸地の両側の広大な海の広がりが、ゾイデル海のどこかの島をめざして乗合船が航行しているような幻想をスパンドレルに抱かせるのだった、彼は父の地図のコレクションから、アムステルダムの占める位置については充分に承知していたにもかかわらず。

ついに船はアムステルダムに到着し、市の城壁を取り巻く濠《ほり》のなかで運河は尽きていた。濠の上の城壁には風車が番兵のようにどっかり居座り、湿ったそよ風を受けてゆっくりと羽根が回っている。まだ午後の早い時間だったから、スパンドレルはすぐに目的地へ向かいたいと気がはやった。気前よく金を使うのには簡単に慣れるものだと考えながら、彼は市の城門からド・フリースの家まで行くのに馬車を雇った。「急いでるんだ《イク・ヘブ・ハースト》」商人のメイブリックから聞き憶えた言葉を並べて、彼は御者に告げた。それは確かに本当のことだった。

ヘーレングラハトの家並みは優美で、どこも同じ造りになっていた。豊かさを誇示するように運河に沿って並んでいる建物の高くて細い正面の造りが、この都市の商人社会のまさに中心部へ入ってきたことをスパンドレルに実感させた。ド・フリース家の住まいは——御者はそこをよく知っているようだった——近隣の家とそっくりで、広い階段が中二階の高さの台輪のある入口に通じている。通りから見上げたスパンドレルは、最上階の窓の上に梁《はり》が突き出ているのを目にとめた。運河のカーヴに沿って、その梁の列を目で追った。スミスフィールドの肉市場にずらっと並んで、鳥獣の死体が吊るされるのを待っている肉鉤《にくかぎ》になんと似てるんだろうという、歓迎できない考えがふいに頭に浮かんだ。すぐにその考えを払いのけて階段をのぼっていった。

年配の男の使用人が戸口に出てきた。にこりともせず、攻撃的な雰囲気を漂わせている、スパンドレルが敬意を示すに値する重要人物ではないことを見てとったかのように。男はしかめっ面と手ぶりで応対したが、おそらく英語が話せないからだろう。彼はスパンドレルを大理石張りの玄関までしか通さず、台座にのった巨大な東洋の壺の陰に隠れてしまっている低い椅子で彼を待たせた。

五分が経過した。向き合ってすわっている長い箱形の時計のおかげで、スパンドレルには正確に時間が計れた。そのとき、スパンドレルと同年齢ぐらいの、長身で、黒っぽい瞳をした男があらわれた。熱意と憂慮の溢れる表情をしていて、地味ではあるが清潔な身なりだった。だが同時に、かすかな倦怠感《けんたいかん》を漂わせていて、あからさまには示さないものの、こちらを見くだしている感じがした。その海食洞のような暗い瞳には、ほかにもスパンドレルを不安にさせるものがあったが、それが何であるのかわからなかった。そのことがいっそう彼を不安にさせた。

「スパンドレルさん」男は、発音は完璧で明確だったが、なまりのある英語で言った。「わたしはザイラーと申します。ド・フリース氏の秘書です」

「ド・フリースさまはご在宅ですか?」

「いいえ、残念ながら」

「彼にお目にかからねばなりません。ちょっと緊急の用件なのです」

「そう理解しております」ザイラーはかばんにちらっと視線を投げた。「お待ちしてました。しかし、あなたが到着なさる時間がわからなかったのです。ド・フリース氏は多忙な方です」

「それはわかってます」

「わたしが彼を迎えにいくあいだ、ここで待っていただくようにと指示されています。彼は東インド会社《オースト・インディシ・ハイス》におります。ここから遠くはないのですが……わたしにはなんとも言えません……仕事からすぐ抜けられるかどうか……彼を見つけることはできますが。それでも……」

「待ちます」

「けっこうです。こちらへどうぞ」

ザイラーは彼を家の裏手のほうへ導き、明らかに図書室と思われる部屋へ案内した。ぎっしり蔵書の詰まった本棚が壁際に並び、窓には光線で書物がいたむのを防ぐために日よけがかけられていたが、ここまでくるあいだの陰鬱な天候から考えて、不必要な用心だとスパンドレルには思われた。確かに、窓の向うの世界から射しこむ明かりより、暖炉であかあかと燃える火のほうが部屋を明るくしていた。

「できるだけ早く戻ります」ザイラーはそう言うなり、呆気にとられるような唐突さで音も立てずにさっと部屋から出ていった。

スパンドレルはあたりを見まわした。さまざまな古代人の胸像が本棚の上に一定の間隔をとって並んでいる。それほど古くない画材でほとんどはオランダ系の市民を描いた、額縁に入ったおびただしい油絵が、胸像とスタッコ仕上げの天井のあいだの空間を占領している。暖炉の上の鏡の上には違う種類の油絵がかかっていて、熱帯地方の、想像上のそよ風になびいているヤシの木を背景に、何かの城が描かれている。暖炉の両側に肘掛け椅子とソファーが置いてあった。ひとつの窓の前にデスクが置かれ、本棚の一角の地図の引きだしが並んでいる横には、大きなテーブルが置かれている。スパンドレルはその引きだしを開けて、なかに入っているものを見たいという誘惑に駆られたが、我慢した。とにかく、この家のなかにいるあいだに面倒を起こしたくなかった。事実、彼はこの家の持ち主についてはできるだけ知りたくないと願っていたし、自分のこともこの家の持ち主にできるだけ知られたくなかった。

そのほうが相手にこだわるよりも楽だった。この部屋にも時計があって、ずっしりした音を響かせながら時を刻んでいた。スパンドレルは暖炉の前にすわったり、立ち上がって絵画をしげしげと眺めたり、またすわったり、また立ち上がったりを繰り返した。そしてそのあいだ片時もかばんを手から離さなかった。

のろのろと二十分が過ぎた。ド・フリースがすぐに仕事の場から解放されるとはスパンドレルも期待していなかった。彼は気難しい顔で部屋の真ん中に立ち、鏡に映った自分の映像をじろじろ眺めた。それはここ何ヵ月も見てきたものよりはっきりした全身映像だったが、その何ヵ月かのあいだに味わった苛酷な経験が傷痕を残していた――それは否定できなかった。実際の年齢よりも老けて見えたし、すこし肩を落とす癖がついてしまっていて、その姿勢を直さなければ、このまま猫背になってしまうだろう。彼は自分を励まそうとして、すぐさま胸をぐっと張った。だが、それだけだった。その場だけの努力。続けられなかった。もうこれぐらいでいいかなとばかりに、彼は肩からすとんと力を抜いた。

そのとき、背後のドアが開いて、青いドレスを着た、黒っぽい髪の若い女性が部屋に入ってきた。「失礼しました」と彼女は言ったが、それは紛れもなくイギリスのアクセントだった。「知らなかったものですから……」

「お許しください、マダム」スパンドレルはそちらを向いて腰を屈めた。「ここでド・フリースさまを待つように言われましたので」

「長くお待たせするかもしれませんわ。夫は東インド会社へ行っております。六時前に彼が戻ってくるとは思えません」

スパンドレルはこの女性がド・フリースの妻だという事実に戸惑いをおぼえた。彼女は二十五歳をあまり越えてはいないと思われるのに、ド・フリースは自分と同じぐらいの年齢だとサー・シオドアは言っていた。そうすると、ド・フリース夫人は夫より三十歳以上も年下ということになる。おまけに、彼女は驚くほど魅力的だった。確かに典型的な美人とは言えない。そう言うには、鼻が長すぎるし額が広すぎる。けれどもそうした欠点が気にならないだけの威厳と自信に満ちた態度と、おおらかな表情の持ち主だった。青いドレスが彼女の髪と瞳を申し分なく引き立てていた。ほころびかけた微笑で口元がすこしゆがんでいる。かすかに弧を描いている眉。首には一連の真珠の首飾り。胸元には白いサテンの蝶結び。ここしばらく、キャット・アンド・ドッグ・ヤードにいる女性としか付き合っていなかったから、上品な身なりの、育ちのいい女性に近づくのがどんなにうっとりすることかをスパンドレルは忘れていた。マライア・チェスニーでさえ、ド・フリース夫人にはそなわっているものが明らかに欠けていた。気難しい吝嗇な老人――スパンドレルはたちどころにド・フリースはそうだと決めこんだ――と結婚した彼女の女としての決断は嘲笑すべきというより、むしろ……悲劇だったに違いない。

「はるばる夫に会いにいらしたんでしょう、あのう……」

「スパンドレルです、マダム。ウィリアム・スパンドレル」

「わたくしはエステルと申します。イギリスからおみえになりましたのね、たぶん」

「そのとおりです」

「イギリスふうの発音を耳にすると、とたんに心が弾みますわ。もちろん、もうお察しでしょうが、わたくしは結婚して当地へまいりました。夫はとても流暢《りゅうちょう》に英語を話しますし、この家の者はほとんどがそうです。でも……」声がとぎれ、もの思いに沈むように黙りこんだ。

「ザイラーさんにお会いしました」

「ええ、そうでしょうね。流暢さの見本ですわ、確かに彼は。でも、流暢だから本物ってわけではありませんでしょう？」彼女は微笑した。

「ええ」スパンドレルはおずおず答えた。「そう思います」

「ザイラーさんはどこにいるんですか？」

「あなたのご主人を呼びにいきました」

「彼を呼びに？　彼を連れ戻したいと願ってるんでしょう。あなたはきっと重要人物でいらっしゃるのね、スパンドレルさん」

「めっそうもない」

「誰もお茶をお出ししてないんですか？」

「あー……はい」

「それなら、わたくしが」彼女は彼の横を通って暖炉のかたわらの呼び鈴の引き紐に歩み寄り、それを引っぱった。「いつアムステルダムにお着きになりましたの？」

「今日の午後です。ハールレムからの乗合船で」

「それなら、あなたにはやはりお茶が必要ですわ」

「おそれいります」スパンドレルは遠慮がちに微笑した。「たいへんありがたく存じます」

「どうぞおすわりください」

「おそれいります」スパンドレルは自分が同じ言葉を繰り返しているのに気づいた。肘掛け椅子に腰をおろし、かたわらの床にそっとかばんを置いた。

ド・フリース夫人が彼の向かいのソファーにすわって、何か言おうとしたように見えた。そのとき、ドアが開いてメイドが入ってきた。オランダ語で短い会話が交わされ、メイドはさがっていった。

「いつから」無難な話題などほとんど見つからなかったが、何か言わねばと感じてスパンドレルは口を開いた。「アムステルダムにお住まいですか、奥さまは？」

「ほぼ三年になります」

「ここの言葉を話されるんですね……とてもお上手に」

「ほんとはもっと上手にならなければならないんですけど。でも、ザイラーさんがお仕事が許すかぎり、辛抱強く教えてくださってますのよ」

「イギリスのどのあたりのご出身ですか？」

「名もないところですわ。あなたのアクセントはロンドンの方でいらっしゃることを告げているようですね」

「おっしゃるとおりです」

「最近、あの街はどんな様子ですか？」

「街は変わりありませんが、市民はおおむね意気消沈しています」

「南海会社の株が暴落したからですか？」

「そのとおりです。よくご存じですね」

「夫は実業家ですよ、スパンドレルさん。いやでもわかりますわ。それに、ここにもロンドンと変わらないほど南海会社の被害者がいます。そこの溝にお金を投げ捨てなかった人たちは、その代わりにミシシッピ会社（註・三六三頁の解説を参照）の落とし穴にお金を委ねてしまいました。ロンドンはそれには巻きこまれずにすんだのですか？」

「そうではなかったと思います」スパンドレルは二、三人の手を経てまわってきた新聞で——それがこの世でたったひとつの彼の情報源だった——ミシシッピ会社に言及したさまざまな記事を読んでいた。それは南海会社の計画をフランスが模倣したものだった。それとも、その逆だったかな？　正確には憶えていなかった。「しかし……そうしたことについては、あなたのほうがよくご存じのようです」

「あなたは主人の仕事のお仲間のなかでは、もしそうだとしてということですが、たいへん珍しい方ですね」

「わたしはお仲間ではありません、マダム。そのお一人に仕えているだけです」

「あなたのご主人はサー・シオドア・ジャンセンでいらっしゃいますね？」

　スパンドレルは驚きのあまり、はっとたじろいだ。そんなに簡単に見抜かれるとは思ってもいなかった。

「お許しください、スパンドレルさん」ド・フリース夫人は元気づけるように彼ににっこりした。「わたくしとしては、そんなに鋭い推理力は必要ではありませんのよ。サー・シオドアは夫のもっとも古くからの友人です。夫は最近、彼からの手紙を受け取ったと申しておりました。サー・シオドアはロンドンに住んでいらっしゃいます。あなたはロンドンからおみえになりました。イスブラントは商売に関する話し合いの最中だというのに、ザイラーさんは急いで彼を呼びにいきました。おわかりでしょう？　単純そのものですわ」

「説明していただいたおかげで、ようやくわかりました」

「お口がお上手ですこと」彼女の微笑が大きくなった。事実、自分は彼女のご機嫌をとろうとしたのだとスパンドレルは気づいた。そのとき、掛け金の動く音がした。「ああ。ヘールトラウドがお茶を持ってきましたわ」

カップ、皿、スプーン、受け皿を並べながら洩らす溜め息から判断して、ヘールトラウドは明らかにすこし不機嫌だった。濃厚そうなケーキがお茶といっしょに運ばれていて、ヘールトラウドが立ち去るとすぐに、ド・フリース夫人は彼のために大きく切りわけ、彼がうまそうに食べるのを満足げに眺めた。

「旅行をすると、おなかがすきますでしょう、スパンドレルさん?」

「そうなんです、マダム、正直に申しまして。それにこれは……非常にうまいケーキです」

「よかった。おなかいっぱい召し上がってください。この家のなかでひもじい思いをする必要はありません。夫が事業に関して慎重なおかげで、わたくしたちは最近でも順調にやっておりますわ」

「それを伺って安心しました」

「彼がしじゅう引用するオランダの諺《ことわざ》があります。〝デス・ウァーレルズ・ドゥーン・エン・ドーレン・イズ・マール・エーン・マーレモーレン〟〝この世の状態は愚か者がてんてこまいをしているだけだ〟という意味です。でもそれが事実なら、論点を巧みに避けていると思いますわ。そうなると、わたくしたちはみんな愚か者ということでしょうか? わたくしたちはみんなこの世で生きているんですものね」

「そうした疑問にたいする答えがあるのかどうか、わたしにはわかりません」

「いずれにしても、わたくしたちが聞きたいと思う答えではないでしょうね。では、べつのことをお訊ねしましょう。いつからサー・シオドアに仕えていらっしゃるんですか？」

「ごく最近になってです」

「そのまえは？」

「わたしは地図の作製を職業としております」

「本当ですか？　どうしてご自分の職業をお続けにならないのかしら」

「時期が悪いのです。厳しい時期には人々は地図がなくても生きられると考えます」

「でも、地図がないと道に迷う危険はつねにありますわ」

「もちろん、それはそうですが」

「どうしてその職業につかれたのですか？」

「父がやってましたから」

「有名な地図製作者でいらしたの？」

「成功はしました――一時期だけでしたが」

「夫がメルカトル地図を持ってますわ。わたくしたちが話しているのは、ああいう種類の地図づくりですか？」

「かならずしもそうではありません。わたしのは……もっと地元の地図です」

「ああ。それならこれに興味がおありかもしれませんね」ド・フリース夫人は立ち上がって、さっきスパンドレルが目にとめた地図の引きだしのほうへ行った。彼女はひとつの引きだしを開けて紙切れを取りだし、テーブルの上に広げた。「最近、手に入れたものです。どうぞご覧になって」

スパンドレルは紅茶のカップを置いて、テーブルの彼女のそばへ行った。彼の前にあるのはロンドンの地図だった。商売がたきが作製したものだとすぐに見分けられた。

「すぐれたものですか？」ド・フリース夫人が訊いた。

「そう……正確な地図です。ちょっと……時代遅れかもしれませんが」

「時代遅れ？」ド・フリース夫人は陽気な笑い声を立てた。「そう言って、夫をからかうのが楽しみですわ」

「どんな地図もある程度は時代遅れです」

「それなら、古い新聞みたいに捨ててしまうべきですか？」

「捨てたくないと思うような地図を作製しなければなりません」

「ああ。美しい地図だからってことですね？」

「はい」スパンドレルが彼女のほうを振り向くと、相手はもう自分を見つめていた。とたんに彼は、自分をくるみこんでいる彼女の香水の香りに気づき、どんなに二人が身を寄せ合っていたかを意識した。彼女の肘のレースの襞《ひだ》が彼の袖にちょっと触れている。「そのとおりです」

「それでしたら、あなたの地図は芸術作品ですね？」

「そうであってほしいと――」

だしぬけにドアが開いた。召使いがやってきたにしては、あまりにもだしぬけだった。部屋に入ってきた男は明らかにそのたぐいの人間ではなかった。背が低く、樽のような体つきの老人で、朽ち葉色の大外套に黒いスーツという身なりだったが、外套は袖を通さず、ケープのように肩から垂れている。顔には皺が刻まれていたが、いきいきして表情豊かだった。灰色の用心ぶかい瞳の下の頬骨の高い頬は、血管が切れて赤くなっており、ふさふさした彼自身の雪のように真っ白な髪が顔を縁どっている。鬘をつけていないことや、外套を肩に羽織っただけの様子から――脱ぐときはもっと簡単にすとんと肩から落とすのだろう――不作法ではないにしても、無骨なたちであることがすぐにわかった。イスブラント・ド・フリースには――スパンドレルはこの新たにあらわれた男がそうに違いないと思った――彼の旧友のサー・シオドア・ジャンセンにそなわっている優雅さや、おそらくは繊細さも欠けていた。しかし、彼の妻によれば、彼は南海会社やミシシッピ会社の誘惑には鼻もひっかけなかったという。両者を較べれば、彼のほうが判断力にすぐれているのだと、スパンドレルは気づいた。

「スパンドレルくんだな」男はにこりともせず、唸るように言った。「わしがド・フリースだ」

「お待ち申しておりました、サー。わたくしは――」

「そんなことはたくさんだ」彼は妻をじろりと見た。「われわれだけにしてくれ、マダム。出ていけ《ハー・ウェグ》」その声には、明らかにその内容どおりの響きがあった。そっけないと言ってもいい退去命令。

「失礼しますわ、スパンドレルさん」エステル・ド・フリースは夫の態度にまったく動じる様子もなくそう挨拶したから、こんなことには慣れっこになっているのだと推測するしかなかった。「お茶を楽しんでくださったのならよろしいけれど」

「楽しませていただきました。ありがとうございます」彼が話しているあいだに、彼女はもう部屋から出ていこうとしていた。ドアが閉まり、彼はド・フリースに視線を向けて、うやうやしげな微笑をつくった。「ド・フリースさま――」

「ジャンセンがあんたを寄こしたんだな？」

「そうです、サー・シオドア・ジャンセンが」

「安全に保管してほしいという品物を持たせて」

「はい。しかしながら……」スパンドレルは肘掛け椅子のほうへ引き返し、かばんを取り上げた。「わたしは用心しなければなりません。おわかりいただけますね？」

「どんな用心だ？」

「あなたとサー・シオドアが最初にお会いになったときに、同席していらしたもう一人の方のお名前を訊ねるようにと、指示されております」

「はっ。やってくれるじゃないか《スペルス・スペルス》。やりすぎだぞ、ジャンセンは。そうそう勝てるもんじゃないのに」ド・フリースは外套を脱いで、肘掛け椅子の背に放り投げた。「お茶は気に入ったんだな、スパンドレルくん？　うまかったか……タルトは？」

「たいへんけっこうなケーキでした」

「香料に秘密があるんだ」ド・フリースは彼に顔をしかめてみせた。

「そのようです」

「ヤコブ・ファン・ディレン」

「はあ、なんでしょう？」

「あんたが訊ねた名前だ……サー・シオドアのゲームで。ファン・ディレンだ」

「はい。仰せのとおりです。申し訳ありません」

「それで、品物だが。かばんのなかかね？」

「はい」

「では、それを渡してくれ」

スパンドレルはテーブルのロンドンの地図の横にかばんを置き、ふたを開けて送達箱を取りだした。そうするあいだにド・フリースの影がテーブルに落ち、老人の手が伸びて地図をわきへ払いのけた。

「旅のあいだに……面倒なことはなかったか？」

「ありませんでした」

「それはよかった」ド・フリースは送達箱に手をのばしたが、関節が丸くふくらみ、指が鉤《かぎ》爪《づめ》のような形をしているのがスパンドレルの目にとまった。それがエステルの柔らかな白い肌に触れるところを想像して、彼は嫌悪の身震いを抑えることができなかった。「寒いのかね？」

「いいえ。なんでもありません」

「ほっとしたんだろう」ド・フリースは送達箱を引き寄せた。「使いの役目を果たして」

「おそらく」

「受領証は必要かね？」

「はい。どうかお願いします」

ド・フリースは口の片側だけでにやりと微笑すると、窓わきに置かれたデスクのほうへどしどし歩いていき、ペンと紙を手に取った。腰はおろさずに体を屈め、慣れた手つきですばやく書き記した。スパンドレルは彼のゆがんだ指がすらすらとペンを走らせる様子を感嘆しながら眺めていた。すぐに彼は書き終え、テーブルに戻ってきてスパンドレルに受領証を差しだした。

「ありがとうございます、サー」証書に目を落としたスパンドレルは、即座に自分の愚かさを悟ってぱっと顔を染めた。「しかし……これはオランダ語です」

「わしはオランダ人だ、スパンドレルくん」

「わたしにはなんと書いてあるのかわかりません」

「これはあんたが求めたものだ。受領証だよ」ド・フリースは白い片眉を吊り上げた。「わしを疑うのかね？」

「わたしは……けっして間違いがないようにしなければならないのです」

「そうかね？」

「はい。そう思います」

「わしもそう思うよ」ド・フリースはまたもや片側だけの微笑を洩らした。「わしにもゲームがやれるんだ、そうだろう？　あんたが自分の要求するものを書けばいい」彼はデスクのほうへ手を振った。「わしがそれに署名しよう」

　スパンドレルはデスクのほうへ歩いていき、ド・フリースも彼の一歩うしろをついてきた。彼は腰をおろして、老人が肩先に立ちはだかって見まもるなかで、受領証を書いた。

「けっこうだ」彼が書き終えると、ド・フリースは言った。「だが、日付が間違っている。ここでは暦が英国より十一日、先へずれているんだ。(註・三六五頁の解説を参照)そして、あんたは英国ではなく、ここにいる」彼はペンを取って、一月二十五日に線を引いて消し、代わりに二月五日と書いた。「どんなときでも遅れるよりは進んでいるほうがいい」それから、彼は署名を書き加えた。「あんたは経験を積んだ旅人ではないようだな」

「はい」自分の間違いを恥じながら、スパンドレルはそれを認めた。

「日付で混乱が生じかねない。あんたが英国に戻ったときにはまだ一月だろう。わずか一日で利益をあげたり損失をだしたりする人間は」――彼は額を叩いた――「そうしたことを頭に入れてある」

「ごもっともです」スパンドレルは受領証をたたんでポケットに入れた。

「絶対に失くすんじゃないぞ」

「はい、気をつけます」

「いつアムステルダムを出立するんだね？」

「できるだけ早く」

「残念だな、これが初めての訪問なら。この街はもっと長く滞在する価値がある」

「サー・シオドアは箱が無事に届けられたことを、一刻も早く確認したいと待っておられるでしょう」スパンドレルは立ち上がった。「もう行かねばなりません」

「どういうルートで帰国するのだね？」

「ここまできたルートで。乗合船を利用します」

「船の時刻はわかってるのか？」

「正直に申しますと、わかりません」スパンドレルはまたしても、おのれの愚かさに気づかされた。市の城門に到着したときに、ハールレム行きの帰りの便について訊ねるべきだった。だが、ド・フリースの家にたどり着くのを急ぐあまり、そうすることを忘れてしまったのだ。「ド・フリースさま、もしや……」

「それも頭に入れてあるか、というのかね？　いや、わしにはわからん。しかし、わかる者を雇ってある」ド・フリースはつかつかと戸口へ歩いていき、ドアを開いて廊下に向かって怒鳴った。「ザイラー！　きてくれ《ヒエール》！　急いで《オンミデレイク》！」それからドアを開け放したまま、送達箱をのせてあるテーブルのところへ戻ってきたが、彼の視線を捉えたのは箱ではなかった。

「どうしてエステルはロンドンの地図を見せたんだね、スパンドレルくん？」

「わたしが興味を持つだろうとお考えになったのです」

「どうしてだね？」

「わたしが地図の作製を職業としているからです」

「彼女はどうしてそれを知ったんだ？」

「わたしが話しました」

「あんたは喋りすぎる」ド・フリースは振り向いて、案ずるように彼を見つめた。「それは悪い癖だ。あんたは——」ザイラーが戸口に姿をあらわしたので、彼は言葉を切った。

　オランダ語で短いやりとりがあり、すぐにザイラーは頷いてスパンドレルを見た。「あなたはヘルフートスライへ行くのですね、スパンドレルさん？」

「そうです」

「夜行の乗合船の、ロッテルダム行き直行便を利用するのがいちばん早いですね。その船はグリムブルグ通りの〈オウドザイド・ヘーレンログメント〉を十一時に出発します」ここでド・フリースがオランダ語で口をはさみ、ザイラーはちらっと笑みを洩らしてから、あとを続けた。「ド・フリース氏はわたしにそこまで案内するようおっしゃってます。あなたは道がわからないだろうからと。〈ヘーレンログメント〉は酒場のある宿屋です。旅立つまえにあなたも食事をとりたいとお思いでしょう」

「ありがとうございます。だいじょうぶ、自分で見つけられますから」

「喜んでごいっしょしますよ、スパンドレルさん」

「それでしたら……」スパンドレルは一人からもう一人へと視線を動かした。「ご好意をお受けします」

「では、これで、スパンドレルくん」ド・フリースが言った。「サー・シオドアに伝えてくれ……」

「はい？」

「いや、やめよう」ド・フリースは笑みのない目で彼を見た。「いずれにしても、そのほうがよかろう」

5

暗闇のなかへ

ド・フリースの家からグリムブルグ通りまでは歩いてすぐだとわかった。それでもスパンドレルは道案内がいてありがたかった。アムステルダムを形づくっている網目のように入り組んだ運河や橋や小道は、この街を訪れたよそ者を混乱させるために設計されたかのようで、街全体のそれぞれの地域があまりにも似通っていて区別がつかなかった。彼は冗談で、これは意図的な企みだろうかとザイラーに訊ねたが、オランダ人はそっけない生真面目な態度で、そうは思わない、自分もロンドンへ行くと、外国人にたいする企みとまでは疑わないものの、同じように戸惑い混乱してしまうと答えた。

もちろん、ザイラーはこのあと、待っている秘書の仕事に戻るだけだが、一方のスパンドレルのほうは、任務を無事に果たして、イギリスで待っている彼の環境の変化を今からもう楽しみにしているのだ。二人のユーモア感覚に差があっても驚くには当たらない。実際にイスブラント・ド・フリースに会ったあとでは、彼のために働かねばならない人間をスパンドレルは気の毒だと思わずにはいられなかった。その思いを言葉にしようとしたが、さっきの冗談と同様、的はずれなものに終わった。

「ド・フリース氏はさぞかし要求の厳しい雇い主だろうと想像しますよ」

「人を使うということは本来そういうものです」ザイラーはそう応じた。「厳しさを求められるのです」

「おっしゃるとおりです。しかし――」

「それに想像というのはなんの役にも立たないものです」ザイラーは足をとめ、運河の向う側の美しいペディメント（ドアや窓の上につけた三角形の部分）のある建物を指さした。「あれが〈オウドザイド・ヘーレンログメント〉です。ロッテルダム行きの乗合船には正面の浮き桟橋から乗りこみます」

「わかりました。道案内してくださって助かりました」

「つつがなく旅をなさるよう願っております」

「はい、ありがとうございます」

　ザイラーは彼にちょっと頷いたが、それは、お辞儀をしようかと迷ったものの、やめにしたとでもいった曖昧な仕草だった。それから向きを変えて歩み去った。スパンドレルは彼が去っていくのをしばらく見送っていたが、近づいてきた馬車が通りすぎるあいだ、帽子屋の天幕の下へ移動しなければならなかった。その馬車は車台の底に橇《そり》が取りつけてあって、あたり一面に広がっている穏やかで陰鬱な天候よりも、もっと厳しい気象条件のために設計されているようだったが、けっこう威勢よく丸石敷きの道路をがたがた走っていった。スパンドレルがふたたびザイラーが去った方向へ視線を向けたときには、彼の姿はもうどこにもなかった。

〈オウドザイド・ヘーレンログメント〉はスパンドレルが望めるかぎりの快適で居心地のいい店だった。午後遅くのたてこまない時間帯なのに、酒場には煙と温もりとお喋りが充満していた。彼はマグに入ったエールを飲みながらシチューをたらふく食べ、給仕に乗合船の出発時刻を確認した。そのあと二杯目のエールを飲みながらパイプをくゆらせ、自分の思いどおりに過ごせる夕べを堪能《たんのう》するのはなんてすばらしいのだろうと考えた。街に暗闇のとばりがおりたが、彼には宿屋からぶらぶら出ていかないだけの分別があった、道に迷ってしまうに決まっていたから。ここはロンドンではないのだ。紙に描かれた地図も持っていないし、頭に地図が入ってもいない。今いる場所にじっとしているほうが、ずっと安全だった。

しかし〈オウドザイド・ヘーレンログメント〉にさえそれなりの危険があった。客がますますたてこんできたとき、愛想のいい三人の酒飲みがスパンドレルのテーブルに相席することになった。一人は痩せた元気のいい、お喋りな男で、ほかの二人は白いふくらんだ顔をして、腹が出っぱっていた。二人は連れが喋りつづけるあいだ、パイプをぷかぷかふかしたり、マグからエールをがぶがぶ飲むだけで満足していた。お喋りな男はまもなくスパンドレルを会話に引きこもうとしたが、彼らのなかに混じっているのがイギリス人だとわかるや、大喜びで語学の知識をひけらかしてみせた。

そのときにはスパンドレルはかなり酔っていて、ふわっとした自己満足に心地よくくるまれていた。お喋りのジャンは、スパンドレルがロンドンの生活について話すのに、にこにこしながら熱心に耳をかたむけるばかりで、もう一方のぷかぷか、がぶがぶの二人――ヘンリクとローラント――は、スパンドレルがいい勝負だと思わずにいられない猛烈なペースで飲みつづけていた。二、三回、だらだらとトランプゲームをやったが、スパンドレルはスペードとクラブを見分けるのも難しかった。健康と、友達になったことを祝して何度も乾杯した。便所へ行ったとき、足元がおぼつかなくなっているのがわかったが、乗合船が出るまでもう数時間待たねばならないという事実は無視して、船に乗って夜の空気を二、三回、肺いっぱい吸いこめば問題は解決すると自分を納得させた。そのうち彼とジャンはイギリスの女とオランダの女の比較で対立することになり、そのために運命的な挑戦を突きつけられる羽目になった。ジャンが言うには、この近くに自分の馴染みのミュージコ――彼はそう呼んだ

——があって、そこではとりわけ魅力的な若い女たちが手頃な料金で手に入る。スパンドレルもその一人をためしてみるがいい、そうすれば、ロンドンで手に入るものより彼女たちのほうがすぐれていることを認めざるを得ないだろうから、と。エステル・ド・フリースといっしょにお茶を飲んだことが、明らかにスパンドレルの性欲を刺激していたし、それと同時に、ジャン、ヘンリク、ローラントといっしょにしこたまエールを飲んだために、彼の判断力は混沌としていた。十一時よりずっと前に戻ってこられるとジャンが請け合ったので、彼はその挑戦を受け入れた。

宿屋を出たとたん、それは間違いだったとわかった。頭がはっきりするどころか、冷たい夜の空気にずきんとする衝撃を受け、頭がぐらぐらした。それに、暗闇に包みこまれてたちまち方角がわからなくなった。ジャンが道案内したが、まばらな街灯のあいだの丸石敷きの真っ暗な谷間では、彼についていくのにヘンリクかローラントの助けを借りなければならなかったし、街灯にしても、運河に隣接しているために明かりが水面に反射してかえって紛らわしいのだった。

そのあと運河を背にして最初は右に曲がり、次には左に曲がり、さらにまた右に曲がって狭い裏道に入ったが、その道には突き当たりの暗闇よりはややましな程度の明かりしかなかった。スパンドレルはもうたくさんだと考えた。欲望は完全に失せていた。彼は急いでジャンに追いつき、とまってくれと頼んだ。

「こんなことやりたいのかどうか自信がなくなった。わたしはもう――」

ふいに彼は、何かにつまずいた。どしんと地面に倒れ、ころがって道の真ん中にある溝に落ちたが、すぐにもがいて膝をつき、助けを求めて見まわした。ところが助けは得られなかった。代わりに鳩尾《みぞおち》を蹴られてうっと息を吐きだし、とたんに吐き気がこみ上げた。もう一度蹴られると、吐き気に加え気の遠くなりそうな強い痛みが襲いかかった。つづいて重い鈍器のようなもので頭の横を殴られた。彼はどうにもできずに溝のなかに倒れこみ、意識のなかにあるのは恐怖と逃げるのは不可能だという思いだけで、それ以上のことは考えられなかった。おれは間抜けだと目をつけられ、実際にそう振る舞った。彼らは泥棒で、おまけに人殺しなんだろう。おれは殺されるのだ。

気づかぬうちに吐いてしまったに違いない。誰かの袖に白っぽいねっとりした汚物がついたのがぼんやりと目に入り、その袖の主が彼を罵《ののし》るのが聞こえた。ヘンリクだ。それとも、ローラントかもしれない。彼にはもうわからなかった。おかげでまたもや頭を殴られ、ますます意識が朦朧《もうろう》としてしまったが、そのもやもやのなかで脳が必死で起こっていることを理解しようとした。しこたま飲んだエールが痛みを鈍らせてくれたものの、思考力や行動力を奪っていた。スパンドレルは戸口のほうへ引きずっていかれ、すわっている姿勢にされた。それから彼らはポケットを探しはじめた。ひとつずつポケットを空にし、ついには金の袋を入れてあったポケットのボタンを引きちぎって、袋を引っぱりだした。力まかせに引きちぎったので、ボタンは横の壁に当たってから、彼の顔にはね返った。「早く《スネル》しろ、早く《スネル》」とジャンが言うのが聞こえた。「砂袋《ヘット・ザンド》だ」ほかの物が金の袋の代わりにつっこまれた――重くてずっしりした物が。それがなんであれ、同じ物が外側のポケットにも押しこまれた。そのあと、彼はまっすぐに引っぱり起こされ、ヘンリクとローラントの肩で両腕を支えられて、丸石敷きの小道を足をずるずる引きずりながら運ばれていった。

左右の街灯の明かりと、ぼんやりした橋の輪郭がちらっと目に入った。運河の近くにいるに違いない。それだけがどうにか理解できたが、そこでいきなり放りだされ、自分が倒れるのがわかった。体の前で両腕を組んで、なんとか衝撃から身を守ろうとした。けれども、彼がぶつかったのは道路の丸石ではなかった。

水は冷たくて暗く澱《よど》んでいた。まわりで渦巻いている泥水ごと彼をしっかりくるみこんでいる音のない世界。彼は泳げなかった。だが、たとえ泳げたとしても、おそらくどうにもならなかっただろう、体がひどく重いと感じたし、水の抵抗がものすごいようだった。いまや死に直面しているのだと悟った。故郷から遠く離れたところで溺死した酔っぱらい。そんなのまっぴらだと必死でもがいた。水を通して、屈折したちらちら光る街灯の明かりが見えた。水面の近くなのだ。とはいえ、水面に顔を出せるほど近くはない。努力するのを諦めたとたん、ふたたび体が沈んで忘却のなかへと彼は落ちていった。

そのとき、何かが肩に引っかかり、彼の体を水から引き上げた。水面から顔が出るや、スパンドレルは喘《あえ》ぎながら大きく息を吸いこみ、たちまち咳の発作に襲われた。背中のところに、通りから運河のなかへ下りていく石の階段があった。下のほうの石段まで引き上げられたところで外套からボートの鉤竿《かぎざお》がはずされた。背後にいる誰かが彼の肩の下を両手で摑み、脇腹を両膝で支えている。「体を押し上げろ」なんとなく聞き覚えのある声が言った。「しっかり頑張るんだ」

スパンドレルはそうしたが、ほとんどの仕事を実際にやってのけたのはもう一人の男だった。二人とも完全に水から出たとき、スパンドレルは仰向けに寝転がってはあはあ喘いだ。「ここにいるわけにはいかない」もうスパンドレルにも彼が誰なのかわかっていた。「彼らが戻ってくるかもしれないから」

「ザイラー？　そう……だろう？」

「わたしの言うことを聞くんだ」ザイラーが声をひそめて言った。「急いでここを立ち去らねば。すぐに」

「でも……動けない」

「だが、そうするしかない」ザイラーはスパンドレルを引っぱり起こしながら苦労して立ち上がった。「しゃんと立つんだ、きみ」

「できないよ、どうしても」スパンドレルはまた咳の発作に襲われた。服はずぶ濡れで、体のまわりからは運河の泥の悪臭が立ちのぼっている。「まるで力が出ない」

「こうすれば違うだろう」ザイラーは彼のほうに屈みこみ、右側の外套のポケットからずっしり重い物を引っぱりだし、そのあと左のポケットからもだして、それを運河に投げこんだ。「砂袋だ」彼は告げた。「きみの死体が上がらないようにするための重しだよ」

「おお、神さま」

「神さまはきみを助けてくれないよ、スパンドレル。しかし、わたしは救える。さあ、立つんだ」


あとになって、どうしてあの夜、自分の体に鞭打《むちう》って求められた行動をすることができたのかとスパンドレルが考えたとき、必要になるまでは眠っている生存本能が目覚めたからだというのが、ただひとつの納得のいく説明だった。ぽとぽと滴を垂らして体にまつわりつく冷たい衣服をまとい、寒さとわが身に起こったことの衝撃に震えながら、彼はなんとかザイラーのあとについて、長々と続く迷路のような小道や運河ぞいの道を歩いて薬屋の店にたどり着いた。そこのみすぼらしい家具調度をそなえた地下室が、しゃれているとはとても言えないザイラーの住居だった。

ザイラーは、スパンドレルが毛布にくるまって体を温められるように暖炉に火をおこし、彼の濡れて泥で固まった衣服を捨てた。グラス一杯の酒、シュナプスと、ボウル一杯のスープでしだいに人心地がつき、ようやくスパンドレルは命を救ってくれた男に、どもりながら感謝の言葉を口にすることができた。

「きみはわたしに感謝している」ザイラーはそう応じると、考えこむようにパイプをふかしてから、悲しげな微笑を浮かべてつけ加えた。「だが、わたしはきみを呪っている」

「なんだって？」

「わたしはきみを呪ってるよ、スパンドレル。こんな選択をわたしに差しだしたことで」

「わたしには……なんのことか」

「今夜、きみに何が起こったと思ってるんだ？」

「わたしは……悪い仲間に引きこまれた」

「確かにそうだ。だが、どうして？」

「それはわたしが……」言葉がとぎれ、彼は咳きこんだ。咳きこむたびに脇腹が痛んだから、すくなくとも肋骨の一本が折れているに違いないと思った。頭もずきずき痛んでいて、それが多少なりと怪我から彼の気をそらせてくれた。「わたしがばかだったからだ」

「それだけかね？」

「ほかに何がある？」

「ほかの何かがわたしにきみを助けさせたんだよ。コルネリス・ホンズスラハーは――」

「誰だって？」

「ホンズスラハー。瘦せた男だ」

「彼は名前はジャンだと言ったが」

「そうだろうな。彼の職業なら、偽名を使うのは当たり前だ」

「どういう職業なんだね？」

「暗殺者だよ、スパンドレル。雇われた殺し屋だ」

「雇われた？」

「きみを殺すために。ほかの二人のことは知らない。いつも彼の手伝いをするやつらだと考えていいだろう」

「わたしを殺すために？」ザイラーが何を言っているのか、話についていくのが難しかった。「でも、そうなると……」

「前もって仕組んであったんだ。きっちりと」

「どうして知ってるんだ？」

「きのう、ド・フリースとホンズスラハーが会っているのを見たんだよ。まったくの偶然だった。その目的のために彼らが選んだコーヒーハウス（註・三六六頁の解説を参照）は、わたしの主人がふつうは姿を見せるような店ではない。じつを言うと、だからこそわたしはときどきそこを利用するんだ。そう、明らかにそれはふつうの状況ではなかった。以前、わたしはべつの客からホンズスラハーの職業について警告を受けていた。そんなわけで、彼らが会っている理由に関しては疑問の余地がなかったから、ド・フリースは誰を殺したいと思っているのだろうと考えずにはいられなかった。そこへ今日の午後、きみがやってきて、可能性のある答えをもたらした。もちろん、それは偶然の符合だったとも考えられる。ド・フリースには大勢の敵がいる。彼はその一人を抹殺する必要を感じたのかもしれない。とはいえ、率直に言って、それには疑問があった。それはド・フリースが商売がたきにたいして用いたいと思うような制裁ではない。べつの商売がたきを刺激して、今度は自分が同じ方法でやられる恐れがあるからだ。いや、そうではない。この街やここの道筋に不慣れなよそ者のほうが標的としての可能性がはるかに高い。それゆえ、きみがやってきたことは偶然の符合ではあり得ないと思った」

「どうしてわたしに警告してくれなかったんだ?」

「きみがわたしに給料を払ってるわけではないからね、スパンドレル。いやいやながらにもせよ、払っているのはド・フリースだ。彼のやることを邪魔しても、わたしの利益になるわけではない」

「だが、あなたはげんにこうして邪魔をした」

「ああ」ザイラーは苛立って、シュナプスをぐいとあおった。「きみはそのことではわたしの良心に感謝したほうがいい」

「感謝してるよ。本当だ」

「感謝してもらったところで、はっきり言って、わたしにはなんの利益もない。まあ、いいさ。すんだことは仕方がない。今夜、ド・フリースがわたしに暇をだしたあと、わたしはきみがひどい目に遭っていないか確かめるために、帰宅途中で〈オウドザイド・ヘーレンログメント〉に寄ってみようと決めたんだ。ところが、きみはもうホンズスラハーたちといっしょにいて、わたしにも気づかないほど酔っていた、というより、自分を取り囲む罠にも気づかないほど。ところで、きみはどこへ行くつもりだったんだね？」

「ミュージコ」

「そんなことだと思った。そうだな、ホンズスラハーはきみに親切なことをしたと言えるかもしれないよ、スパンドレル。すくなくともアムステルダムの土産に、梅毒をうつされずにすんだんだから」

「それはたいへんな慰めだな」

「きみが彼らの手中にあるあいだは、どうすることもできなかった。彼らはわたしをさっさと始末してしまっただろうから。けれども、きみにとって幸運なことに、きみを運河に突き落としたあと彼らはぐずぐずしなかった。砂袋を突っこんだから、きみは水中に沈んでしまうと考えたんだろう。わたしがボートの鉤竿を持って待機していなかったら、実際にうまくいってたはずだ。彼らがきみにたいして企んでいることは察しがついていた。刺殺より溺死のほうがはるかに簡単に説明がつく、とりわけこの街を初めて訪れた人間にたいしては。つまり、きみの死体が発見された場合にはということだがね。しかし、発見されるとは思えないよ。ここの運河の底には、殺害された男たちの死体が少なからず泥のなかで腐敗しているに違いない。そこでわたしは片隅に係留してあった船から鉤竿を借りて、きみを釣り上げられるかどうかやってみたんだ」

「あなたはすぐれた釣師だったよ、ザイラー。間違いなく」

「それはどうも。ただの秘書風情が誰かの命を救うチャンスなどめったにない」

「あなたがわたしを救おうと考えたのなら、それはまだ終わってないようだ」

「どうして？」

スパンドレルは溜め息をついた。ようやく、自分が陥った厳しい状況をはっきり理解するだけの思考力が回復してきた。彼は生き延びた。とはいえ、多くの点で死んだも同然だった。ド・フリースには友人——彼のもっとも古くからの友人、サー・シオドア・ジャンセン——に協力する目的以外に、スパンドレルの殺害を依頼する理由はない。ジャンセンは、スパンドレルが箱をド・フリースに届けることを望んだ。しかしながら、スパンドレルがその役目を果たした証拠書類を持って戻ってくることは望まなかった。それは明らかに彼の計画には入っていなかったのだ。

「スパンドレル？」

「わたしが到着するまえに、サー・シオドアがド・フリースに送った手紙だが」彼は鋭い眼差しでザイラーを見た。「あなたはそれを見たのかね？」

「いいや」

「それなら、その手紙のなかでサー・シオドアが親友のイスブラントに、わたしを生かしたままアムステルダムから帰さないよう取り計らってくれと頼んだかどうか、あなたにはわからないんだな」

「彼が頼んだと考えてるのか？」

「ほかにどう考えるべきだ？」

「どうして彼がそんなことをするんだね？」

「彼は口の堅い信用できる使者を雇わねばならなかった」やっとスパンドレルにも、ジュープやほかの従僕ではなく、自分がその任務のために選ばれた理由がわかった。スパンドレルなら簡単に買収できるし、犠牲にしてもいっこうに差しつかえない。どちらの条件も完全にそなえているのだ。「わかるだろう、ザイラー？　死人より……口の堅い使者はいない」

6

計略とその裏をかく計略

スパンドレルはその夜、ほとんど眠れなかった。彼とザイラーはパチパチはじける暖炉のそばで真夜中を過ぎるまで話しこんだ。そのあと、炉胸（煙突を囲んで室内へ張り出た壁）のかたわらの簡易ベッドでできるだけ休息をとるようにと、スパンドレルをそこに残してザイラーが奥の部屋の自分のベッドに引きとってからも、彼はなかなか寝つけなかった。あばら骨の痛みが彼を苦しめ、横になると、どんな姿勢になっても痛む箇所にひびいてしまうのだった。

けれども、あまりにも肉体的な疲労がはげしかったから、それだけでは彼を目覚めさせておくことはできなかっただろう。彼に安らぎを与えないのは、頭のなかで渦巻く思考だった。心のなかで自分の未来の危うさを見つめずにはいられなかったのだ。

彼は生き延びた。ド・フリースは、それにまもなく、サー・シオドア・ジャンセンも彼は死んだと考えるに違いない。が、死ななかった。それが彼のただひとつの有利な点だと言える。しかし不幸なことに、それをはるかに凌《しの》ぐ不利な条件がそろっているのだ。彼は送達箱を届けたが、ド・フリースが署名した受領証をすべての所持金とともに盗まれてしまった。代わりの受領証を書いてくれとド・フリースに頼めば、ふたたび命を狙われる危険に身をさらす羽目になる。それがなければ、イギリスへ戻ってサー・シオドアに彼らの取引を重んじるよう求めることはできない。とはいえ、いかなる状況になっても、サー・シオドアが取引を重んじるとは考えられなかった。彼の負債が帳消しにされることはないだろう。地図が完成する日はこないのだ。

ではどうすればいい？　この街から出て、無事に帰途につくための旅費もなかった。身につける服さえなかった。運河から引き上げられたときに着ていたものは、汚い水と泥ですっかり汚れていたから、よほどの緊急事態でもないかぎり、もう一度着られるかどうか疑問だった。ザイラーは寝間着は貸してくれたが、彼の衣装をひとそろい提供してくれるとは期待できない。

ザイラーはもう実際に充分なことをしてくれた。最初会ったとき、彼は冷淡な打ち解けないタイプの男に見えたが、彼の行動は彼の用心ぶかい言語より雄弁だった。彼がスパンドレルに自分自身について語ったことから、多くの点で彼らが似ていることが明らかになった。貧乏ではあるが賢明な父親によって、彼の境遇には過ぎた高い教育を受けたピーター・ザイラーは、彼の故郷の町、ライデンの大学に留学していた大勢のイギリス人の学生から英語を学んだ。彼らのなかの富裕な階層の学生と友達になり、その学生が、リヴァプールにある父親の船会社で事務員として働いたらどうかと勧めてくれた。そこで三年を過ごしたあと、オランダ東インド会社のリヴァプールの代理店の推薦により、彼の才能がイスブラント・ド・フリースの目にとまることになった。故国へ帰れる機会は抵抗しがたいものだった。ところが、すぐに彼はその機会に飛びついたことを後悔するようになった。

「ド・フリースは冷酷な男だ」シュナプスで舌のゆるんだザイラーは言った。「それ以外のものを誰が彼に期待するだろう？　わたしはしないね。しかも、とことん冷酷なうえに頑固そのもの。おまけに吝嗇で、意地悪で、狡猾《こうかつ》。きみが見たとおりだよ」

「それなら、ド・フリース夫人はどんな生活を送っているんだろう？」

「さあねえ。彼女は文句を言ったことはないから。ともかく、わたしにには。彼女の振る舞いは妻の鑑《かがみ》といったところだ。彼は戦利品のように彼女を腕に抱えて見せびらかし、そのためにいっそうライヴァルたちの憎しみをかきたてている。いくら彼でも自分の戦利品を」――ザイラーはスパンドレルに意味ありげな眼差しを投げた――「傷つけたりはしないだろうと考えて、わたしは自分を慰めてるよ」

「彼にそんなことができると思うのか？」

「彼ならどんなことでもやれるさ」

「それなら恐るべき敵だ」

「きわめて恐るべき敵だよ」

「わたしはどうやって彼から逃れられるだろう？」

「逃げることだ。遠くへ逃げること。ほかに方法はない」

「母のことを考えねばならないよ」

「きみが話したことから判断して、彼女にはきみは死んだと思わせるべきだよ。連絡を取り合ったりすれば、かならずジャンセンが嗅ぎつけるだろう」

「あなたがわたしの立場なら、そうするかね？」

ザイラーは答えるまえに、しばらくじっと暖炉を見つめた。「いや。正直言ってそうしない」

「それなら、どうするんだ？」

「ねえ、きみ、男には敵に牙をむかねばならないときがくる。きみにとってその時がきたのかどうか、わたしにはわからない。しかし、わたしがきみの立場なら……」

「立ち向かうだろう」

「ああ」ザイラーは頷いた。「そう思う」

簡易ベッドに横たわり眠れぬままに暗闇を見つめていたとき、スパンドレルもやはりそう思った。逃げれば、すべてのものから逃げることになる。何ひとつ持ってはいけない、自分の過去さえ。そして、未来は白紙、地図のない空間だ。これが権力者にもてあそばれた彼の運命だった。彼に望みはないのだ、思いきってやらないかぎり……

アムステルダムの霧雨の降る明け方だった。スパンドレルが地下室の窓から見上げると、舗道で雨水がきらきら灰色に光っていた。彼は口をねじってある袋入りのコーヒーを見つけて、ポットに入れて沸かした。その香りがザイラーを目覚めさせた。彼らは暖炉の燃え残りのかたわらでそれを飲んだが、最初は奇妙なことに、二人とも口を開くのに気後れをおぼえた。たぶんどちらも、数時間前まで熱心に話し合ったにもかかわらず、なんら答えの出なかった話題に相手のほうから触れるのを待っていたのだろう。

「そろそろ行かねば」ついにザイラーが、唇を結んだままかすかに笑みを浮かべて言った。「ド・フリースは遅刻を認めないからね」

「わたしもじきに出ていかねば」

「どれでも必要な衣服を着ていったらいい。わたしのはどれも似たり寄ったりだ。きみには袖とズボン丈がすこし長いだろうが、それはどうにもならないよ。ここの家主に肋骨のところに包帯を巻いてもらったほうがいい」彼は上のほうへ顎をしゃくってみせた。「バーラウスは親切な男だ。それに、たいがいの医者を自称する連中よりもすぐれた医者だよ。それと、道中で必要だろうから一ギルダー貸してあげよう」

「どこへの道中で？」

「アムステルダムからなるたけ遠く離れることだ。それがわたしに言えるただひとつの提言だよ」

「昨夜は違う提言をしたよ」

「そうだな。確かに。やろうと決心したのか？」

「ああ」

二人の男は見つめ合い、スパンドレルが出した答えの重大さを冷静に厳粛に受けとめた。

「わたしは何をすべきかな、ザイラー？　どうやって彼に反撃すればいいだろう？」

「本当にわたしに教えてほしいのか？」

「ああ、そうだ。本当に」

「よし、わかった」ザイラーは身をのりだした。陰謀を企むことに乗り気になり、彼の顔が興奮で輝いている。「わたしの見るところ、きみのただひとつのチャンスは、届けた箱を取り戻し、その中味を知ることだ。そうすれば、どうしてきみを殺さねばならなかったのか、その理由がわかるだろう。それがわかれば、その知識を利用して……きみの敵をやっつけることができるかもしれない」

「ド・フリースとジャンセンを？」

「彼らはこの件では結束していると思う」

「だが今となっては、どうやって箱を手に入れたらいいのかな？　ド・フリースはしっかり鍵をかけているだろう」

「ああ、そうしているよ」

「それなら？」

「彼の近くにいる者に助けてもらわないと不可能だよ」

「彼の秘書のような人物ってことかね？」

「大当たり」ザイラーはにやりと笑った。

「あなたはわたしのためにもう充分に危険を冒している。わたしにはとても――」

「きみは誤解してるよ、スパンドレル。きみにたいして取られた極端な手段から考えて、あの箱の中味はド・フリースをやっつけるために利用できると確信したんだ。彼を仕留めるために。彼を破滅させるために。彼のような……やつに……わたしはずっと耐えてきたんだよ。そうした満足すべき結果をもたらすことができるなら、少々の危険を冒すのをわたしが尻込みすると思うかね？」ザイラーの微笑が大きくなった。「これはね、わが友、きみの救済であるとともに、わたしの喜びなんだ。両者が手を組むことにたいして、きみの返事はどうなんだ？」

スパンドレルはもちろん、それを受け入れた、そうせざるを得なかったから。というわけで、ピーター・ザイラーと彼は共謀者になった。送達箱がしまってある場所についてはザイラーに確信があった。ド・フリースは彼のもっとも貴重な——そして秘密の——所有物は、すべて書斎の鉄製の箱にしまっていた。その鍵は彼が肌身離さず持っていて、実際に懐中時計の鎖にとめつけてあった。したがって箱はこじ開けねばならない。しかし、そこがザイラーの計画にとっては好都合だった。

「明日の夜」彼は楽しげに打ち明けた。「ド・フリース夫妻は音楽会に行くことになっている。ド・フリースは音楽愛好家と思われたいんだ、彼が本当に楽しいと思う音楽は、財布のなかで硬貨がカチャカチャ鳴る音だけなのに。彼らは八時から、すくなくとも真夜中までは出かけている。音楽会のあとは、そのまま夕食会へ行くだろうからね。ド・フリースは自分が留守のときは、わたしに邸《やしき》にいてほしいと望むんだ。何か緊急事態が起こったとき、召使いたちではそれを処理できないと思っている。口に出しては言わないが、ド・フリースが本当に恐れているのは泥棒だと思うよ。だから、彼の期待どおり……泥棒を差しだすことにする」

「わたしを?」

「そのとおり。きみは裏から入るんだ。わたしが前もって馬車小屋の横の門の錠をはずしておく。それに、図書室の窓のひとつも鍵をしめないでおく。馬車小屋の隣の納屋に梯子が入っている。それを使えば窓まで登れるよ。書斎は図書室の真上の部屋だ。召使いたちのことは心配しなくていい。彼らはド・フリースの留守をいいことに、階下の暖炉のまわりに集まって、彼の文句を言ってるだろう。今回はわたしも彼らの仲間に加わるつもりだ。そうすれば、泥棒が侵入したときのわたしの居場所についての目撃証人も手に入るわけだよ」

「その鉄の箱はどれぐらい頑丈なんだろう?」

「わからない」ザイラーは微笑した。「こじ開けようとしたことはないから。だが留め金の外見からすれば……」彼は暖炉から火かき棒を引き抜いて、手で重さを計った。「それほど頑丈ではないと思うな」


あとになって彼らが共謀してことを企んだ証拠をあばかれないように、二人はすぐに別れるべきだと意見がまとまった。ザイラーはひと晩の宿代には充分な金といっしょに、ひと揃いの衣服をスパンドレルに貸し与えた。さらに、目立たない場所にある宿屋〈ハウデネ・フイス〉への道順をスパンドレルに教え、ことが終わったあとで、送達箱の中味を調べるためにその宿屋で落ち合うことにしようと言った。別れの握手をして約束を確かめ合ってから、彼らはべつべつに——スパンドレルが先に——地下室を出た。

その湿っぽい冬の朝、スパンドレルはゆっくりとバーラウスの店をあとにしたが、足を運ぶたびに肋骨がきしんだ。どこかほかの薬屋で包帯を買わねばならない。だが、痛みはもういくらか楽になってきたようだ。サー・シオドア・ジャンセンや、彼の親友のイスブラント・ド・フリースのような人種にたいして、彼がやれるとは思ってもみなかったこと――復讐――を考えるうちに、実際に痛みがやわらいでいくのだった。

スパンドレルは想像をめぐらした――どうしてそうせずにいられよう？――サー・シオドアは今もハノーヴァー・スクエアの彼の自宅に心地よく腰をすえ、この瞬間にもチョコレートを飲みながら朝刊に丹念に目を通しているだろう。送達箱と、きわめて重要なその中味をアムステルダムまで届けるために選んだ密使は死んだ、彼の口は永久に閉ざされたと確信して自己満足に浸っているに違いない。

だが実際には、サー・シオドアの状況はすこし違っていた。月曜日に南海本社で開かれた調査委員会にロバート・ナイトが出頭しなかったために、下院内に義憤がまき起こって、南海会社の理事に名をつらねている下院議員たちが強制的に呼びだされる羽目になり、さらにそのあと、今では完全な執行権限を与えられている委員会による調査が続行するあいだ、彼らはロンドン塔に拘禁されることになった。そしてその翌日には、南海会社のすべての理事と役員にまで調査の網が拡がった。

それゆえ、サー・シオドアはその朝、ロンドン塔のなかの、広さは充分だが優雅とはとても言えない部屋に拘禁されていたのだ。窓からはテムズ川を行き交う船とバーモンジーの埠頭《ふとう》が眺められたものの、引き潮のときの川の悪臭は、そうした眺望に支払わねばならない憂鬱な代償だった。サー・シオドアほど最高のものに慣れていない者なら、これでも部屋の家具調度は充分にそろっていると言ったかもしれない。だが幸いなことに、彼は常に現実に対応できる実際的な性格だったし、年齢が、ほかには何もなかったとしても、忍耐を彼に教えていた。囚人に供給する品物にたいして知事が独占権を不当に行使して、搬送料としてけしからん金額を請求したとはいえ、どこで飲んでもチョコレートの味は同じだった。ブロドリック委員会の取調官たちは、彼を自分たちの意のままにしていると考えているかもしれないが、結局は彼らにも、それは完全に逆だとわかるはずだとサー・シオドアは確信していた。

住んでいる場所が変わっても、従僕が彼の世話をすることは禁じられていなかったから、熟練した召使いの手で顔を剃ってもらいながら毎日を始められることは、サー・シオドアにとって確かに安堵をおぼえることだった。しかしながら、ジュープの顔剃りの腕前はかなりのものだったとはいえ、彼の雇い主がもっとも高く評価しているものではなかった。さまざまな事柄にたいするジュープの情報収集力をサー・シオドアは高く買っていて、剃刀《かみそり》を扱う彼の着実な手さばきにもおとらず、彼のもたらすあらゆる情報の断片をサー・シオドアは必要としていたのである。

「まだ拘禁されていないのは誰だね？」彼の床屋兼情報提供者が頭のてっぺんに剃刀の刃を滑らせたとき、サー・シオドアは問いかけた。「ここにはわれわれの同僚が十二人、入っていると聞いた」

「それに誤りはないと存じます、サー。そして、もっと探しだされるでしょう。けれども、副知事のジョーイにはまだ令状は出ていないはずです。委員会は彼がとくに助けになるだろうと期待しているに違いありません」

「いつ彼は委員会に出頭するんだね？」

「今日です。サー・ジョン・ブラントといっしょに」

「彼は自分のために役立つと思うことは、なんでも彼らに話すだろう。それはほとんどすべてということだよ、おそらくな」

「しかし、すべてを余すところなく、というわけにはいかないでしょう」

「それには、彼らはナイトから話を聞かねばならない」

「彼らはぜひにもそうしたいのでしょうが」

「彼らにはナイトの居場所がわかっているのか？」

「ブリュッセルの名前があがっておりました」

「見え透いた選択だな。しかし、オーストリア当局が委員会の要請に従うために奮起するとは考えられん」

「ですが、王の要請ということになりましたら？」

「状況は違ってくる――そうなるはずだ」

「ウォートン公は葬儀用馬車を雇い、今日、南海会社のための模擬葬列をつくって通りを練り歩くという噂です」

「ウォートン公は愚か者だ。彼と彼の仲間のジャコバイト（註・三六七頁の解説を参照）たちは、この危機を神々からの贈り物と見ているのだろう。けっこうじゃないか。彼らに葬儀をやらせればいい。彼らにたっぷり楽しませたらいいんだ。政府のほうはどうなんだね？」

「どちらかというと、息をひそめて時節を待っているように思われます。アイラビーはもう終わりだと、ウォルポールが彼のあとを引き継いで大蔵大臣になるのは確実だと言われております」

「ああ、ウォルポールか。われわれが警戒しなければならない男だ」

「今のところまだ」――ジュープは咳払いした――「アムステルダムからの知らせはありません、サー」

「せっかちだな、ジュープ」サー・シオドアはかすかな笑みを浮かべた。「ちょっとばかり早すぎる」

7

家宅侵入

〈ハウデネ・フィス〉は今は使われていない波止場わきの見張り塔、モンテルバーンストーレンの近くにある、小さな、管理の行き届いた、明るい色のペンキを塗った宿屋だった。前世代のアムステルダム市の祖先が、その見張り塔に時計と装飾的な尖塔と人魚の形をした風向計をつけ足していた。スパンドレルの部屋からは塔がよく見えたし、それに波止場も見わたすことができた。モンテルバーンスワル運河は宿屋の前を通り波止場に達している。彼は定期的に行き来する船や、運河の対岸にある倉庫へ人々が出入りする様子や、街の上空の光が銀色になって薄れていく光景をぼんやり眺めていた。まる二日とひと晩、イスブラント・ド・フリースとサー・シオドア・ジャンセンにたいして立場を逆転させるチャンスを待つあいだ、彼にはほかにすることがなかった。怖ろしいホンズスラハーや、ド・フリース本人にさえ偶然出会う恐れがあったから、通りをぶらつくことはできなかった。酒場で時間をつぶすわけにもいかなかった。酔ったときの自分を信用できなかったのだ。あばら骨やほかのあちこちの痛みがしじゅう彼に思いださせたように、それは辛いことだが、明らかな事実だった。それに、酒を飲んで時間を過ごすだけの金があったわけでもない。ザイラーからの借金は必要な経費のためのきちきちの額だった。スパンドレルに必要なもの——ベッドと食事、ド・フリースの書斎で鉄製の箱をこじあけるための金槌《かなづち》と鑿《のみ》、それに、道筋を照らすための薄暗い手提げランプ——の代金だけで借金の大部分が消えてしまった。だから、じっと待つしかなかったのだ。

しかしながら、何もすることがないおかげで頭を使って思考をめぐらせることができた、足を使ってあちこちめぐることはできなくても。送達箱のなかには何が入っているのか？　運び役のスパンドレルを殺してまで隠匿《いんとく》しようとした秘密とはなんだろう？　ド・フリースとジャンセンは古くからの友人ということだが、どちらも老人だ。もしかしたら、その答えは過去何十年にもわたっているかもしれない。それとも、あくまで現在にかぎられるのか？　南海事件におけるジャンセンの役割を考えずにはいられなかった。それがこのことと関係があるのだろうか？　もしそうなら、ジャンセンの同類が関わっている事柄に、自分も巻きこまれようとしているのでは？

とは言っても、彼はすでに巻きこまれていた。彼がサー・シオドアの申し出を受け入れた瞬間からそうなったのだ。抜けだす道はなかった——さらに突き進んでいかないかぎり。父親なら、関わらないでそっとしておけと言っただろう。だが一方では、彼が陥った窮境にたいしては父にもいくらか責任があるのだ。ディック・サーティーズなら反対に、やれやれとけしかけただろう。スパンドレルはその無鉄砲な学友のことを何ヵ月も考えたことはなかった。何年も彼には会っていなかった。じつのところ、スパンドレルが父親を説き伏せて彼に提供した徒弟としての身分を、「測量はものすごく退屈な仕事だ」という理由でディックが投げだし、「冒険を捜しに海外へ行く」とスパンドレルに告げたとき以来、会ってはいない。「けれどもおまえは」——とディックはつけ加えた——「このままとどまるべきだ。要するに、おまえは冒険をするタイプじゃないんだよ、ビリー。本当だ、おれの言葉を信じろ」

スパンドレルはそれを思いだして微笑した。それがいまやディックをからかう種になってしまった。冒険好きなタイプだけが冒険に挑むわけではないようだ。誰もがそうする羽目になりかねない。むしろ冒険など望まないときに、なおさらそうなるのかもしれない。

金曜日の午後のあいだに天候が変わった。強くなっていた風がしだいに弱まり、そのあと雲が切れて晴れてきた。それとともに街が変貌して、波止場から反射するきらめく光のなかで輝いた。太陽が没するとき、膨らんだ真っ赤な玉がアムステルダムの屋根ごしにギラギラする光を投げながら沈んでいった。そのとき、彼の待ち時間もようやく終わりに近づいたのがわかった。

モンテルバーンストーレンの時計が九時を打ったとき、彼は酒場へおりていき、グラスに二杯のブランデーを飲んだ。いわゆる酒のうえの空元気《から》が彼には必要だったのだ。しかし、二杯が責任の持てる限度だった。それから部屋に戻ると、金槌と鑿を取り上げ袋に隠した。手提げランプに火を灯して彼は出発した。

その夜は寒かった。午後のそよ風がふたたび強くなり、骨まで凍えそうな風になっていた。通りに人影はまばらで、その人たちものんびり歩いてはいなかった。スパンドレルも足を急がせた。いちばんの近道ではないが、いちばんわかりやすいとザイラーが言っていた道筋をたどり、モンテルバーンスワルぞいにアムステルまで行った。西へ行く最初の橋で川を渡り、人気のない市場を横切った。市場の奥の隅から、ヘーレングラハトの通りに立ち並ぶ家々の後ろ側の塀と、もっとつつましい家並みの表側のあいだに、細い通りが延びていた。ザイラーによると、この道を進んでいけば、ド・フリースの馬車小屋の入口にたどり着けるということで、その入口のドアには、猿の形に作られたランプの受け皿がついているから、それで見分けられるというのだ。馬車が戻ってきたときのために、ランプは灯っているはずだった。灯っていなければ、なんらかの理由でド・フリースはコンサートに行かなかったということで、その場合にはこの企ては諦めねばならない。

ランプは灯っていた。その下の鋳鉄製の猿がランプのちらちらする明かりのなかで彼にににやっと笑っているように見えた。スパンドレルは手提げランプのシャッターを閉め、暗がりに引っこんで、ザイラーと打ち合わせたとおり時計の十時を打つ音が聞こえるのを待った。その時刻には召使いたちはみんな地下室に集まっていて、彼らの夕食が消化されるあいだ、いつものように主人についての不平を吐きだしているはずだと、ザイラーは自信を持って告げた。

寒くて不安な待ち時間はせいぜい十分ぐらいのものだっただろうが、スパンドレルには何時間にも感じられた。いまにも馬車が戻ってくるのではないか、ホンズスラハーが暗闇から跳びかかってくるのではないかとびくびくしていた。より実際的な不安としては、通行人が彼に目をとめて不審を抱くのではないかと心配した。しかし、通行人はまったくなかったし、残忍な顔つきの猫が鼠《ねずみ》を口にくわえて通ったものの、スパンドレルには見向きもしなかった。星だけが彼を見まもっていた。夜だけが耳をすましていた。ついに時計が十時を打った。

馬車小屋の入り口のわきにある細いドアは音も立てずに開いた。スパンドレルは戸口を通り抜け、庭に通じている短い小道に足を踏み入れた。彼と家のあいだは真っ暗な淵のようで、家には地階にぼんやり明かりがついていた。それ以外はすべてが闇に沈んでいる。彼は手提げランプのシャッターを開けて、馬車小屋の壁ぞいに進んでいき、その行き止まりのところにある差し掛け小屋にたどり着いた。掛け金を上げ、ドアをそっと開けた。梯子はすぐ内側の、鍬《くわ》や鋤《すき》のあいだに立ててあった。彼は片手で梯子を持てるように袋から金槌と鑿を出してポケットに押しこんでから、ランプを前方にかざして小道を照らしながら、おそるおそる庭を横切りはじめた。

テラスに着いたときには寒いのに汗をかき、息をはずませていた。食料貯蔵室のように見える部屋を見おろした。その奥の部屋からわずかに光が洩れている。ありがたいことに人影は見えなかったし、立ちどまって耳をすましたときにも、声はまったく聞こえなかった。危険や障害はなさそうだ。

ゆっくり慎重にやれよと自分に言い聞かせ、図書室のいちばん遠い窓の——ザイラーはその窓の締め金をはずしておくと言っていた——下の枠に梯子を立てかけて登っていった。窓は窓枠にちょっと引っかかったが、すぐにギーときしみながら開いた。途中まで窓を押し上げてから、窓枠の把手《とって》にランプを吊るして部屋のなかへ這いこんだ。

エステル・ド・フリースがお茶で彼をもてなし、イスブラント・ド・フリースが彼にたいして軽蔑するような態度をとったあの部屋に、スパンドレルはふたたび立っていた。音楽会で並んですわっている彼らを想像した。エステルが音楽を楽しんでいるのにたいして、イスブラントのほうは、ほかの男たちが彼女を見て羨望《せんぼう》をかきたてられるのを楽しんでいるだけなのだ。自分がこれからやろうとしていることは彼女に密かな喜びをもたらすだろうか？どうかそうあってほしいと願わずにいられなかった。もしかしたら、彼女はそのことですこしは救われるかもしれない。もしそうなら——

そんなことを考えて時間をむだにしている自分に腹を立て、彼はくるりと向きを変えると梯子を引っぱり上げた。発見される場所にそれを残していかねばならない。床にそれを置いてから、手提げランプをはずして窓を閉めた。とたんに静寂が彼を包みこみ、それを破るのは時計の時を刻む音だけだった。あらためて部屋を見まわす、本棚を、絵画を、古典様式の胸像を。それらはエステル同様、ド・フリースの富と権力の象徴だった。それ以外の役に立つわけではない。ほかの物やほかの人間が彼にとって価値がないように、それらも彼にとって価値があるわけではないのだ。

スパンドレルは部屋を横切り、ドアのところでちょっと立ちどまって耳をすましたが、何も聞こえなかったので把手をまわした。ドアが開くと、そこは暗い廊下だった。召使いたちは階下に閉じこもっているに違いない。そうでなければ、階段吹き抜けにかすかな明かりが見えるはずだ。だが、真っ暗だった。

図書室のドアをそっと閉め、その場にじっと立ったまま感覚をとぎすました。時計が時を刻む音。風がヒュウヒュウ吹く音。ほかには何も感じとれなかった——なんの音もしない。なんの動きもない。運に恵まれているようだ。階段のほうへ移動し、踏み板がきしむのを恐れ、真ん中は避けて階段をのぼっていった。

図書室の真上にある書斎のドアは、階段のてっぺんにたどり着いたとき、彼の左側にあった。今ではわれ知らず気がせいて、大股で戸口に近づき、なかに入れるだけさっとドアを開けた。そこでふたたび警戒心が頭をもたげる。彼は把手から手を放さずに少しずつドアを閉め、カチッと閉まってからゆっくりと手を放した。それから向きを変え、ランプを高く掲げて鉄製の箱はどこかとあたりに視線を投げた。

それは部屋の向うの、暖炉と窓のあいだの壁に押しつけてあった。頑丈な、真鍮《しんちゅう》枠の鉄の箱。掛け金に南京錠がかけてある。右手の窓の下にデスクの大きな黒っぽい影があるのに気づいたが、それには見向きもせずスパンドレルは箱に歩み寄った。箱の前に膝をついて手で掛け金をためしてみる。ザイラーの言ったとおりだった、ほかのすべてのことについても彼が正しかったように。箱はあまり苦労せずにこじ開けられるだろう。ただ、その途中でかなり大きい音を立てそうだ。それが最大の問題だった。しかしながら、召使いたちはおよそ仕事熱心ではない。それははっきりしていた。彼らが聞きつけたところで、ザイラーがどこかほかのところから聞こえたのだと、彼らを納得させるだろう。スパンドレルはランプを床に置き、金槌と鑿を取りだした。

そのとき、ランプの明かりが届かないあたりに、何か妙なその場にそぐわないものがあるのを目の片隅で捉えた。振り向くと、デスクの前に置いてある敷物と床板の上に、黒っぽい液体が広がっているのが見えた。ランプを取り上げて高くかかげ、そっちのほうへ光線を向けた。

ランプの光では真っ黒に見えたが、それは血だった。さらにデスクの横の床には、人間の形をしたものが転がっている。イスブラント・ド・フリースの真っ白な髪が目に入り、老人は死んでいるととっさに悟って、スパンドレルははっと息を呑んだ。結局、彼は音楽会には行かなかったのだ。その代わりに、あの世へ行ってしまった。

ゆっくり立ち上がりデスクのほうへ近づいた。死の苦しみにゆがんだド・フリースの顔がようやく目に入った。胸に血の染みがあり、体の下にはどろどろした血だまりが広がっている。スパンドレルの靴先が何かに触れた。見おろすと、敷物の上にナイフが落ちていて、刃がきらきら光っている。彼はド・フリースのほうに、ゆがんだ硬直した口元に、空をにらんでいる両目に視線を戻した。何をすべきか、どう反応すべきか考えようとした。まさかこんなことに遭遇するとは夢にも思わなかった。送達箱のなかにどんな秘密が入っているにせよ、もうそれがド・フリースに痛手を与えることはない。

突然、ドアがぱっと開いた。光が部屋に射しこんだ。スパンドレルがくるりと向きを変えると、水曜日に彼を家に入れた初老の召使いが、蠟燭のランプを持って戸口に立っている。その場の光景を見てとったとたん、男の口がぱくっと開いた。そのとき、彼の肘の横に左手にランプを持ったザイラーがあらわれた――右手にはピストルを持っている。彼はスパンドレルのほうへ近づき、無表情な顔でピストルを上げた。

「おまえが殺したんだな、スパンドレル。おまえがド・フリースさんを殺した」

「なんだって？　違う。あなたは何を――」

ふいに真相が脳裏にひらめき、スパンドレルはあっと言葉を呑んだ。思いがけない友情、巧妙な計画、入ってくれといわんばかりの無防備な家。すべてはド・フリースもろとも彼を生け贄《いにえ》にする陰謀の一部だったのだ。彼はまたしても手玉に取られてしまった。そして今度は誰も救いにきてはくれない。

スパンドレルは戸口に向かって突進したが、もう手遅れだった。走っていく彼の頭にザイラーがピストルで狙いをつけ、途中でとまらせた。

「そこを動くな、スパンドレル」ザイラーはそう言いながらピストルの打ち金を起こした。

「頼むから――」

「何も言うな」

銃口がスパンドレルの額に突きつけられ、彼はデスクの端までじりじりさがらざるを得なかった。ザイラーの目は陰になっていたが、食い入るように彼に注がれているのが感じとれた。

ザイラーは早口で、肩ごしにオランダ語で何か言った。初老の男は頷くと、急いでその場を立ち去り、足音がぱたぱた階段をおりていった。「夜警に知らせにいかせた」二人だけになると、ザイラーの口調が変わった。「彼らは保安官を呼ぶだろう。著名な市民が自宅で殺害されるとは嘆かわしいことだ。だが、もっとまずい事態になりかねなかった。少なくとも犯人はまだ逃げていなかった。もちろん、まだ逃げようとするかもしれない。その場合には、彼を——撃つしかない。

「おまえは狂ってる」

「とんでもない。大切な雇い主を殺されて、驚愕するとともに憤慨している。さあ、デスクの上にランプを置け」スパンドレルはそうした。「金槌と鑿を落とせ」またもや命令に従う。それらはずしんと敷物の上に落ちた。「死体のほうへ歩け」

スパンドレルがどうにか動けるだけ、押しつけられたピストルの銃口がゆるんだ。彼はザイラーに押し戻されるような恰好で、ド・フリースを見おろす位置までよろよろと三歩移動した。

「膝をつけ」スパンドレルは体を屈めて両膝をついた。血がじっとりズボンに滲みとおってくるのがわかった。「掌を血につけろ」スパンドレルがほんの一瞬ためらうと、たちまちピストルが彼の額に食いこんだ。「おれの言ったとおりにしろ」ザイラーの声音の平静さが、抵抗してもむだだとはっきり告げた。ぶるっと身震いして、彼は目の前の床にぺたりと両手をつけた。「さあ、それを胸に塗りつけるんだ」

スパンドレルは言われたとおりにしたが、シャツや外套に血を塗りつけながらザイラーを見上げた。「どうして彼を殺したんだ?」嘆願するような口調で彼は問いかけた。

「そのことなら、スパンドレル、おまえはどうして彼を殺したのか、だよ。立て」

「おれを殺すつもりなら、さっさとやってしまえばいい」

「おまえを撃つつもりはない。おまえのせいでそうせざるを得なくなれば仕方ないが。おれとしてはむしろ、おまえが生きたまま逮捕されるほうが都合がいい。さあ、立て」

スパンドレルは立ち上がりかけたが、今がザイラーに飛びかかるチャンスではないかと考えた。保安官と彼の部下が到着してスパンドレルの有罪を確信するまえに、なんとかしなければならなかった。ザイラーを打ち負かせるかもしれないし、うまくいけば、力ずくで彼から真相を聞きだすことができるかもしれない。彼は片膝に力を入れてぐっとふんばると、ザイラーの鳩尾《みぞおち》に飛びかかった。

スパンドレルの右耳の横で、耳を聾《ろう》するような音を立ててピストルが火を吹いた。だが、的がはずれた。スパンドレルの体重がザイラーをなぎ倒した。二人の男はいっしょに倒れ、ザイラーランプが転がっていって、彼らのもがく影がもつれ合った。床にぶつかったとき、ザイラーはピストルを放してしまった。それが弾んでいくのを見て、スパンドレルは棍棒《こんぼう》がわりに使うつもりでそれを摑もうとした。銃身を摑んでくるっとザイラーのほうに向き直ったとき、オランダ人の手に金槌が握られているのがちらっと目に入ったが、もう手遅れだった。弧を描いて振り上げられた金槌が彼に叩きつけられた。

8

法の力

意識が戻ったとき、スパンドレルは束の間、フリート監獄にいるのだと思った。何もかもがあるべき場所にある。鉄格子のはまった高い窓から射しこむ薄暗い光線。彼が横たわっている粗末な藁《わら》のマットレス。同房者の咳や罵り声。拘禁されている人間のすえたような臭い。すぐに彼の頭は、実際に自分が置かれている状況をつなぎ合わせていったが、それはフリート監獄で惨めな日々を送ったときよりもはるかに悪かった。彼が今どこにいるにせよ、借金が払えないからではなかった。殺人の嫌疑がかけられているからだ。それもただの殺人ではない。イスブラント・ド・フリースが死んだのだ。誰かがそれにたいして償いをしなければならないだろう——みずからの命で。

上半身を起こしたが、とたんに頭がぐらぐらするような痛みをおぼえ、あまりの激痛に彼は一瞬、斧で殴られたのだと思った。が、すぐに、ザイラーの握った金槌が自分のほうに振りおろされたのを思いだした。おそるおそる手で探ったが、痛みのもとに指が触れたとたん、スパンドレルは思わず体を縮めた。髪は凝固した血でごわごわしている。傷がどの程度のものかわからなかったが、幸いにも生き延びることができたし、頭もちゃんとまともに働く。それだけが自分に授かったお恵みだと考えながらあたりを見まわすと、同房者の一人の陰険な眼差しと目が合った。

スパンドレルと目が合った男と、監房の遠くの暗がりにいるがらがら声の男のあいだで、オランダ語でやりとりが交わされた。がらがら声の男はディルクと呼ばれたようだった。すぐにディルクがもっとよく見えるところへ足を引きずりながら出てきた。痩せこけたカカシのような男で、衣服だったとはとても思えないぼろを縫い合わせたものをまとっている。彼の目には、巣穴からのぞいているイタチを連想させるきらきらする光があった。

「イギリス人だろう？　看守がそう言ってた。おれはすこしだけ喋れる」彼は歯のない口でにっこりした。

「そうだ、イギリス人だ」

「何をやったんだね、あんた？　なんで捕まったんだ？」

「何もしてない。完全に間違いなんだ」

「はっ！　間違いね。なるほど」ディルクは彼にウィンクした。「おれたちもみんなそうだ」

「本当のことだよ。おれは無実だ」

「そうか。わかった。誰が気にする？　あんたはここに入れられた。なんでしょっぴかれたんだ？」

「殺人だ」スパンドレルは沈んだ声で答えた。

「あんたが殺したのか？」

「彼らはそう言ってる」

「誰を？」

「ド・フリースという商人だ」

「ド・フリース？　イスブラント・ド・フリースか？」

「そうだ。しかし――」

「ド・フリースが死んだ？」

「ああ。彼は死んだ」

ディルクは奇妙な勝利の叫び声をあげ、パチパチ拍手した。ほかの六人ばかりの同房者のほとんどが彼のほうを振り向いた。「でかしたぞ、イギリス野郎。ド・フリースは殺されて当然な男だ。よかったよ」

「おれはやってない」

ディルクは肩をすくめたが、にやにや笑いを抑えられなかった。「死刑執行人に話すんだな。そしたら彼がなんと言ったか、おれに聞かせろ」そう言うと、彼はスパンドレルの足元のマットレスに腰をおろし、またもやウィンクした。「あんたがド・フリースを殺す。すると今度は……」ディルクは首のまわりに輪をつくり、頭の上のロープをぐいと引っぱる仕草をしてみせた。「彼らがあんたを殺す」

スパンドレルはディルクを無視したかったが、ほかには誰も英語を話せなかったし、ばかに陰気な口ぶりになったかと思うと、次には意気揚々とまくしたてるといった調子でとりとめもなく喋るディルクの言葉のなかに、わずかながら探りだせる情報の断片があったのだ。彼らがいるのはアムステルダムの市庁舎の地下にある監獄のなかだった。スパンドレルは前夜そこへ連れてこられた。彼の犯罪について看守が口を閉ざしていたのは、彼の被害者とされている者が著名人だったためだと、ディルクにもようやく納得がいった。昼には、かび臭いパンと酸っぱいエールの食事が与えられることになっている。スパンドレルにたいしては、その日のうちに尋問がおこなわれるはずだ。なんといっても、彼は重要人物なのだ。とにかく、重大犯罪を犯したのだから。ディルクは取るに足りない掏摸《すり》にすぎない。ほかの同房者たちもせいぜいが浮浪者といったところだ。そのなかの何人かは裁判を待ちながら何週間もここに拘禁されている。彼らは裁判にかけられれば——そして有罪と認められれば——そのあとで、鞭打ちの刑か焼き印の刑、またはその両方の刑が科せられるだろう。スパンドレルも同じやり方で処理されるだろうが、もっと迅速に進められるものと思われる。当局はこうした事件では、わざと長引かせていると非難されたくないのだ。ただし、最後だけが彼らとは違うだろう。スパンドレルにとっては、それはあらゆる意味での最後なのだ。

夕方早くに迎えがきた。看守が二人やってきて彼を監房から出し、片側には監房のドアがずらっと並び、もう片側は何もない壁になっている細い通路を引っ立てていった。天井の高い、大きな部屋に着いた。片隅に蠟燭が灯っている。いちばん遠い隅のほうに広がる暗がりのなかに、ぼんやりと棚の形が見分けられた。

火床が空っぽの暖炉の前には、長いテーブルがシャンデリアの下に置いてあった。そこは監房のなかより寒く、スパンドレルの吐く息が白かった。テーブルには三人の男がすわっていて、一人がペンと紙を用意している。四人目の男がシャッターの閉まった窓のそばでパイプをくゆらしながら立っていた。彼はほかの者たちより年長で、スパンドレルが入ってきたのにも関心を払っていないように見える。看守はスパンドレルをテーブルと向き合った椅子に導き、すわるようにと身ぶりで告げた。そのあと、床の大きな木材にとめつけてある鎖に彼の片足の足枷《あしかせ》をつないでから立ち去った。

ペンと紙を持たないでテーブルにすわっている二人の男が、ちょっとオランダ語で言葉を交わしてから、その片方が——痩せた顔色の悪い男で、細い骨ばった鼻のせいで彼の斜視がいっそう目立った——英語でゆっくりと言った。「おまえの名前はウィリアム・スパンドレルだな？」

「はい」

「これから、イスブラント・ド・フリース氏を殺害した罪でおまえの取り調べをおこなう。罪を認めるのだな？」

「いいえ」

「おまえは現行犯で捕らえられたんだぞ、スパンドレル。それを否定することはできない」

「わたしは説明できます」

「では、説明しろ」

　スパンドレルはすでに心を決めていた。ザイラーが彼をおびき寄せた罠から逃れる唯一のチャンスは——それは見込みの薄いものだったとはいえ——取調官に真実を——すべての真実を——告げ、彼らをなんとか納得させて、ザイラーが歪曲《わいきょく》した事件についての申し立てに疑いを抱かせること、それしかなかった。もちろん、ザイラーが事件についてどんな申し立てをしたのか、はっきりとはわからなかったものの、彼がスパンドレルのことをできるだけ悪く言ったのは間違いない。それゆえ、彼は一部始終を話し、何ひとつ隠さなかった。それにどれほどの説得力があるか彼には判断できなかった。狐につままれたような呆然とした顔が目に入るだけだった。彼が話し終わると、オランダ語で何か議論が交わされたあと、ちょっとした沈黙があった。それを破ったのは、彼がもう答えたはずの質問だった。

「その送達箱には何が入ってたんだね？」

「さっきも言いましたが、わたしは知りません」

「それは今、どこにあるんだ？」

「わかりません。ド・フリース氏の書斎にある鉄の箱のなかになければ、ザイラーが盗んだに違いありません」

「彼がどうしてそんなことをするんだ？」

「知りませんよ」

　窓のそばにいる男が突然、怒鳴りつけるような口調で言葉をはさんだ。英語を話す男はそれにたいして眉をちょっとこすっただけで、尋問を続けた。「おまえはド・プリ侯の手下だな、スパンドレル。そのことはわかっている」

「誰ですって？」

「おまえはド・フリース夫人に、ロンドンからブリュッセルを通ってここへきたと話した。ド・プリ侯のところへ行って指示をあおぐためでなければ、ブリュッセルに寄る理由がどこにある？」

「わたしはこれまで……ブリュッセルへ行ったことはありません」吐き気がするような事実を知らされ、スパンドレルの思考が束の間、停止した。エステル・ド・フリースが嘘をついたのだ。ということは、この件で彼女とザイラーは協力しているとしか考えられない。「わたしを信じていただくしかありません」

「どうしてそんなことができる？　ド・プリ侯の情報は間違っている。コルネリス・ホンズスラハーは数週間前に酒場の乱闘で死んだ」

「ザイラーが彼の名前についても嘘をついたに違いありません」

「おまえは嘘つきだ、スパンドレル。それを認めろ。そうすれば、これ以上傷つかずにすむ」

「わたしが話したのが真実です」

「おまえに考える時間を与えよう。そのあとで再尋問をおこなう」彼は立ち上がると、部屋を横切って戸口へ行き、オランダ語で怒鳴った。看守の一人があらわれ、小声で会話が交わされた。

「ザイラーが彼を殺したんだ」スパンドレルは必死で叫んだ。「わからないのか？」

「われわれはおまえを独房に移すことにする」冷静な返事が返ってきた。「そのほうがおまえもよく考えることができるだろう。おまえ自身のために、そうすることを願っている」

独りぼっちで閉じこめられていると、スパンドレルはお喋りの掏摸《すり》、ディルクがいっしょならいいのにと彼が懐かしくてたまらなかった。壁の上のほうには鉄格子のはまった小さな窓がついていたが、窓の向うの夜よりも黒い絶望が彼を包んでいた。やがて訪れた夜明けもそれを追い払うことはできなかった。頭痛はやわらぎ、肋骨も回復しつつあるようだったが、それとて、彼の救いのない窮境から気をそらせてくれるありがたいものがなくなっただけのことだった。真実を話したのに、なんの役にも立たなかった。遅かれ早かれ、拷問、またはは拷問にかけるという脅しによって、彼は自分の主張を変更する羽目になる。そうなれば彼の有罪は確定し、そのあと速やかに処刑されるだろう。容赦ない法の判定とはどこの国でもそういうものだ。彼は聞いたこともない男の手下だと認めることになる。犯してもいない殺人を認めることになる。そして、殺されてしまう。

エステル・ド・フリースはどうして嘘をついたのか？　スパンドレルにとって筋の通った答えはひとつしかなかった。彼女はザイラーの愛人なのだ。これで彼女はド・フリースの財産を相続して若い男と結婚できるというわけだ。そうだ、そうに違いない。スパンドレルは何も知らずに利用された、彼らが幸福な結末に到達するための道具だったのだ。

となると、彼を殺そうとした三人の男たちは本当にド・フリースに雇われたのだろうか？　それとも、あれはすべてザイラーによって仕組まれた芝居の一幕だったのか？　もしそうなら、サー・シオドア・ジャンセンはともかく取引を尊重するつもりだったのかもしれない。その場合、スパンドレルがやらねばならないのは、なんとかチャンスを捉えてアムステルダムから逃げだすことで、彼は今でも負債から解放されて、うまくいけば金持ちになる未来を想像することができるというわけだ。

だが実際には、そんなことを想像するゆとりはなく、じっとりした四方の壁や粗末な藁ぶとんや、早すぎる死のことばかりが彼の頭を占めていた。タイバーンで絞首刑が執行されるのを何度も見ていたから、それがどんなふうかは知っていた。男たちが堂々と死刑台に向かおうが、恐怖におののきながら引っ立てられようが、違いはなかった。首を絞められるのは美しいものではなかった。手足がひきつり、大便が洩れ、目がふくらみ、口から泡を吹く。それは大勢の人たちが喜んで見物するものだとはいえ、経験したいと思う者はいない。罪人だけに与えられる刑罰なのに、ときにはこんなふうに潔白な人間の身にふりかかることもあるのだ。

月曜日に——午前中か午後か、彼にははっきりしなかった——訪問者がやってきた。最初、スパンドレルはこれから尋問が再開されるのだと思ったが、看守は彼を独房から出そうとしなかった。代わりに、彼に足枷をかけて壁の鉤に鎖でつないでから、訪問者を房内に入れた。

彼は金髪の鬘《かつら》をつけ、淡黄褐色の外套を着た、きびきびした若い男だったが、外套をしっかり体に巻きつけたところを見ると、寒いのか、それとも、何かにこすれて服が汚れるかもしれないと——無理もなかったが——心配だったのだろう。手にはハンカチーフが握られていて、それで鼻を押さえるのをどうにか我慢しているように見えた。こんなところには一分たりとも必要以上にとどまるつもりはなかったのに、気がついたら望まない場所にきていたとでもいった様子で、不安げに眉をひそめた表情がその印象を完璧なものにしている。

「きみがスパンドレルだね？」紛れもないイギリスふうの発音だった。

「はい」

「クロイスターマンだ。英国副領事の」

「わたしを助けにきてくださったのですか？」

「助けるといっても、わたしにはすべてを保安官に話すよう勧告することしかできない」

「そうしました」

「彼はそうは思っていないようだ。たとえば、きみがブリュッセルへ行った理由とか」

「行ってません。ド・フリース夫人が嘘をついてるんです」

「悲嘆にくれる未亡人にたいする不当な非難だ。今日、彼女は夫の葬儀に出席するだろう。きみがアムステルダムの英国人社会にもたらした不名誉をすこしでも償おうとして、領事も葬儀に参列する」

「ド・フリースは彼の秘書に殺されたんです。ピーター・ザイラーに。ド・フリース夫人はそのことをはっきり知っています。おそらく彼に手を貸したんです」

「どうして彼女がそんなことをするんだね？」

「彼女が相続する金が目当てだと思います。その金を二人で分けるんでしょう」

「ところが、彼女が相続するわけではないんだ、スパンドレル。いずれにしても、たいしたものはもらえない。ド・フリースには前の結婚でもうけた息子がいて、今はジャワでVOC(註・三六七頁の解説を参照)の役員をしている」クロイスターマンが言ったVOCとは、オランダ東インド会社のことだ。スパンドレルもそれぐらいはザイラーから教わっていた。「息子のド・フリースが相続し、あの魅力的な未亡人はきみがやったことで金持ちになるわけではない」

「でも、わたしはやってません。何もやってないんです。保安官は、わたしがどこかの侯爵とぐるだと非難しました」

「ド・プリ侯だ」

「ええ。だがわたしは彼に会ったことはおろか、これまでにそんな名前を聞いたこともないのです。せめて教えてもらえますか……彼が何者なのか?」

「本気で知らないと言ってるのかね?」

「そうです、サー、神に誓って見当もつきません」

「ふむ、思いもかけない展開だな、これは」クロイスターマンは、スパンドレルは本当に無実かもしれないと考え、あまりのショックに外套を手で押さえるのも忘れてしまい、人差し指を顎に当てて考えこんだ。「ド・プリ侯はオーストリア領ネーデルラント(註・三六八頁の解説を参照)総督の全権公使だ。彼にはド・フリースの死を願う理由があったのかもしれない」

「どんな理由ですか？」

「誰が明言できるんだ？　これはわたしの推測だが、侯爵はVOCと張り合うためにフランドル東インド会社を創設することに賛成している。おそらくフランドルの商人階級を豊かにするためだ。そうなれば彼らが、ド・プリが忠実に仕えているウィーンの支配者たちにたいして協力的になると考えているんだろう。VOC側はそうなるのを妨害するためにできるかぎりのことをやっている。ド・フリースはフランドルの生まれで、アントワープやブリュッセルに大勢の友人がいた。彼はその目的のために、かなりの影響力を発揮できただろう」

「わたしにはそうしたことはまったくわかりません。ブリュッセルへは行っていないし、サー・シオドアのためにロンドンから品物を持ってきて――」

「ジャンセンのために。そうか。彼もフランドルの出身だ。もう一人の影響力を発揮できる人物というわけだ。しかしきみも知っておくべきだが、サー・シオドアは現在、厳重な拘禁状態に置かれている。事実、彼の目下の状況は多少なりときみの立場に匹敵するほどだ」

「どうしてそんなことに？」

「きみはいつロンドンを出立したと主張してるのかね？」クロイスターマンはスパンドレルの質問は無視して、そう訊いた。

「一週間前……」スパンドレルはよく考えた。「昨日の一週間まえです」

「一月二十二日の日曜日だな、旧暦の」

「はい。そうです。二十二日の日曜日」

「それなら、さぞ驚くだろうが、二十三日の月曜日に議会命令でサー・シオドアは逮捕され、ロンドン塔に拘禁されたよ」

その情報は確かにスパンドレルを仰天させた。「ロンドン塔に。どうしてですか？」

「南海会社の財務主任のナイト氏が、きみが出立したのと同じ日に国外に逃亡したからだ。二十二日の日曜日に。そのために南海会社は万事休すの状態だ。それに、そこの理事たちも。偶然にも、ナイト氏が逃亡したと言われている先が……ブリュッセルなんだ」クロイスターマンはかすかな笑みを浮かべた。「これは底知れぬ海だよ、スパンドレル。その流れは危険で予測がつかない。そこにはまれば、簡単に溺れてしまうだろう」

「わたしは溺れかけています」スパンドレルは思わず手を伸ばしてクロイスターマンの袖を摑もうとしたが、クロイスターマンはすばやく後ろにさがり、鎖が音を立ててピンと伸びた。彼らは悪臭を放つ独房で三フィート隔てて向かい合い、警戒しながら相手を見つめた。

「わたしを助けるために、あなたにできることは何もないのですか、サー？」

「ほとんどない」

「だがどんなに小さなことでも……充分に助けになるかもしれません」

「そうは思えないが」クロイスターマンの表情がわずかに和らいだ。「それでも、わたしに――」彼はかすかに頷いたが、おそらくスパンドレルをすこしでも慰めようとしたのだろう――「何ができるか考えてみよう」

悪い噂はたちまちにして伝わるという諺どおり、旧友死去の知らせはすでにサー・シオドア・ジャンセンの許にも届いていた。最近の何週間かのあいだに彼がこうむったほかの不運は、すべて予測されたものだったし、なんとか心の準備もできていた。それに反して、このことは彼にとって思いもよらない打撃だった。もちろん、彼やド・フリースの年齢の者は、いつなんどき死に見舞われるかしれない。とはいえ、安全なはずの自分の家で殺害された？そんなことは信じられなかった。それでも、実際に起こったのだ。その知らせに疑問の余地はなかった。イスブラント・ド・フリースは死んだ。しかもサー・シオドアは、同世代の若い頃からの最後の友を失って悲嘆にくれていたさなかにも、忠実な従僕であり重要な情報提供者であるニコディーマス・ジュープにさえ、すべてを説明するわけにはいかない心配事に悩まされていたのだった。

今日はチャールズ一世が処刑された記念日だった。敬意を表して、ブロドリックの調査委員会も休んでいる。しかし明日になれば、ブラントとジョーイが彼らに何を話したにせよ、彼らはそれにいちだんと力を得て仕事を再開するだろう。今ではもう彼らは最悪の部分を知ったはずだとサー・シオドアは判断していた。とはいえ知識、すなわち証拠ではない。彼らはむしろその価値ある情報を、さらに捕らえどころがないと思ったかもしれない。しかも、そう思うのは彼らだけではない。アムステルダムからの知らせが追及する者と追及される者を、愕然とするほど等しい条件にしてしまった。そして、アムステルダムからの知らせはいっそう愕然とするものになろうとしていた。

「それは確認されております、サー」ジュープが告げた。「ド・フリースさまを殺害したのはスパンドレルでした」

「あの男にそんなことができるとは信じがたい」

「それでも、彼が犯人のようです」

「それは金曜日の夜に起こったんだな？」

「はい。十時ごろに。凶器はナイフでした。スパンドレルは家に侵入し、書斎でド・フリースさまを殺害しました」

「わしは親友を失ったんだ、ジュープ。理由を知りたい」

「スパンドレルは間抜けに見えますが、実際はそうではないのでしょう」

「しかし現行犯で捕らえられるとは、確かに大バカだ。これには何かおかしいところがある。どうにも腑《ふ》に落ちないところが」

「わたしがはっきりしたことを調べてまいりましょうか……送達箱について？」

「いや。それは……」サー・シオドアはちょっと思案した。「委員会はこれからどう進めていくつもりだろう？」

「噂では、ブロドリック氏は明日、彼らが下院で報告をおこなう日取りを決めるということです。二週間以内になると思われます」

「そんなに早く？」

「強風が吹いております、サー、疑いもなく」

「それなら、われわれも帆をしぼらねばならない。アムステルダムへ行ってもらいたい、ジュープ。できるだけ早く。イスブラントの死の真相を——まことの真相を——突きとめるのだ。そして、送達箱を見つけてくれ。あれがよからぬ者の手に渡ってはならない」

「では、誰の手に委ねればよろしいのでしょう？」

「差し当たっては、ペルス銀行が安全な場所だ。だが、わかってるな、ジュープ？」彼には珍しいことだったが、サー・シオドアは従僕の手首をぐっと握った。「どんなことがあっても見つけださねばならない」

「はい、サー」ジュープは主人と目を合わせた。「わかりました」

9

面会と伝言

ハーグの英国大使館の代理大使、イヴリン・ダルリンプルは、彼のオフィスへやってきた訪問者を推しはかるように用心しながら眺めた。ときどき苦い経験をしたために、国王の威厳にかかわるような事柄に注意を引こうとする人々の話は、すべて彼自身がきちんと聞かねばならないことを学んでいた。当然ながら、ほとんどの人々は時間を浪費させるだけだった。そうではない少数の人々にしても、彼の部下ではどういう人物か正しく見分けられなかった。実際はこちらを困らせることだけを企んでいる相手もいて、そうした場合は慎重に追い払ってしまえばいい。休暇が延長されて大使が不在だったたから、ダルリンプルは用心しなければならなかった。不信感や妬《ねた》みを抱く者たちは、どんなに些細なものでも彼に失策はないかとつねに見張っていて、彼の評判を落とすためにそれが利用されかねないのだ。

彼のデスクの反対側にすわっている男、ケンピスはとりわけ判断の難しい人物だった。二十代の終わりにさしかかっている、長身で黒っぽい髪のそのオランダ人は、地味ではあるが、こざっぱりした身なりで、高い教育を受けた男に特有の完璧な英語を話した。にもかかわらず、彼には卑しい生まれをにおわせるものがある。彼の身分、経歴や、どこからきたかといったことは、ケンピスがくわしく述べるのを拒んだ話題だった。ある意味ではこれはダルリンプルにとって歓迎すべきことだった、それはこの訪問の目的にすぐさまとりかかることを示唆したから。しかしながら、べつの意味ではそれは彼を不安にした。結局のところ、寡黙《かもく》は多弁よりも手こずる場合が多いことを彼は知っていたのだ。

「何かお役に立てますでしょうか？」ダルリンプルは思いきって訊ねた。「緊急のご用件と、秘書が申しましたが」――彼は不信を示す軽い口調で言い添えた――「国王の名声にかかわることだとか」

「確かジョージ一世は南海会社の総裁であられますね」ケンピスが言った。

「はい、畏《おそ》れおおくも」南海の名前が口にされたとたん、ダルリンプルの心は沈んだ。最初からその実態に気づかせてはならない運命を背負っていたあの事業で、彼自身も多額の金を失っていた。多くのオランダ人もそうだったから、彼らは当然の怒りを彼のところへ持ちこんできた。ケンピスもその一人であるのなら、これは早々に切り上げたほうがいい、うんざりする話し合いになりそうだった。「しかし、国王陛下が関わっておられるのはそこまでです」

「あなたが知っておられるかぎりでは」

「あなたはその件について、もっと詳細な知識があるとおっしゃってるのですか?」

「いかにも、ある詳細な情報を入手しております。わたしが申し上げることを信じていただきたいのですが、ダルリンプルさん、これが広まれば、ロンドンにいらっしゃる、あなたの上司である政治家たち——ならびに、高貴な方々——にきわめて重大な影響を及ぼすでしょう」

「失礼ながら、それには疑問を抱かざるを得ません」

「どうぞ、ご自由に。わたしはあなたに信じていただこうとは思っておりません。わたしの要求をふさわしい方にお伝えいただきたいだけです」

「では、あなたの要求とは?」

「わたしが入手した品物をお渡しするのと引き換えに、十万ポンドをイギリス銀行の高額紙幣で支払っていただくことを要求します」

ダルリンプルは驚愕のあまり、たじろがずにはいられなかった。「なんとおっしゃいましたか?」

「十万ポンドです、ダルリンプルさん。きっかり十万ポンド」

「おもしろいお話ですな」ケンピスの暗い瞳にじっと見つめられると、彼が冗談を言っているという考えは萎えていったが、ダルリンプルとしてはそう考えている振りをせざるを得なかった。「こういった要求は、わたしでは――」

「わたしは〈緑色の本《グリーン・ブック》〉を持っている、彼らにそう伝えてください」

「なんですって？」

「最近まで南海会社の財務主任が保管していた、緑色の表紙の帳簿です。わたしはそれを持っています」ケンピスは体をのりだした。「わたしはその内容を知っています。何もかも承知してます」

「では、あなたはわたしより有利な立場でいらっしゃる」ホフファイファー湖の湖面に浮かぶ鴨のように――彼が振り返って窓の外に目を向ければ、それを見ることができた――ダルリンプルは今、静かに浮かんでいる振りをしようと懸命に努力していた。平静を装って話している自分の外面を乱してはならない。ロバート・ナイトが現在、ブリュッセルの〈オテル・ド・フランドル〉に滞在して、休息をとっていることは承知していた。大使館はもう彼の逮捕状を請求したのだろうか？　しかしオーストリア当局は逮捕状を出すのを故意に遅らせるだろうと予想された。彼らは英国に好意を示さねばならない義理はないのだ。ダルリンプルは緑色の表紙の帳簿については何も知らなかったが、国家機密にかかわるような書類なら、ナイトが責任をもって預かっているはずだと考えるのが無難だった。この執拗な若いオランダ人がそれを持っているとは考えられない。けれどもそう確信するには彼はあまりにもそのことについて知らなかった。南海事件はありそうもない信じられないことだらけだから、これがそのなかでもっとも驚くべきことでもないのだろう。したがって、彼がとれる措置はのらりくらり言い逃れをすることだけだった。「ちょっとお訊ねしたいのですが、どうやってあなたはこの情報の価値を見積もられたのですか？」

「わたしが国王の忠実な大臣であれば、それを隠蔽《いんぺい》するためにいくら支払うだろうと自問した結果です」

「この件で、あなたが執拗に国王陛下に言及なさる理由が想像できません」

「それなら、わざわざ想像なさるにはおよびません。わたしの条件だけをお伝えください」

「今の条件ですと、直ちに拒否されるに違いないと思いますよ」

「それは〈グリーン・ブック〉の内容についてあなたがご存じないからです。だが、わたしは承知してます。もちろん、そこに記録されている事柄についても。そうした事柄は容易に忘れられるものではありません。わたしには少々簿記の経験があります。この本が告げる物語は明白で、のっぴきならないものです」

「それを見せていただけるのでしょうね？」

「わたしがそれを持参するほど間抜けだとお考えですか？」

「まさかそうするのは危険だとおっしゃってるんじゃないでしょうね？　ここは英国大使館です。泥棒の巣窟ではありません」

その対比がおかしかったかのように、ケンピスは微笑した。「ダルリンプルさん」彼は落ちついた口調で言った。「あなたの政府にわたしの要求を伝えていただけますか？」

「伝えるだけでよろしいのでしたら」

「わたしがお願いしているのはそれだけです。お返事を伺うために——今日から一週間後にいたしましょうか？——もう一度ここへ参ります。そのときに、交換方法についてくわしく申し上げます」

「交換？」

「本と金の。時間、場所、条件、などなど。慎重にことを運ばねばなりません」

「かりにそういうことになれば。どんな返事を受け取ることになるでしょうかね。あなたはそれについてはばかに自信がおありのようですが」

その事実を冷静に認めてケンピスは頷いた。「はい。あります」

みずからの適切な判断にはいささか反することだったとはいえ、難しい問題では他の人々の判断に従うのが賢明であるという健全な原則を守り、ダルリンプルは緊急の用件を伝えるために、直ちにホワイトホールにある国務大臣の執務室へ急使を送る準備にとりかかった。あちらへ到着するのに二日、こちらへ返事が届くにはもう三、四日かかるだろう。ケンピスへの返事を用意するまで一週間あれば充分なはずだ。あの男は生意気な悪党なのか、それとも、巧妙な策士なのかというダルリンプルの疑問については、その返事が応えてくれるだろう。今のところ、彼はどちらとも決めかねたし、その結果に賭ける気もなかった。彼はケンピスの忠告に従い、想像をめぐらすのはやめにした。

アムステルダムの市庁舎の下の独房では、想像をめぐらすことはウィリアム・スパンドレルに残されたわずかな楽しみのひとつだった。壁の向こうから漂ってくる光のうつろいによって時の経過をはかりながら、毎日がゆっくりと過ぎていった。クロイスターマンは戻ってこなかった。それに、スパンドレルが再尋問に呼びだされることもなかった。まるで看守以外のすべての人々から忘れられてしまったようだった。傷は癒えたが、わずかなパンとエールという食事でしだいに体力が失われていく。物思いだけが自由に駆けめぐった、過去へ、先の見えない未来へと。そして、その物思いはつねに彼には答えられないふたつの疑問へと戻っていくのだった。送達箱には何が入っていたのか？　ド・フリースはなぜ殺されたのだろう？　彼の金のためではなかったようだ。しかし、何か理由がある。あるはずだ。その理由を見つけることがスパンドレルにとっての一縷《いちる》の望みなのに、それすらほかの人々に頼るしかないのだ。それでは望みとは言えなかった。

スパンドレルがもっとも頼りにしていた人物はニコラス・クロイスターマンだった。なにしろ、彼は何がやれるか考えてみると約束したのだ。ところが、スパンドレルには気の毒なことに、市庁舎の監獄を訪ねたあとの数日のあいだに、クロイスターマンは自分がやるべきことは――たとえそれが彼には無理なくやれることであっても――何もないと決めたのだった。潔白だというスパンドレルの訴えを信じる気にはなっていたが、ああしたもつれた事件に不必要に巻きこまれるのは愚かなことだった。地元の官憲を怒らせては領事の仕事がうまくいくはずはない。スパンドレルはド・プリ侯の手先だと保安官が信じたいのなら、信じればいい。スパンドレルは取るに足りない人間だ。彼が生きようが死のうが誰も気にかけない。いずれにせよ、クロイスターマンに説明を求めるような者は誰もいない。それゆえ気は進まなかったものの――ものすごく気が進まなかったわけではない――スパンドレルについては忘れることにした。

しかしながら、忘れるのは彼が考えていたほど簡単なことではなかった。金曜日の朝、彼はいつものように、スパウ運河の西の端にある〈ホッピーズ・コーヒーハウス〉でゆっくりチョコレートをすすり、静かにパイプをくゆらせながら、二週間前の《パーカーズ・ロンドン・ニューズ》に丹念に目を通していた。最近、フィンチリー・コモンで追《お》い剝《は》ぎが横行しているという記事をすこし読んだところで、わざとらしい咳払いが聞こえ、彼はそちらへ注意を向けた。痩せた陰気な感じの男がテーブルのかたわらに立ち、鷲鼻の上から咎《とが》めるような目で彼を見おろしている。

「何か用ですか？」クロイスターマンはつっけんどんに訊いた。

「お助けくだされればと願っております、サー。わたしはジュープと申します。サー・シオドア・ジャンセンにお仕えしている者です」

「ジャンセン、ですか？」クロイスターマンは新聞を閉じた。「それは奇妙だ」

「どうしてでしょうか？」

「気にしないでください。わたしに何ができるのでしょう？」

「ここであなたが見つかるだろうと教えられました。ごいっしょしても……よろしいでしょうか？」

「けっこうです。しかし……」彼は懐中時計を引っぱりだした。「あまり時間がありません」

「ごもっともです。われわれはみんな時間に追われております」ジュープは腰をおろした。

「副領事のミスタ・クロイスターマンでいらっしゃいますね？」

「はい」

「あなたにお助けいただけるのではないかと思います。わたしはサー・シオドアのために調査をしております……」ジュープは声をひそめた。「ド・フリース氏について」

「ド・フリース氏は他界されました」

「いかにも。殺害されたと聞いております。われわれの同胞であるウィリアム・スパンドレルによって」

「そのことについてはほとんど知らないのです、ええーと……」

「ジュープです、サー。申しませんでしたか？　ニコディーマス・ジュープです」

彼は確かに告げたし、クロイスターマンはちゃんと憶えていたが、サー・シオドア・ジャンセンと強く結びついているこの厳《いかめ》しい顔つきの使者にたいして、自分が関心を注いでいるとは思われたくなかったのだ。「どうやら、スパンドレルというイギリス人が勾留《こうりゅう》されているようですが」

「あなたは彼が拘禁されているところへ訪ねていかれたと聞いております」

「いろいろお聞きになってるようですね、ジュープさん」

「しかしながら、サー・シオドアの得心がいくほどには、彼の旧友が殺害された事情について聞いておりません」

「殺害された友人のことを考える余裕が、サー・シオドアにおありだとわかって安心しました、彼ご自身がほかの……厄介《やっかい》な事柄に巻きこまれておられる最中だというのに」

「お二人は非常に古くからの友人なのです」

「それに、長年にわたる事業上のパートナーだったに違いありませんね」

「あなたが事業に言及なさったので申しますが、あなたに助言いただければ大変ありがたいことがあります」

「ほう、そうですか？」

「スパンドレルはある重要な物をド・フリース氏に届けるために、サー・シオドアに雇われました。サー・シオドアは当然ながら、その品物の在処《ありか》を突きとめたいと強く望んでおられます」

「スパンドレルはその荷物のことをわたしに話しました。彼の話を信じるべきかどうかわからなかったのですが」

「そのことに関しては信じるべきです。問題は、彼はそれを届けたんでしょうか？」

「彼はそう主張してます。それに疑問があるのなら、ド・フリースの秘書にお訊ねになればいい——ザイラーという男です」

「できることなら、そうしたいのですが、ザイラーはアムステルダムから出ていきました。ド・フリースの未亡人もです」

「本当ですか？」クロイスターマンは驚いた様子を見せまいとした。けれども、驚いた事実を隠しきれなかった。スパンドレルはザイラーを殺人犯だと非難し、エステル・ド・フリースは嘘をついたと詰《なじ》り、事件は彼ら二人の共謀だと主張した。クロイスターマンはそれを死に物狂いの男が必死で考えた作り話だと考えるようになっていた。だがいまや、確信が持てなくなった。「二人はいつ出ていったんですか？」

「わかりません。あの家の雇い人たちはあまり協力的ではありませんでした」

「二人はいっしょに出ていったのですか？」

「さあ、それも……」ジュープは肩をすくめた。「それに、彼らの行き先も明かしてはもらえませんでした」

「彼らはその荷物を持っていったと思いますか？」

「そう考えられます」

「その荷物の内容をわたしに打ち明けることはできないと思っておいでのようですね」

「それはわたしも教えてもらっておりません」ジュープは嘘をついているのだろうか？　たとえ嘘はついていないにしても、すくなくとも隠していることがある、クロイスターマンの直感がそう告げていた。教えてもらったかどうかはわからないが、彼はその荷物のなかに何が入っていたか知っている。「サー・シオドアはその荷物をド・フリース氏に預けられました。ところが、ド・フリース氏は死去されました。それゆえ、サー・シオドアは荷物を返すよう求めておられます。彼にはそう主張なさる権利があります」

「それなら、彼がここへこられて、そう主張なされればいい」

「目下のところ、それは不可能です」

「たしかに。では、可能なことに話を変えましょう。スパンドレルは聞いてくれるすべての者に、ザイラーがド・フリース氏を殺害し、ド・フリースの妻と共謀して自分に罪をきせたと話しました。だが保安官のほうは、スパンドレルが敵対する外国の権力者の手先になって、ド・フリースを殺害したと信じたがっています」

「スパンドレルは刺客ではありません」

「彼にはそうなる素質があるようですがねぇ？ そして今では、彼が有罪だと非難している二人の人間はアムステルダムから出ていってしまった、あなたの推測では、彼がド・フリースに届けた荷物を持って」クロイスターマンは言葉を切り、ジュープがこの最後の箇所を確認するのを待った。しかし反応がなかったので、眉をひそめて相手を見てから、あとを続けた。「その荷物の価値はどれくらいなんですか、ジュープさん？」

「価値？」

「そうです。どれくらいの価値があるんですか？」

「わたしにはまったくわかりません、サー」

クロイスターマンは苛立たしげに溜め息をついた。「それでしたら、スパンドレルが言い立てているようなことが本当にあったのかどうか、あなたにもわたしにもわかりませんよ」彼は新聞を取り上げると、わざとらしい身ぶりでふたたびそれを広げた。「ですから、わたしがお役に立てることはもう何もないようです」

ロンドンではその同じ金曜日の朝、ダルリンプルの急使が北部地区担当（註・三六九頁の解説を参照）の国務大臣である、スタナップ伯ジェイムズのデスクに到着した。だがそのとき、大臣閣下は使者を歓迎する気分ではなかった。最近の数週間は彼にとって苦しい試練だった。彼は南海事件の全容についてほとんど知らなかったし、あまり理解していなかった。財政的な事柄は、彼のいちばんの政治上の協力者である、第一大蔵卿のサンダーランド伯にいっさい任せて、彼のほうはヨーロッパ諸国とのあいだに、新たな安定した関係を築くことに全力を注いできた。しかしながら、その面で彼が達成したすべてのものが、南海会社の失敗が政府を追いこんだ、まさに恥辱と言ってもいいような困惑する状態によって、いまや危機にさらされていた。

ブロドリックの委員会はジョーイとブラントの供述から、最長老格の大臣たちにまで波及する汚職の証拠を引きだしたという噂で、そのなかには大蔵大臣のアイラビーや郵政大臣のクラッグズ、それに、多額の国債を引き受けるという南海会社の気前のいい申し出――そのときには、そう思われたのだ――にたいして、その最初の交渉のほとんどを財務長官としてみずから処理した、スタナップのいとこのチャールズが含まれていた。もっと人騒がせな噂を流す連中のなかには、サンダーランドさえ汚れているとほのめかす人々もいた。それが事実なら、過去四年間にわたりスタナップがサンダーランドとともに誇ってきた権勢も尽きかけているのかもしれない。そうなる危険がどれほど大きいのか教えてくれとサンダーランドに頼んだところで、話してはくれないだろうが、明日になれば上院がブラントを尋問することになっているから、すべてが明らかになるに違いない。

そうした事情ゆえに、最近はスタナップ卿にとっていらいらする時期だったのだ。責任のある担当大臣として、ナイトの居場所がわかりしだい、かならず逮捕するようにと彼はブリュッセルの大使館に指示してあった。ごく最近の報告では、それが間近に迫っていることが仄《ほの》めかされていた。しかし、ナイトが現在、その司法権のなかに身を置いているブラバントでは、犯罪容疑者の外国への引き渡しには法律上の障碍《しょうがい》があり、オーストリア当局も簡単にそれを無視できないことをスタナップは知っていた。彼はサンダーランドと最後に会ったときに、このことを指摘したのだが、サンダーランドからは不可解な応えが返ってきただけだった。「それで涙を流すにはあたらないだろう」

あの男が言ったのはどういうことだったのか？　委員会の手の届かない海外のどこかにナイトがとどまっていることは、明らかにサンダーランドにとって好ましい成り行きなのだと解釈せざるを得なかった。だが、たとえそんな形で事態が落ちつくとしても、それで告発者たちを黙らせることはできない。遅かれ早かれ、そうした告発者たちの調査に回答が出るはずだ。大臣たちが辞職せざるを得なくなれば、とくにサンダーランドがその一人である場合には、国王は内閣改造に踏み切らねばならないだろう。もうすでにウォルポールがアイラビーの後継者として大蔵大臣を引き継ぐと取り沙汰されている。大蔵省はまもなく彼が掌握することになるかもしれない。そうなれば、スタナップの貴重な新欧州大陸政策はどうなるだろう？　ウォルポールは心の狭いノーフォークの郷士だ。ヨーロッパのことは何も知らない。スタナップがあんなにも長いあいだ、たゆまず努力して成し遂げたすべてのものを彼は崩壊させてしまうだろう。

　この事態が他の人々の貪欲と愚かさから生じたものだけに、そうした崩壊の脅威がスタナップをいっそう苛立たせた。個人的には彼は潔白だった。それでも処罰を免れることは不可能だと思われた。つまり、彼が不機嫌でいらいらしても無理のない状況だったのだ。それゆえ、ダルリンプルからの緊急連絡に目を通したとき、それは確かに彼を逆上させるに充分な内容だった。

　十万ポンド？　なんのために？　ダルリンプルは正気を失っているのだ。この程度の男が代理大使として連合州で英国を代表して国益を守っているのなら、大使のカドガンをハーグに送り返す潮時だろう。ダルリンプルにさえ明白なことに違いないが、その謎めいたオランダ人の訪問者が口にした帳簿が、本当にナイトのもっとも重大な秘密の明細であるのなら、彼がそれを身辺から離すわけがない。ダルリンプルはその帳簿について半ば信じかねるように描写し、一語一語、大文字で〈グリーン・ブック〉と記している。そうすることで、こんな要求を伝える厚顔無恥をなんとか正当化できるとダルリンプルは思っているようだ。それなら、このスタナップが彼の過ちを指摘してやろう。ケンピスは明らかにペテン師だ。そして、ペテン師にひっかかるのは愚か者だけだ。スタナップはほかの愚か者たちのせいで、もうたっぷりと厄介なことに引きこまれている。だが、この件だけは自分の権限でぐいと抑えこめるものだ。

スタナップはペンを摑んでインク壺に浸してから書きはじめた。ダルリンプルは長く返事を待つ必要はない。返事は短いそっけないものになるだろう。

話は変わるが、ニコラス・クロイスターマンも手紙を書いていた。不快なジュープとの会話から、イスブラント・ド・フリース殺害には不吉な広がりがあると彼は確信した。スパンドレルがサー・シオドア・ジャンセンのためにド・フリースに届けた荷物のなかには、殺すだけの価値のあるものが入っていたのだ、逃亡中のロバート・ナイトや、事業に失敗した南海会社と関わりのあるものが。クロイスターマンにはどんなものか見当もつかなかったし、いろいろな意味で知らないほうが幸せだった。それでも、彼が知っているわずかなことをもう隠しておけないのは明らかだった。ハーグ大使館の代理大使、ダルリンプルに報告しなければならないだろう。あとは彼の裁量に任せればいい。クロイスターマンとしては、それで自分の任務を果たしたことになる。すくなくとも、果たしたと認められる。そしてそう認められることが、長い目で見ればいっそう重要なのだと、彼は気づくようになっていた。

10

償うべき地獄

ハーグの英国大使館の代理大使、イヴリン・ダルリンプルは内心の不安を抑えこみ、オフィスへやってきた訪問者と向き合った。ケンピスが返事を聞くためにやってきたのだ。スタナップ卿もどんな返事をすべきかを明確に指示してきた。実際はそれどころか、ダルリンプルはそうした要求にどう対応すべきか、いちいち指示をあおぐ必要などないはずだと、スタナップは露骨にそう告げていた。とはいえ、彼はケンピスに会っていない。ダルリンプルはそのオランダ人の暗いワイン色の瞳をじっと見つめたが、そこには弱さも、自分が取り決めた条件にたいする自信の欠如も嗅ぎとれなかった。彼はどう見ても、すぐに追い払ったほうがいい男だとは思えなかった。

おまけにダルリンプルは最近、彼の許に届いたさまざまな情報によって頭を悩ませていた。ブリュッセルの大使館から届いた知らせによると、このまえの金曜日に、それはスタナップが彼に手紙を書いた日だったが、ロバート・ナイトがブラバントの行政区を離れようとして逮捕され、アントワープの要塞に移されたということだった。ナイトの所持品のなかに書類が見つかったのかどうか、それには言及してなかった。見つかったとしても、今ごろはロンドンへ、ホワイトホールのスタナップのデスクへ運ばれているのだろうと、ダルリンプルは推測するしかなかった。ところが奇妙なことに、アムステルダムの副領事のクロイスターマンから届いた手紙によると、ド・フリースという殺害されたVOCの商人の秘書と未亡人が——二人は目下、行方不明だという——南海会社のきわめて重要な書類を所持しているとクロイスターマンは信じているらしい。彼は手紙のなかで、ダルリンプルに用心するようにと警告していたが、よくあるように、何にたいして用心すればいいのかは告げていなかった。

その日の朝にロンドンから彼の許に届いた、土曜日の夜の上院における論争についての報告が、事態をさらに複雑なものにした。サー・ジョン・ブラントはブロドリックの委員会に明かしたことを、集まった上院議員たちに告げるのを拒んだ模様だった。議論は辛辣《しんらつ》な堂々めぐりになった。スタナップ卿はウォートン公とのはげしいやりとりの最中に具合が悪くなったと記されていた。彼の正確な病状はわからなかった。

何もかも考え合わせると、これ以上不安でやきもきする状況に置かれることがあり得るとは、ダルリンプルには考えられなかった。ナイトの書類は目下、搬送中。スタナップは病に倒れた。クロイスターマンは何かに関わっている——もしくは、企んでいる。そして、ケンピスは返事を求めている。そうした状況のなかでは——ほかの多くの状況下でもそうだったが——ダルリンプルはなんとか引き延ばしたいと考える傾向があった。だが、はたしてうまくやり遂げられるだろうか？

「今回はどうしても返事を聞きたいとおっしゃるのであれば——」

「そうです」

「そうおっしゃらないよう忠告しなければなりません。わたしとしては本当にそうすべきなのです」

「わたしはみずからの忠告に従います、せっかくですが、ダルリンプルさん」

「お好きなように」

「こちらの条件は受け入れられるのですか？」

「わたしが申しましたように、これは本当に——」

「受け入れられるのですか？」

ダルリンプルは気持ちを静めようとして、ぐっと息を吸いこんだ。「いいえ。受け入れられません」

「受け入れられない？」ケンピスは片方の眉を吊り上げた。腹を立てたというより、信じられないといった態度だ。「あなたのおっしゃったことが正しく聞きとれなかったようだ」

「北部地区担当の国務大臣が――」

「どなたです？」

「スタナップ卿です。こうした問題を扱うのに適切な大臣です」

「なるほど。彼はなんとおっしゃってるのですか？」

ダルリンプルはスタナップの手紙に視線を落としたが、激昂させるだけだろうと考え、そのまま引用するのは避けることにした。

「彼はあなたの要求を拒絶しております」

「なんですって？」

「それを受け入れることを拒否しています。彼はじつに……毅然としております……その点に関しては」

「わたしが言ったことを彼に伝えてくださったのですか……〈グリーン・ブック〉のことを？」

「確かに伝えました」

「それなら、彼は拒否できないはずです」

「そうおっしゃっても、これが返事です」

「それはこの件に関する彼の最終的な返事ですか？」

「そうは申しません。現在は状況がいささか不安定なのです。しばらくお待ちいただけば――」

「待つ？」いまやケンピスは完全に腹を立てていた。椅子からぱっと立ち上がり、目をぎらぎらさせてデスクごしにダルリンプルを睨みつけた。「スタナップ卿の手下の者たちがわたしを――というよりわたしが持っているものを――捜しにくるあいだ、わたしがここでぶらぶらしてるとでも思ってるのか？　あなたはわたしが正気ではないと考えているに違いない。あなたのお偉方にはたっぷり時間を与えた。彼らがわたしに払わないと言うのなら、ほかの人が払ってくれるだろう」

「誰か当てがおありですか？」ダルリンプルは狼狽《ろうばい》した声は出すまいと懸命に努力しながら、そう問いかけた。

「ああ、どこへ行けば、すぐに買ってくれる人が見つかるかわかっているから、ご心配なく。スタナップ卿にはこう伝えてもらえばいい。その買い手が誰かわかれば、というより、彼の買ったものが明らかになれば、国王はあなたに感謝なさらないだろうと。そのことを頭にとめておくようにと。そしてあなたも、それを頭にとめとくんですな、ダルリンプルさん。では、失礼します、サー」

話し合いは予想されたとおり失敗に終わった。そのあとでダルリンプルはそう結論をくだした。だが誰もダルリンプルを責めることはできない。彼は命じられたことをやったのだから。しかも彼はケンピスが大使館を立ち去るときに、秘書のハリスに命じてあとをつけさせるという有効な対策を講じたのだ。ハリスはケンピスを宿までつけていけるくらい足も速かったし、機転もきいた。ところが彼は半時間も経たないうちに、落胆する知らせを携えて戻ってきた。

「彼がこうしたことを予期していたのは間違いありません、サー。彼はプリンセスグラハトまで歩いていき、わたしは彼の視線からはずれた位置を保ちながらずっとつけていきました。けれども、大型四輪馬車がそこで彼を待っていたのです。馬車はものすごい速度で走り去りました。本当です。馬車のなかに女が一人、乗っているのがちらっと見えたように思います。それ以上見えるところまでは近づけませんでした。彼らは次の橋で運河を横切り、東へ向かいました」

ケンピスは彼を巧みにかわした。それも予想されることだったとダルリンプルは思った。今となっては今後二度と彼からの要求を——というか、彼の消息すら——聞かずにすむようにと願うだけだった。

しかし、ダルリンプルの願いはその日のうちに打ち砕かれることになった。スウェーデン大使館で開かれる招待会はきわめて退屈な催しになりそうだったが、ほんの短時間だろうと顔を出さないわけにいかなかった。時間に遅れ、非社交的な気分で彼が到着するやいなや、ほかの客たちが、あなたのお国にとっての損失ですとしきりに同情してくれたが、当惑したことに、彼はそのことをまだ知らなかった。スタナップ卿が死去したという情報がたちまちにして広まっていたのだ。

その知らせに接したダルリンプルのショックは、周囲には亡くなった指導者にたいする悲嘆だと解釈されたようだった。だが、じつのところは、悲嘆はショックとなんの関係もなかった。ケンピスを追い払ったのは命令に従っただけだという言い訳は、その命令をくだした者が生きているかぎりはりっぱに通用するものだった。けれど今となっては、その言い訳はなんと虚しく響くことか。

早めに失礼しなければと言うダルリンプルにスウェーデン大使は充分な理解を示し、集まった人々のお悔やみの言葉に送られて彼は辞去した。その夜もっと早くに彼の許へ知らせを届けなかったことについて、大使館にまだ残っている事務員を叱責するつもりで英国大使館までの短い距離をせかせかと歩いた。外のオフィスにハリスがいるのを見つけて怒鳴りつけようとしたとき、見知らぬ男が暖炉のそばで体を温めているのが目にとまった。

彼は怖ろしい顔つきの雄牛のような男だった。ふくらんだ目、懸賞拳闘選手にはまさにぴったりの鼻、額の目立つ傷痕。灰色が縞模様に混じっている黒髪は弁髪ふうに後ろで縛ってある。衣服は古くて埃《ほこり》まみれだったが、上質のものだった。ダルリンプルはどちらかというとめかし屋だったから、たとえすりきれて旅の汚れがついていても、その仕立てで上等の服だと見分けることができた。それに、剣の吊し方で軍人だと見分けることができた。この男は気性からしても明らかに軍人だった、すすんで戦闘に参加するには年を取りすぎていたが。

「あんたがダルリンプルだね？」男は丁重さをつくろうこともなく、唸るような声で問いかけた。彼の声にはスコットランド特有の訛《なま》りがあった。それが彼のぶっきらぼうな態度を充分に説明しているとダルリンプルは思った。

「はい、そうですが、サー。この……紳士はどなただね、ハリス？」

「マクルレイスだ」ハリスに口を開く間を与えず、相手が答えた。「ジェイムズ・マクルレイス大尉」

「で、わたしが何かお役に立てるのでしょうか、マクルレイス大尉？」

「ロス将軍の使いでやってきた」

「どなたですか？」

「下院議員のチャールズ・ロス将軍。南海会社の失敗を調査している下院調査委員会のメンバーだ。彼は財務主任ナイトの記録簿を手に入れるよう委員会から委任され、わたしが彼のためにここへやってきた」マクルレイスはポケットから紙切れを引っぱりだし、ダルリンプルが読めるようにそれを差しのべた。「あんたはあらゆる必要な援助をわたしに与えることを求められている」

「わたしがですか？」ダルリンプルは書類を丹念に眺めた。それには下院の証印が押してあり、ロスの署名と、ダルリンプルもよく知っている、当該委員会の委員長、トマス・ブロドリックの副署名があった。マクルレイスの低い階級と無骨な態度をべつにすれば、それが本物であることを疑う理由はないようだった。「ああ、はい、そのようですね」

「あんたと内密で話ができれば、ありがたいのだが」

「われわれだけにしてくれ、ハリス」待ってましたとばかりにハリスはそれに従った。ダルリンプルはデスクのほうへ移動し、デスクのかたわらで自分では貴族的なポーズだと考えている姿勢をとった。「あなたは個人的にロス将軍をご存じなのですか、大尉？」

「彼の指揮下で軍務についていた」

「このまえの戦争のときに？」

「その栄誉に浴した」

ダルリンプルはようやく彼の客人がどんな人物か判断がついた。スペイン継承戦争（・註三七〇頁の解説を参照）が終わってから八年が経過している。本格的な戦闘からは十年に近い。だが、いまだにどこの酒場でも彼らを見かける、こうした傷痕のある、勲章をつけた、射撃や砲弾から生き残った人たちを。他の人々が楽園を夢みるように、彼らは戦火の下にいることを夢みるのだ。マクルレイスはブレンハイムで、ラミイで、そのほかのマールバラが勝利をおさめた激戦地で、敵を恐怖におののかせたに違いない。平和時なら彼はけっして将校になれなかっただろうが、大尉という階級が、戦争中にはかなり好戦的な軍人だったことを示唆していた。とはいえ、ロス将軍には彼を信頼するだけの充分な理由があるに違いない。彼は将軍の命を受けている。それを遂行するためにはどんなことも辞さないだろう。

「ナイトはアントワープの要塞に拘禁されている」マクルレイスは言った。「昨夜あそこへ行ってきた」

「あそこにとどまるべきじゃなかったんですか、大尉？　彼の……記録簿が……あなたの求めるもの――」

「ケンピスはどこにいる？」

「誰ですか？」ダルリンプルは懸命に驚きを押し隠し、静かに問いかけた。

「ケンピス。あんたはその男のことでスタナップ卿の指示をあおいだ」

「わたしが国務大臣と連絡をとったことは下院の委員会には関わりのないことです」

「だが、あるのだ。連絡をとった理由が緑色の表紙の帳簿の件なら」

「あなたはかなりのことをご存じのようですね、大尉」実際、ダルリンプルの心をかき乱すに充分な情報通であるようだ。「あなたはどういう方法でそうした情報を入手なさったのか、お訊ねしてもいいでしょうか？」

「そんなことは気にしなくていい。だが、スタナップは亡くなった。あんたも知っているだろう？」

「ええ、知っています。悲しい知らせです、本当に」

「まあ、そういうことにしておこう。脳卒中か、そんなものだ。土曜日の上院でのウォートン公との論争で興奮したからか、それとも、前夜にニューカースル公のところで飲んだと言われている大量のトケー（ハンガリー、トカイ産のワイン）のせいなのかわからないが」

「彼の死はまことに悲しむべきことです」ダルリンプルは執拗に主張した。

「たぶん、あんたにとっては。みんながそうではないが」

「気持ちとしては、みんなですよ」

「気持ち？　そりゃあ、わたしは――」マクルレイスは言葉をとぎらせ、顎を撫でた手をすっと首に滑らせた。掌に無精髭がこすれて、不快な音を立てた。「あんたとつまらん議論をしてる暇はないんだ、ダルリンプル。ケンピスはどこにいるんだね？」

「見当もつきませんよ」

「だが、げんにあんたは今日、彼に会っている、あんたの事務員の話によれば」

「ケンピス氏との交渉について――または、ほかの誰との交渉についても――わたしは勝手に話すわけにはいかないのです。国王陛下の大臣にならお答えしますが、下院には話せません」

「わたしならそれほど自信たっぷりではいられないがね。あんたは、いまいましい、邪魔だてをする、もったいぶった小役人だと、委員会の報告書で名前をあげられたいのかね？」マクルレイスはぐいと体を近づけ、声を落とした。「こっちはケンピスが何を売ろうとしたか知ってるんだ。いくらで売ろうとしたかも。それに、スタナップ卿がどうしろと指示したかも承知している。ケンピスの要求を突っぱねて追い払え。あんたが言われたとおり、そうしたのは間違いない。スタナップの死はあんたにとって不運な一撃だった、彼の指示はまったくの反古《ほご》になったのだから。あんたの野心を燃やすたきつけとして、もっとうまく利用できただろうに。とはいえ、あんたにとって幸運がないわけではない。情報は、あんたの首よりもっと重要なものをわたしが手に入れる助けになるだろう。だから訊くが、ケンピスはどこにいる？」

「知りません」

「まさか彼をむざむざ立ち去らせたと言うんじゃないだろうな？」

今日一日の出来事を話したときに、ハリスが自分のことに言及しなかったのは充分に考えられることだった。「彼はわれわれをまいてしまったのです」ダルリンプルは歯ぎしりしながら、そう認めた。

「彼はそうするのに、さして苦労はしなかっただろう」マクルレイスはさらにダルリンプルに体を近づけ、軽蔑するような目つきで睨みつけた。「しかし、彼についてなんらかの手がかりは手に入れたはずだ。頼むよ、あんた」

ダルリンプルはわれ知らず、何かないかと必死で記憶を探った。本当にどんな小さなことでもいいから、何かないだろうか？　そのとき、記憶がよみがえって彼を救った。「彼の本当の名前はザイラーではないかと思います」そう言ったとたん、マクルレイスの顔に浮かんでいた軽蔑が驚きに変わったのを見て、ダルリンプルはほっとした。さらにその情報には、たちまち楽しくなるようなおまけがあった。クロイスターマンは役にも立たない報告を寄こしたのを後悔することになるだろう。「アムステルダム駐在の我が国の副領事が、これから先のあなたの調査を手助けできるでしょう」

スパンドレルはスタナップ卿の死やロバート・ナイトの逮捕といった、はるか彼方の出来事については何も知らなかった。彼の人生は拘禁されているむさくるしい独房と、ときたまの非常にありがたい、囲われた中庭の散歩だけになっていた。どうして再尋問がおこなわれないのか、看守たちもその理由を知らなかった、それとも、彼らが明かそうとしなかったのかもしれない。この質問ばかりでなく、スパンドレルのほかのすべての質問にたいしても役に立つような答えはけっして返ってこなかったから、彼は訊ねるのはやめてしまって、奇妙な麻痺したような無気力状態に陥り、そのなかで彼の日々と同様に心まで虚ろになっていくのだった。母親は彼がどうなったか知っているのだろうかと考えたものの、彼女がどんなに心配しているかと悩むことはもはやなかった。彼女にしろ、彼の知っているほかのすべての人々にしろ、いつしか、彼がしばしば見る夢の一部になっていた、地図や、通りや、くっきりした遮るもののない地平線の夢の一部に。けれども、目覚めたときに彼を待ち受けているのは、薄暗いじっとり湿った独房という現実だった。高い鉄格子のはまった窓を通して、周囲の街の物音の断片が忍びこんでくる。ひづめの音、足音、馬車の車輪のゴロゴロいう音、カモメの甲高い鳴き声。彼は何時間も何時間もそうした物音を聞いていた。壁に動く影を見つめ、それがなんの影か推測しようとした。ときおり父親と長いとりとめのない会話を交わしたが、そのときには両方の台詞《せりふ》を引き受けるのだった。徐々に、すこしずつ、将来のことは考えなくなった。看守には何も質問しなかった。そのうち、自分にも何も問いかけなくなるだろう。そしてそのあと……

ある冬の朝――拘禁されているスパンドレルには、その日をほかの日と区別するすべはなかったが、アムステルダムのほとんどの住民は、その日が新暦の二月二十一日の金曜日だと知っていた――市庁舎の前の広場、ダムでは、いつものように騒々しい商業活動が繰りひろげられていた。波止場のまわりでは、船から荷物をおろしたり船に荷物を積みこんだりしていたし、貨物計量所のまわりには、近くの取引所からやってきた商人たちが群がっていたし、魚市場と野菜市場では活発な取引がおこなわれていた。

そんななかでは、市庁舎の正面入口に通じる階段の下でいらいら歩きまわっている男には誰もあまり注意を払わなかった。それに、彼の顔に――傷痕のある怖ろしげな険しい顔に――ちらっと目を向けただけで、じろじろ見る勇気はたちまちしぼんでしまうだろう。彼がときどき立ちどまって、市庁舎の円柱のあるペディメントをはめこんだ建物正面を見上げるのは、思慮と正義と平和を象徴する彫像を賞賛するためではなく、明らかにその上の丸屋根の時計を見るためだった。

ひとつの人影が建物の北東の角からあらわれて、彼に会うために急いでやってきたとき、時計は十時八分を指していた。やってきた男はあたふたと息を切らし、いらいらしている様子だったが、最初の男よりは身なりもよく、穏やかな顔つきをしている。二人はどちらも、会ったことを喜んでいるようには見えなかった。お辞儀をすることはおろか握手もせずに、片方がそっけなく頷くと、もう片方は挨拶代わりに顔をしかめた。

「マクルレイス大尉ですか？」

「ああ。あんたがクロイスターマンだな」

「そうです」

「遅かったな」

「あなた一人の都合に合わせて、わたしの仕事を片づけるわけにはいかないので。わたしのオフィスへいらしていただく約束になっていれば、たぶん――」

「オフィスはたくさんだ。戸外なら事務員に立ち聞きされる鍵穴もない。アムステルダムの連中はここではそれぞれの仕事に専念しているようだからな。あんたにもそのほうがいいはずだ」

「ですから、ここまで出向いてきましたよ、そうでしょう？」

「あんたなら間違いなく、充分な手助けができると聞かされた」

「それでしたら、わたしにどんな手助けができるのかおっしゃっていただいたほうがいいでしょう」

「スパンドレル。あそこに拘禁されてる男だ」――マクルレイスは市庁舎のほうへ親指をぐいと向けた――「ド・フリース殺害の容疑で」

「その事件のことは知っています」

「オーストリア人に雇われた暗殺者、そう思ってるのか？」

「いいえ、思っていません」

「では、騙されたカモだと？　もっと重大なゲームで利用されたコマだと？」

「たぶん」

「それなら、あんたは彼を助けるために何かすべきじゃないのかね？」

「それは保安官の仕事です」クロイスターマンは肩をすくめた。「スパンドレルは重要な人間ではありません」

「しかし、彼がここへやってきた理由が重大な影響をもたらすのだ。じつに重大な影響を。

わたしはその解決のためにここへやってきた」

「幸運を祈ります」

「あんたには祈ってもらうぐらいじゃすまないんだよ。ザイラーは、スパンドレルがド・フリースに届けた荷物を盗んでハーグへ行き、あそこでわが国の代表をやっているらしいあの間抜けに、それを売りつけようとした」

「ダルリンプルさんのことですか?」上司にたいする軽蔑的な言及にも、クロイスターマンは動揺していないように見えた。

「ああ、その名前で通っている、作り笑いをするめかし屋のことだ。彼はザイラーを追い払った。ところが、ザイラーはここへは戻っていない。ド・フリースの未亡人もだ。彼らは買い手を捜して、どこかほかへ行ったんだ。ジュープというサー・シオドア・ジャンセンの従僕が彼らを追跡している」

「彼が?」

「ああ、そう思うな。わたしだってジュープと同じぐらい簡単に、ザイラーとド・フリース夫人がどこへ向かっているか推測がつくから」

「どこですか、それは?」

「気にしなくていい。わたしが不安をおぼえるのは、ザイラーとド・フリース夫人に会っていないことだ。だが、スパンドレルは会っている」

「ええ、そうです」

「それに、ド・フリースに届けた荷物の中味を見ている」

「おそらく」

「保安官は、どうして裁判にかけるために彼を判事の前に引きださないのだ?」

「そんなこと、誰にわかりますか?」クロイスターマンはまたもや肩をすくめた。「法の歯車はゆるゆるとしか進まないのです」

「社会のなかでド・フリースのような地位を占めていた男が外国人に残虐に殺害された場合は、そうではない」

「それでも」

「どうして延び延びになってるんだね? あんたには何か心当たりがあるはずだ」

「推測するしかありませんよ」

「それなら、推測しろ」

「そうですね、ザイラーとド・フリース夫人が突然、街から出ていったために、彼らがド・フリースを殺害したというスパンドレルの主張を裏づける方向へ、すこしだけ事態が動いているのでしょう。実際にはほんのすこしだけでしょうが、彼らが戻るまで待ってから裁判手続きにかかるべきだと、保安官に考えさせるには充分なのかもしれません」

「彼は長く待つことになるだろう」

「そうお考えですか？」

「そしてそのあいだに、哀れな、ちっぽけなスパンドレルは監獄で衰えていくだろう」

「やむを得ません」

「やむを得ない、そうかな？　そうは思わないね」マクルレイスはクロイスターマンの肩をぴしゃっと叩き、彼を片側へよろめかせた。「窮地に陥ってる同胞のために奮起するときだぞ、副領事どの」マクルレイスはにやりとゆがんだ笑みを浮かべた。「まさにそのときだ」

11

臭跡を追う犬たち

国務大臣が亡くなった。新国務大臣の長命を祈る。その同じ金曜日は——イギリスでは十一日前の日付だったが——スタナップ卿の後継者が北部地区担当の国務大臣として職務についた最初の日だった。ホワイトホールのはずれにあるコックピットと呼ばれる建物でスタナップのデスクにすわったとき、タウンゼンド子爵チャールズには自己満足に浸るだけのもっともな理由があった。四年前、国王が一時期ハノーヴァー(註・三七一頁の解説を参照)に滞在していたあいだに、タウンゼンドと、当時の第一大蔵卿だったロバート・ウォルポールが、国王とは不仲の皇太子にむやみに取り入っているという疑いを国王が抱いた。スタナップと彼の大いなる協力者、サンダーランドは、そうした国王の疑惑に巧みにつけこみ、タウンゼンドをその同じ地位から、つまり国務大臣の職から追いだしてしまった。そして、タウンゼンドの義兄であるとともに、彼のもっとも古くからの親友であるウォルポールも、彼とともに辞職したのだった。ところが、嘆かわしい南海会社の不祥事のおかげで、今ようやく、彼らは政界中枢部への復帰を果たした。

実際には、ウォルポールは当面のあいだは陸軍支払長官の職で満足しなければならなかった。しかしながら、いずれ大蔵大臣としてアイラビーの後継者になるのは確実だったし、ブロドリックの委員会がサンダーランドに不利なのっぴきならない証拠を見つけだせば——充分その可能性はあった——彼はたちまち大蔵省の支配権を独占できるだろう。そうなれば、ウォルポールとタウンゼンドの協力関係は完全に復活する。そうだ、全体的に見て、タウンゼンドにはご機嫌になるだけの充分な理由があったのだ。吹き荒れた不幸な風は、報われるに値する二人の野暮ったいノーフォーク人に大きな利益をもたらした。

とはいえ、大きな利益、すなわち、すべてがうまくいくということではなかった。そのあとまもなく、陸軍支払長官はリンゴをかじりながら、チョッキのはちきれそうな二個のボタンの隙間から腹を搔き搔き、デスクをはさんでタウンゼンドと向かい合った椅子にどさっと腰を落とした。しじゅう彼が浮かべている微笑は消えていた。タウンゼンドが今しがた彼に伝えた知らせ——南部地区担当の国務大臣であり、スタナップの優秀な弟子だと一般に思われているジェイムズ・クラッグズ（息子）が、天然痘で死の床に伏しているという知らせ——を聞いても、彼は喜ぶ様子も見せなかった。明らかに何かおかしかった。

タウンゼンドには、その理由がわかりすぎるほどわかっていた。その場を憂鬱な空気が支配している理由は、デスクに散らばっている書類のなかに見つかった。というよりむしろ、そこに見つからないからだった。それが見つからないことが、その理由だった。

　そのおびただしい書類のなかには、スタナップのごく最近の往復書簡が含まれていた。また、彼の死後に届いた資料のなかには、ロバート・ナイトがブラバントの国境近くで逮捕されたあと、彼から没収されてブリュッセルから急送されてきた書類の束もあった。だがそこには、大勢の人々があれほどまでに重視している例の緑色の表紙の帳簿はなかった。あれが欠けていては、そこに重要なものなどほとんどなかったのだ。ハーグの大使館の代理大使、ダルリンプルからの不安をかきたてる書簡をのぞけば。

　突然、罵り声をあげて、ウォルポールが口のなかに残ったリンゴの滓《かす》を引っぱりだして暖炉のなかに投げこむと、それはじゅうじゅう音を立てながら石炭のあいだに埋もれてしまった。「ダルリンプルはわたしの手の届かない場所にいるのを感謝すべきだ。さもなければ、こんなへまをした罰に串焼きにしてやるところだ」

「彼は命令に従ったんだよ、ロビン」タウンゼンドはあえて弁護した。

「彼が引き延ばす方策を講じなかったからだ。だいたい、スタナップにどんな配慮ができるというんだ？　ケンピスをあんなに……にべもなくはねつけるなんて……狂気の沙汰だ」

「スタナップは彼を悪党だと思ったんだ。それも無理はないよ。誰もがナイトは〝グリーン・ブック〉を手元から離さないだろうと考えていた」

「わたしはそうは考えなかった。そうあってくれと願ってはいたが。われわれにはっきりしたことがわかるまで、ケンピスをなんとか引き留めとくべきだった」

「スタナップは時間稼ぎをする気分ではなかったようだ。ダルリンプルに手紙を書いたときには、もう体調が悪かったんだろう」

「というより、サンダーランドが彼を信用してなかったんだろうよ、〈グリーン・ブック〉がどんなに重要なものか説明するほどには」

「わたし自身にしても、その重要性がわかってるかどうか」

「みんなそうだよ、チャールズ」ウォルポールは言葉を切って、歯のあいだにはさまったリンゴの皮をこじりとった。「自分の目で見るまでは」

「それなら、スタナップが十万ポンド払うのを拒否したのは正しかったんじゃないのか？」

「十万ポンドは安い買い物だったと思えるようになるかもしれない」

「まさかそんなことにはなりっこないさ。とは言っても――」タウンゼンドは言葉をとぎらせ、考えこむようにウォルポールに視線をすえた。「そうだな、こういうことについては、きみはわたしよりよく知ってるからね、ロビン」

「知らないほうがいいさ」

ウォルポールが浮かべてみせた微笑は義弟を安心させることはできなかったが、彼にそれ以上の質問を思いとどまらせる効果はあった。義兄が自分に教えないのは、サンダーランドがスタナップに隠していたのとなんら変わりはないとタウンゼンドは考えた。ただひとつ違う点は、サンダーランドのほうは自己の利益をはかるための企みだったのにたいし、彼の親密な友であり、愛する妻の誠実な兄であるウォルポールは、けっして彼を裏切らないことだった。そのことには確信があった。

「目下の問題は」ウォルポールは強調するために腿をぴしゃっと叩いた。「これをどう処理すべきかということだ」

クロイスターマンには、自分が乗りかかった船の針路について慎重に考えねばならない問題がいくつかあった。もっとも重大なものは、スタナップが死んだあとを引き継ぐのが誰にせよ、ホワイトホールの彼の上役たちが、あとになって、彼にどんな行動をとってもらいたかったと言ってくるか、それが予測できないことだった。マクルレイスの手助けをすべきだろうか？　それとも、彼の邪魔をすべきなのか？　ダルリンプルはその問題について何も書いてよこさなかった。そうしておけば、あとになって風がどの方向に吹くかによって、クロイスターマンの行動を自分の手柄にすることもできるし、自分は彼の行動とは無関係だと主張することもできるのだ。ダルリンプルから明確な指示を引きだすすべはなかった。クロイスターマンにはそうしないだけの分別があった。そして領事は、彼に全責任を押しつけたいと切望している。「保安官との交渉はきみに任せてあるんだよ、ニック。そういうことにかけては、きみの手腕は確かだからね」

　クロイスターマンとしては領事の言葉が正しいことを願うしかなかった。どうしても確かな手腕を揮《ふる》わねばならない。幸いにも、ランカールト保安官は用心深い愛国心の強い男だったから、囚人スパンドレルのための領事の陳情に反対するものと期待できた。マクルレイスが示した計画は——そして、クロイスターマンはその計画に従って陳情することを承知したのだが——次のようなものだった。スパンドレルには厳重に警護をつけたうえで、彼がその地下にザイラーの下宿があったと主張している薬屋を突きとめるチャンスを与えるべきである。スパンドレルの申し立てによれば、あやうく殺されかけたあと、彼は確かにその下宿で一夜を過ごしたというのだ。その点について裏づけをとるまえにザイラーは姿を消してしまったが、ド・フリースの召使いたちは、ザイラーは邸内に住んでいて外に下宿は持っていないと言っている。それに、バーラウスという薬屋は誰も知らなかった。しかし、すぐにばれる嘘をついたところでむだだから、スパンドレルがそんなことをでっちあげるとは考えられない。それゆえ、それは彼のでっちあげではないだろう。おそらくザイラーは、スパンドレルを騙す計画の一部として密かに下宿を借り、彼の雇った殺し屋についてスパンドレルに嘘の名前を教えたように、家主についても嘘の名前を教えたのだ。したがって、ザイラーの人相に一致する人物に最近、地下室を貸したというべつの名前の薬屋が見つかれば、そうした事態が彼らの考えを変えさせて、スパンドレルは釈放されるだろう――待ち受けるマクルレイスの腕のなかへと。

けれども、クロイスターマンはそうなることを期待しなかった。ランカールトは薬屋探しを承知しないだろうと期待した。もしもランカールトが彼の期待に反して承知するようなら、ランカールトはマクルレイスが予想しているような結果は考えていないのだ。ド・フリース殺害にザイラーがかかわっていたことを証明したところで、それでスパンドレルの容疑がはれるわけではない。スパンドレルはザイラーのカモにされたのと同じくらい簡単に、今度は彼の共犯者にされてしまうだけで、彼が語った嘘は――それが嘘だったとして――自分だけが面倒から逃れようとする必死の試みだったということになる。

クロイスターマンの観点からすれば、ランカールトが承知しそうもないことが救いだった。彼にしてもロス将軍の代理人にできるだけの協力をしただろう、その協力があとになって、なんらかの形で彼にはね返ってくる恐れさえなければ。マクルレイスはもうすぐザイラーとド・フリース夫人の追跡に飛びだしていき、クロイスターマンをどんな非難にたいしても申し開きのできる――万一、ずるいダルリンプルが非難したところで、即座にぴしっと言い返せる――安らかな状態にしてくれるだろう。

そういう次第で、クロイスターマンはその金曜日の午後、英語を話せる保安官代理のアールツェンを、市庁舎の建物のなかにある彼の窮屈なオフィスへ訪ねていって、気のすすまない様子をあからさまにはしなかったものの、たいして熱意のないまま、こちらの要求を持ちだしたのだった。アールツェンと彼は〈ホッピーズ・コーヒーハウス〉で、ときおりチェスのゲームで互角に戦ったり、相手の巧みな駆け引きをできるだけ許容しながら、対等の立場で職務上の議論を戦わせたりする間柄だった。彼らはどちらもスパンドレルを尋問し、事件についてそれぞれの見解を持っていた。しかしながら、彼らの見解には食い違いがあったから、それについては時間を浪費することは避けた。こちらの陳情にたいしてランカールトがどんな判断をくだすか、重要なのはそれだけだった。ところが、アールツェンが示した反応はクロイスターマンの意表をつくものだった。

「興味をそそられる提案だな、ニコラス。それはランカールト氏の気に入ると思うよ」

「本当かね？」

「驚いてるようだな」

「ああ。確かなのか？」

「請け合うことはできないよ。だが、わたしは楽観的だね」

「どうして？」

「ランカールト氏はオーストリアの陰謀を見つけたいと思っている。実際に見つけださなきゃならない立場なんだよ。VOCが彼にそれを期待してるのでね」

「わたしはスパンドレルに疑いをはらすチャンスが与えられることを求めてるんだよ、有罪を証明するチャンスではなく」

「逆の可能性のないチャンスなんてあり得ないさ」

ザイラーが逃亡したために、彼はスパンドレルの共謀者だ、おそらくは首謀者だということになっているに違いない。それが現在の状況だとクロイスターマンにははっきりわかった。そして今、彼が持ちだした要求は結局のところ、二人が共謀者であることを警察が証明するのに役立つことになるのだ。自由という餌がスパンドレルの前にニンジンのようにぶらさげられるが、彼らの求めるところまでスパンドレルが導いたとたん、さっともぎ取られてしまうという仕組みだった。世の中はそういうものだ。どうしようもない。たしかにクロイスターマンにはどうにもできない。彼は肩をすくめた。「まあ、それでも仕方がないか」

「できるだけ早くランカールト氏に話すよ」アールツェンはにっこりしたが、笑うと彼の斜視が強調されて、かえって不安をそそられるのだった。「そうすれば、わたしが彼を正しく見抜いているかどうかわかるだろう」

しかし、そのことに関しては疑問の余地はなかった。アールツェンは守れないコマは進めないように、根拠のない意見は述べない男だった。クロイスターマンにはもう答えがわかっていた。そしてそれは、彼が望んだものではなかった。

その翌日の午後、ビッグ・ヤヌスと呼ばれている看守が独房のドアを開けたとき、彼はスパンドレルがまったく予期しなかったことを――それを期待する気持ちすらなくなったことを――知らせた。客だよ、と。ビッグ・ヤヌスはスパンドレルの驚きに感づいたらしく、微笑まで浮かべてみせた。「クロイスターマンさんだ」スパンドレルのために心から喜んでいるかのように、彼はそう告げると、手のなかで鍵をじゃらじゃらいわせてから、スパンドレルには手錠をかける必要はないと判断したようだった。彼はちょっと後ろにさがって、クロイスターマンのためにドアを開けた。

「クロイスターマンさん」スパンドレルはたちまち胸いっぱいにふくれ上がった希望を懸命に抑えながら言った。「おお、ありがたい」

「こんにちは」クロイスターマンの眼差しからは何も窺えなかった。「ちゃんとした扱いを受けているかね?」

「ちゃんとした扱い?」クロイスターマンの肩ごしにビッグ・ヤヌスと目が合った。「べつに……不満はありません」

「それを聞いて安心した」

「わたしは思ってました……もう……」

「忘れられたのだと? そういうことではなかったんだよ、けっして。きみのためにできるかぎりのことをしていた」

「ありがとうございます」それが感謝をあらわすのにふさわしい仕草だと考えたなら、スパンドレルはクロイスターマンの足元にひれ伏していただろう。「ありがとうございます、サー」

「それで、きみのために重要な特別許可をもらったんだ」

「ありがとうございます。本当にありがとうございます」

「きみはザイラーの下宿へわれわれを案内できると思うかね？」

「彼の……下宿？」

「そうだ。彼がきみを運河から救いだしたあとで、きみたちが行ったところだ」

「運河ね」スパンドレルの頭は一連の記憶を呼び起こそうと、不慣れな努力に取り組んだ。

「もちろんです。ザイラーの下宿ですね。薬屋の下です」

「そのとおり。そこへ案内できるかね？」

「はい……たぶん。ええ……だいじょうぶです。道はわかるでしょう……あの宿屋からなら」彼がイスブラント・ド・フリースの邸へもう一度出かけていって凶運に見舞われるまえに、一夜を過ごした宿屋の名前がどうしても思いだせなかった。けれども、いずれ思いだすだろう。そのうちすべての記憶がよみがえるだろう。「案内できます、クロイスターマンさん。だいじょうぶです」

「きみを信じるよ。とにかく、やってみなきゃ」

「いつですか？」

「月曜日だ」

「すると、いつになる……」安息日に教会の鐘が鳴るのを最後に聞いてから何日経ったか、スパンドレルは計算しようとした。五日かな、それとも六日？　彼は困惑して頭を振った。

「あさってになる」クロイスターマンが不憫《ふびん》に思い、そう教えた。

「ありがとうございます。ええ、そうです。あさってです。で、このことが……わたしを救ってくれるのですか？」

「そうなるかもしれん」クロイスターマンはちょっとためらったが、すぐに言葉を継いだ。

「ともかく、そこを見つけだそうじゃないか、ねえ？　月曜日に」


陸軍支払長官の職は比較的低い官職だったが、いくつかの大きな特権があった。そのなかでももっとも利得があるのは、陸軍の給料の管理だった。給料の総額が年度始めに大蔵省からまとめて渡され、逐次、分配されていく仕組みになっており、残っているぶんは、それが必要になるまで支払長官によって彼個人の利益のために投資される。軍隊が膨大なものになっている戦争中には、そうすることによって支払長官は莫大な富を築けるのだ。スペイン継承戦争のあいだ支払長官を務めたシャンドス公は、それ以後ずっと、なんとか金の使い道を見つけようとして、南海の株で七十万ポンドを失っても、まばたきひとつしなかったという噂だった。平和時には、幸運な在職者にもたらされる富はのろのろしたペースでしか増えなかったが、それでも自然に蓄積していった。ウォルポールがその職についたのはこれが二度目で、彼は今では、ノーフォークの彼の領地を慎重に管理しているだけではけっして望めなかった、かなりの資産家になっていた。

彼はまた、チェルシーのロイヤル・ホスピタルとつながっている支払長官の公邸、オーフォード・ハウスに住んでいた。そこは、ウォルポールが自分はそうだと決めこんでいる、威厳と卓越した能力をそなえた男に完全にふさわしい住居だったから、政府のもっと高い役職についても、彼はそこを明け渡すつもりはなかった。実際はそれどころか、春の暖かい陽射しを浴びてテムズ川に向かって下り傾斜になっている芝生をぶらつきながら、こうして日曜の朝をのんびり過ごしているときも、隣接した病院の建物と敷地の部分を、彼個人でもっと使用できるようにする方法はないかと頭をめぐらしているのだった。彼の妻は鳥類飼育所がほしいと言っているし、彼自身は、数人の傷病年金受給者が今ちょうど外気にあたっているテラスのところに、サマー・ハウスを建てたらすばらしい眺めだろうと考えていた。そうとも、彼が実力相応の評価を受けるようになれば、当然、変化が生じるのだ、ここにもノーフォークにも。

彼の楽しい白昼夢は客の到着によって中断された。それは彼が待っていた、どうしても話をしなければならない人物だった。だが、それにもかかわらず、家の裏手から芝生を横切って近づいてくる客を見ると、心が沈むのは避けられなかった。オーガスタス・ウェイジメイカー大佐は、ウォルポールにしろ、ほかの誰にしろ、会うのを楽しみにするような男ではなかった。

　彼はでっぷりした体格のせかせかした男で、体のわりには明らかに頭が大きすぎたが、その特徴を滑稽というより威嚇的にしているのが、その顔つきだった。突き出た顎と船のへさきのような鼻は砕城鎚《はじょうづち》を思わせたし、その目にはさらに険しい非情な色があった。ウォルポールにたいする敬意をもってしても、完全には消すことのできない敵意のあふれた、たじろがない鮫《さめ》のような眼差し。一七一五年の反乱（註・三七一頁の解説を参照）のあと、マー伯の率いるジャコバイト軍の生き残りを忍耐づよく追跡し捕らえた功績により、カドガン卿の推薦で特別任務に抜擢されたウェイジメイカーは、いかなる状況のもとでも信頼するに足る人物であることを証明した。彼はまた、有名な口数の少ない男で、ウォルポールは彼の冷酷さにもまして、彼の寡黙さを評価していた。

「おはよう、大佐」ウォルポールは挨拶した。「すばらしい日だね」

「タウンゼンド卿から、あなたが会いたいとおっしゃっていると聞きました」ウェイジメイカーはそう応じ、ウォルポールの天候への言及は無視された。「わたしは一刻も早く出発したいのです」

「もちろんだ。長く引き留めるつもりはない。しかし、出発前に内密に話をしたかったのだ。タウンゼンド卿がわれわれが直面している難問について説明したと思うが」

「説明されました」

「その品物をどうしても取り戻さねばならない。あなたの任務の重要さをおおげさに言っているわけではないのだ」

「わかっております、サー」

「あなたが成功するか否かが重大な結果につながる。きわめて重大な」

「あなたの期待に背くつもりはありません」

「ああ。わたしもそれは確信している。そのことを肝に銘じて……」ウォルポールはウェイジメイカーの肩に親しげに片手をかけた。「わたしのためにこれをやり遂げてくれ、大佐。そうすれば、充分に報いられるだろう。もうすぐ多くの重要な役職がわたしの裁量に委ねられるようになる。一例だけをあげると、エンフィールド・チェイスの御料林監守職がまもなく空席になる。大手柄を立てれば、あなたがその職につくことを考えてもいい」

ウェイジメイカーは頷いた。「わたしとしても、そう願えれば。あなたがそうおっしゃってくださるのでしたら」

「その品物はわたしに渡してもらう。タウンゼンド卿ではなく。わかったね？　わたしに直接、渡してくれ」

「わかりました、サー」

「そうすれば、そのあとで昇進を期待できるだろう」

「はい」

「期待が裏切られることはない」

「わたしがその品物を取り戻した場合は」

「そのとおりだ」

「あなたは本当に一介《いっかい》の大佐を御料林監守に任命することをお考えですか？」

「そうだな……」ウォルポールは微笑を洩らした。「おそらく大将のほうがよりふさわしいだろうな」

「はい、おそらく」ウォルポールは束の間、ウェイジメイカーが思わず顔をほころばすのではないかと考えた。だが、ほんのわずかに表情がゆるんで、入手可能な褒美《ほうび》を彼が熱望していることを示唆しただけだった。「もう出かけたほうがいいかと存じます、サー。やらねばならない仕事がありますので」

12

難を逃れて

月曜日の朝、馬車で進んでいく道すがらクロイスターマンを苦しめた不安は、彼がめったに感じたことのないものだった。その道筋は、市庁舎の監獄を出発してから、モンテルバーン通りにある宿屋〈ハウデネ・フィス〉の前を通り、そのあと最初は間違った道をぐるぐる回ったものの、結局は正しい角を曲がって、スパンドレルがそこの地下にあるザイラーの下宿で一夜の宿を提供されたと主張している薬屋へと導いた。

クロイスターマンの不安は、彼のあいにくな良心が招いたものだった。しだいに良心が鈍っていく副領事の仕事のせいで、自分の良心は失われてしまったと彼はずっと信じていた。ところが、いまだに良心の疼《うず》きをおぼえ、それによってまだ良心が健在だとわかったのはたいそう困惑することだったから、実地検証のあいだじゅう彼の気持ちが動揺していたのも、いくぶんかはそれが原因だった。彼を苦しめていたのはこの実地検証の虚偽的な性質だった。スパンドレルは、彼が申し立てているザイラーとの関係が実証できれば、それによって彼の無実が証明されると信じている。この信念が、仮面の後ろに蠟燭が灯っているかのように、彼の青白いやつれた顔を輝かせているのが見てとれた。しかしながら、クロイスターマンにはよくわかっていたが、彼は間違っていた。たとえうまくいったとしても、彼に成し遂げられることといったら、保安官の目に彼の有罪を証明することでしかない。

彼らはアールツェンの四輪馬車に乗って出かけていった。クロイスターマンとアールツェンが隣り合ってすわり、その向かいにはスパンドレルと、ビッグ・ヤヌスというぴったりの愛称で呼ばれている大男の看守がすわり、スパンドレルは彼と手錠でつながれていた。さらに、スパンドレルの両手を合わせて手錠がかけてあったし、アールツェンは騎乗警護の巡査を一人あてがわれていた。だが、囚人をひと目見れば、そうした警戒ぶりは——控えめに言っても——過剰であることがわかった。監禁されていたために痩せて弱々しげで、スパンドレルは逃亡を試みることなどできそうになかった。もちろん、そうする可能性があったわけではない。事実、彼は哀れを催すほど、保安官の要求どおりにこれをやり遂げたいと熱望していた、悲しいことに、両者が望む理由は違っていたのだが。クロイスターマンは彼を見るに忍びなかった、自分が何をしているか承知していたから。これはいやな仕事だった。なるたけ早くすませてしまいたかった。

早くすませるためのいちばんの障碍《しょうがい》は、スパンドレルが薬屋から〈ハウデネ・フィス〉まで行った道筋があやふやなことで、おまけに逆にたどるとあっては、いっそうこんがらがるのだった。こっちの運河ぞいに行ったり、あっちの運河ぞいに戻ったりが、いつ終わることやらとクロイスターマンは考えたが、そのあいだもスパンドレルは馬車の窓から身を乗りだすようにして方向を指示し、それをまたアールツェンが御者のために通訳しなければならなかった。けれども、ついにクローフェニアスバーグ通りを南に向かっていたとき、スパンドレルにもこの道に間違いないとわかったようだった。「とめて、とめて」騙されている哀れな男が叫んだ。「ここです」

そこは本当に薬屋だった。クロイスターマンが頭痛薬やコンドームを買いにいく店を含め、街に何十とあるほかの薬屋とそっくりの外見だった。表には店主の名前は出ていない。『薬屋』とだけ書いてある看板が、埃まみれの瓶がぎっしり並んでいるすすけた陳列窓の上にかかっていた。そこには店の戸口へのぼる階段と、シャッターのおりた地下室へくだる階段があった。これはスパンドレルにとって有利だとクロイスターマンにはわかった、ザイラーをこうした建物に結びつけるものは何もなかったのだから。こんな具合に、スパンドレルが述べたとおりの真相がすべて明らかになっていけばどんなにいいだろうと、彼は思わずそう考えた。しかし、スパンドレルは自分の主張を実証するために警察の狙いどおりのことをするだけだし、アールツェンの顔に浮かんでいる狡猾な薄ら笑いが示唆するように、アールツェンはそのためにあらゆる励ましを彼に与えるだろう。「われわれはなかへ入るべきだろうね、ニコラス？」アールツェンが言った。

クロイスターマンが同意する必要はなく、アールツェンは彼の返事を待たなかった。一行は馬車からおりて店に入った。「これがバーラウスの店です」いやいやペアを組んだ不釣り合いなダンス・パートナーよろしく、ビッグ・ヤヌスともつれ合って階段をのぼりながら、スパンドレルが囀《さえず》るような声で言った。「間違いありません」

しかしながら、スパンドレルの自信もそこまでだった。店主はスカル・キャップをかぶった、痩せた背中の曲がった男だったが、バーラウスという名前には返事をしなかったし、ザイラーという名前にもちらとも反応を示さなかった。アールツェンは彼に店を閉めるよう強要し、そのあと、しばらく彼から事情を聞いたが、あまりにも早口なので、アールツェンから会話の内容を教えられるまで、クロイスターマンはオランダ語でのやりとりを理解できずにいた。「彼はバルタザール・ウグルスという男だ。ここで二十年近く商売をしているが、下宿人を置いたことはないと言っている。彼は妻と娘たちといっしょにここに住んでいて、地下の部屋は倉庫として使っているそうだ。家族は階上に住んでいる。彼の話だと、彼の痛風薬は有名だそうだ。ウグルス痛風散薬というのを聞いたことあるかね、ニコラス？」

「わたしはあいにく痛風を患ったことがないのでね、ヘンリック」クロイスターマンはそう答えて、そっと溜め息を洩らした。

「わたしもだ。だが、もしかしたら——」そのとき、真っ黒な髪と、それと釣り合った色の瞳をした、太った若い女が店の奥からあらわれ、アールツェンの言葉がとぎれた。「娘の一人だろうな」アールツェンはウグルスのほうを振り向いて、オランダ語で彼にそれを確かめた。男はそうだと認めたが、クロイスターマンには聞きとれなかった言葉をつけ加えた。それがどういう言葉だったにしろ、アールツェンはそれを聞いて含み笑いをした。

「どんな冗談か、聞かせてくれないか？」

「彼女は何も知らないと言ったんだ。知らないって何をだよ？　余計なことを言ったばかりに彼の秘密がばれたようだな」

「そんなもの、ばれてはいないよ」

「失礼ですが、サー」スパンドレルが口をはさんだ。「確かに——」

「黙っていろ、きみ」ぴしっとクロイスターマンが遮った。「ここはわたしに任せろ」

「でも——」

「黙ってろと言っただろう」

クロイスターマンの口調のはげしさに、束の間、誰も口がきけなかった。眼差しが交わされた。ウグルスは不安げに唇をなめた。娘は震えだした。アールツェンはゆっくりと二、三歩、彼女に近づいた。「ウグルスの娘さんだね？」彼は穏やかに問いかけた。彼女は無言のまま頷いた。彼は引きつづき、クロイスターマンにも充分理解できるようなゆっくりした箇単な言葉で彼女に訊ねた、最近、この家に誰か下宿していたかどうか、ザイラーという名前に心当たりがあるかどうか、と。

「いいえ《ネー》」彼女はどちらの質問にもそう答えた。だが、そう言いながら顔が真っ赤になり、アールツェンと目を合わすことができなかった。疑問の余地はなかった。彼女は嘘をついている。それを暴露する汗の玉が父親の額を伝い落ちるのをクロイスターマンはじっと見まもった。

「倉庫へ行ってみよう」アールツェンが言った。「実際に何を保管してあるのか見てみたい」

ウグルスはびくっとして、不安げな様子でこの宣告を受けとめ、鍵を紛失してしまったという信じられない口実で抵抗した。アールツェンはしばらく彼にくどくど喋らせてから、いきなり冷ややかな口調で、言われたようにしないと、逮捕されて牢屋にぶちこまれることになるぞと告げた。そう言われたとたん、鍵が見つかった。

ウグルスが先頭に立って表の入口に向かい、ドアを開けた。クロイスターマンはアールツェンのあとに続いて外へ出たが、そのまま階段を下りていくものと思いこんでいた。ところが、アールツェンは階段のてっぺんではっと立ちどまり、あまりに突然だったからクロイスターマンは彼にぶつかってしまった。けれども抗議するよりまえに、クロイスターマンにも彼が立ちどまった理由がわかった。

馬車が消えていた。それに巡査も。彼らは待つように命じられていたのだ。彼らが命令に背くとは考えられない。それでも、彼らはいなかった。「どういうことなんだ、これは？《ヴァト・ベテケント・ディト》」

アールツェンが苛立たしげに言った。もっともな疑問だった。

突然、その答えが示された。階段の下から一人の男が飛びだして、彼らのほうへ階段を駆けのぼってきた。クロイスターマンはマクルレイスだとかろうじて見分けると同時に、そのスコットランド人が両手に二連発銃をかまえているのに気づいた。「戻れ」とマクルレイスは怒鳴ると、片方のピストルでアールツェンの頭を殴り、もう片方のピストルをクロイスターマンに突きつけた。

彼らはよろめきながら店のなかに戻った。娘が悲鳴をあげた。すぐにマクルレイスは後ろ足でドアを蹴って閉め、ウグルスにオランダ語で「彼女に静かにするように言え」と命じた。ウグルスは泣くような声で何やら娘に訴え、彼女の悲鳴はすすり泣きに変わった。「そのほうがましだ」マクルレイスは英語で告げた。「ところで、パントマイムのお邪魔をして申し訳ないのだが、紳士諸君、もうこれ以上、法の手続きを待つことはできんのだ」

「マクルレイス、気でも狂ったのかね？」クロイスターマンが信じられないといった口ぶりで問いかけた。

「とんでもない。急いでるだけだ。ピストルには弾丸をこめ、撃鉄を起こしてある。おれの精神状態をとやかく言いながら、ここにいつまでも立っていればいるほど、おれが自制心を失ってアールツェンさんの頭をぶち抜く危険が増す。それはわかるな？」

「わかります」アールツェンが震える声で答えた。

「スパンドレルを渡してもらいたい。そこのでかい男に、彼を解放するように言え」

アールツェンは銃口を頭に押しつけられたまま、ゆっくり振り向いた。ゆがんだ恐怖の表情が顔に貼りつき、上唇には汗が光っている。彼はビッグ・ヤヌスに小声で指示を伝えた。看守はためらった。アールツェンはもう一度、声を大きくして指示を与えた。今度は看守はそれに応えて、腰に吊るした鍵束をえりわけはじめた。

「早くしろ」マクルレイスが言った。肩ごしに店のウィンドーの彼方へ投げた視線が、その断固とした口調が示唆しているよりも、彼が神経質になっている事実を暴露していた。巡査が戻ってくるかもしれないと心配しているのだろう。そもそも彼がどうやって巡査と御者を追い払ったのか、クロイスターマンには想像もつかなかった。

「どうなってるんですか？」スパンドレルが囁きかけた。「わけがわかりません」

「とにかく、彼が言うとおりにしろ」

金属のカチッという音がして手錠が開いた。「足枷《あしかせ》もだ」とマクルレイスが言ったが、ビッグ・ヤヌスはそれを見越して、すでにはずしにかかっていた。

「わたしは逃げたくありません」スパンドレルは頑固に言い張った。「そんなことするつもりはありません」だが次の瞬間、足枷がはずれた。彼が望もうが望むまいが——いちおう——彼は自由の身になった。

「こっちへこい、スパンドレル」マクルレイスが命じた。「動くんだ」

「できません。ここにいなければならないんです」

「おまえが自由になれる唯一のチャンスを提供してるんだぞ。両手でそれを掴んだらどうだ」

「いいえ。わたしの無実を証明できるんです、今ここで」

「まんまと彼を騙してくれたな、ええ？」マクルレイスはクロイスターマンを睨《ね》めつけた。

「いいか、ちょっと目を開かせてやるときだ。彼に真実を話してやれ、副領事どの」

「真実？」スパンドレルの顔にはさっぱり理解できないと書いてある。

「きみは無実を証明することはできないんだ、スパンドレル」クロイスターマンはそう話しながら、まさに起ころうとしている事態にたいする恐怖の底に、マクルレイスが押し進めている行動を歓迎する、ひねくれた気持ちがひそんでいることに気づいた。「ザイラーがここに下宿していたことが証明されたとしても、それは、きみと彼が共謀してド・フリースを殺害した証拠として使われるだけだ」

「なんですって？」

「そのことが保安官の満足がいくように証明されれば、きみはそれを認めるよう巧みに説得されてしまうだろう」

「そして〝巧みに説得する〟というのは、筋の通った話し合いを重んじるという意味ではない」マクルレイスはそう言って、ぞっとするような微笑を浮かべた。「わかるな？」

スパンドレルにもようやくわかった。クロイスターマンに目を向けると、彼はあえて危険に挑もうとするように、あからさまな承認の仕草でドアのほうへ頷いてみせた。娘はめそめそ泣いていたが、ほかには誰も声を立てなかった。アールツェンがクロイスターマンの目を捉え、しばらくじっと見つめていた。なんらかの形でこの責任はとってもらうぞという警告のようだった。それは愉快なものになりそうもなかった。とはいえ、それはもっと先のことだ。今はスパンドレルがためらいながらもドアに向かって数歩踏みだしていた。

「鍵《ド・スルーテル》を」マクルレイスがウグルスに言った。「早くしろ《スネル》」震える手で鍵が差しだされた。

「それを受け取れ、スパンドレル」スパンドレルはそうした。「ドアの錠はかけていく。忠告しておくが、急いでドアをこじ開けないように。われわれを追ってくる者は容赦なく撃ち殺す」

「われわれは追いかけたりしません」アールツェンが応じた。「約束します」

「その約束には感謝するほどの値打ちはないだろうがね。だがとにかく、礼を言うよ。ドアを開けろ、スパンドレル」スパンドレルは命令に従った。「失礼しますよ、紳士諸君」マクルレイスは後ずさりして踊り場に出ると、スパンドレルについてくるようにと頷いた。「ドアを閉めていただこうか、アールツェンさん。よろしければ」

アールツェンが手を伸ばし、ドアを押して閉めた。マクルレイスとスパンドレルは今はもう、窓のつや消しガラスの向うでぼんやりした影になって見えているだけだった。鍵のまわるカチッという音がした。すぐに影は消えた。

そのあとの沈黙と静止状態は一秒と続かなかった。すぐにアールツェンがクロイスターマンのほうへまわってきたが、怒りが恐怖にとって代わっていた。「きみがこの責任をとるべきだ」彼は恥ずかしかったのだ。クロイスターマンにはそれがわかった。彼が別れぎわにマクルレイスに請け合った言葉——われわれは追いかけたりしません——は、臆病な、言わずもがなの降伏宣言だった。「きみがこの……この狂人を励ましたんだ」

「ヘンリック——」

「きみがこの責任をとることになる、かならずな」

クロイスターマンはなんとか微笑を浮かべた。「そう請け合ってくれるわけか?」

アールツェンがぐいと近づいた。「あの男はどうするつもりだ?」

「推測だが、ザイラーとド・フリース夫人を追跡するつもりだと思うよ。彼ら二人と、スパンドレルがド・フリースに届けた品物を確認するのに、マクルレイスにはスパンドレルが必要なんだ。マクルレイスは彼らがその品物を持っているに違いないと思っている」

「〝推測〟と言ったな。だが、それだけではないだろう。推測だけでは」

「何を仄《ほの》めかしてるんだ?」

「きみが彼の企みを承知していた証拠が見つかれば……」

「誰の責任だとかなんとか言い合うより、彼らを捕まえる措置を講じるべきじゃないのかね？　ここには裏口のドアがあるはずだ。ただし、言うまでもないが……」クロイスターマンはひるむことなくアールツェンの目をまっすぐ見た。ふつうなら、あらゆる件について彼は司法当局に譲歩した。しかしながら、今はいくばくかの反骨精神を示すときだった――いささかなりとマクルレイスの気迫を見習わねば、と彼は思った。「あなたが約束を重んじるつもりなら話はべつだが。そして、彼らをまんまと逃走させるつもりなら」

13

海を越えて

「おれたちは散歩道を歩く二人の教授さながら、ゆうゆうとここから立ち去るんだ、スパンドレル」マクルレイスはそう言いながら、ピストルの撃鉄をおろして大外套のポケットに滑りこませた。「だがな、もしおまえが逃げようとしたら、一瞬の躊躇《ちゅうちょ》もなく撃ち殺す。それは確かだ。おれにはおまえが必要だが、何がなんでも必要だというわけではないから、抵抗はいっさい許さない。それに、おまえは脱獄囚だからな。おれの苦労は報われるはずだ。すこし歩いていけば、安全な場所にたどり着く。そこに着いたら、おまえにやってもらいたいことを説明する。それまでは口をつぐんで耳をほじってろ。さあ、まっすぐ前へ歩いていくんだ」

彼の指図の単純明快さが、妙にスパンドレルにはありがたかった。この男が誰なのか——

というか、何者なのか——彼には見当もつかなかった。けれども、もう市庁舎の地下の狭い独房に閉じこめられてはいないし、手首をこする手錠もないという事実に変わりはない。彼は自由だった、ある時点に到達するまでは。そして、クロイスターマンが言ったことから判断して、その時はすぐにはこないだろう。いたるところに裏切りがひそんでいる。誰も信用できない。だが今のところは、彼はアムステルダムの通りを歩き、太陽の光を浴びながら、きれいな空気を呼吸している。それで充分だった。事実、それこそ彼が最近、恋い焦がれていたすべてだった。

彼らがたどった道筋は、騒がしい市場を通り抜け、そのあと、つぎつぎと小道や運河ぞいの道路を通り、港に向かって北へ北へと進んでいった。騒々しい波止場地帯にたどり着くと、モンテルバーンストーレンの東側の屋根のあいだに眺望が開けた。だが彼らは波止場に沿って西へ向かい、運河の橋を渡った。人目につくのではないかという恐れが、しだいにスパンドレルの心から消えていった。誰も彼が何者か知らないし、気にかけてもいない。だが当然ながら、彼はこの街から脱出しなければならなかった。田舎の平らな原っぱのあいだの長いまっすぐな道に出たら、彼はいやでも人目につくだろう。この都市は彼の牢獄であったと同時に、唯一の隠れ家でもあったのだ。

ついに波止場の西の端の静かな区域に入った。このあたりの倉庫はほとんどシャッターがおろされて使われていなかった。前方の、海に面した城壁の砦《とりで》のてっぺんに、風車がぬうっとそそり立っている。そのすこし手前で、片側には高い木の柵があり、もう片側には倉庫が並んでいる小道に入るようにと、マクルレイスはスパンドレルに指示した。鋸《のこぎり》をひく音と金槌を打ちつける音が柵の向うから聞こえてきたが、そこへはべつの小道が通じていた。突き当たりの、港から少し奥まったところにも波止場があった。彼らが歩いているとき、はしけがゆっくりと漂うように通り過ぎていった。

「ここまでくれば充分だ」マクルレイスがだしぬけにそう告げた。スパンドレルには左右に並んでいるほかの倉庫とそっくりに見える一棟の倉庫の戸口で、彼らは足をとめた。入口の上の横木に五二という数字と、スペサレイエンという語がステンシルで刷りだしてあった。マクルレイスは鍵を取りだしてくぐり戸を開けると、スパンドレルに入れと身ぶりで命じた。

倉庫のなかは墓のように暗くて冷たかったが、乾いていて、埃の甘いにおいがした。マクルレイスは梁《はり》に吊るしたランタンに火を灯したが、その光の輪は真下のあたりの、ひっくり返った箱や、ヤナギ編みの籠がのっているベンチしか照らしださなかった。スパンドレルは奥の壁まではどれぐらい離れているんだろうと考えた。ぱたぱた歩いたり、あわてて走りまわる足音が暗闇から聞こえてくる。

「おれたちは日暮れまでここにいる」マクルレイスが言った。「どこかに石炭と火鉢があるから凍死することはない。それに……」彼はベンチへ行って、籠の紐をほどいた。「鼠どももまだこれを食い破っていないから、餓死することもない」彼はふたをあけた。「パン。チーズ。ハム。エールの大瓶。それに煙草も少々。何もかもたっぷりある。二週間、牢獄の食事をあてがわれたあとでは、まさにおまえに必要なものだ」

「あなたはどうしてこんなことをするんですか？」

「おまえに同情してるからじゃないさ、スパンドレル、おまえはそう望んでるかもしれないがな。おれに助けてもらうには代価が必要だ」

「わたしには金はありません」

「それでも、おまえには払えるんだ」

「どうやって？」

「何か食べろ、おい。おまえは力をつけなきゃな」マクルレイスは箱を蹴ってベンチの横に置き、スパンドレルにすわれと身ぶりで指示した。それからパンの塊を大きくもぎとって、ぶ厚くスライスしたハム数切れといっしょに彼に渡した。ついで大瓶のコルクを抜くと、ベンチの上の、スパンドレルの肘の近くにそれを置いた。「うまいか？」

パンは柔らかく、しっとりしていて、ハムは脂肪がすくなく、肉汁がたっぷりだった。その風味がスパンドレルを圧倒した。彼はむせて、エールをひと口飲んでからマクルレイスを見上げた。「うまいです」

「あわてて鵜《う》呑《の》みにするな。さもないと、飲みこんだとたんに吐いてしまうぞ。時間はたっぷりある」マクルレイスはピストルを片付けてから、パイプに火をつけてベンチにすわったが、そのあいだもスパンドレルはすこしペースを落として食べたり飲んだりしていた。「おれはジェイムズ・マクルレイス大尉だ。下院の南海会社秘密調査委員会のメンバー、ロス将軍のために働いている。ブロドリック委員会で通ってるが、聞いたことはあるかね？」

「はい。あると思います。でも、どうしてそれが――」

「すべては順を追ってだ、スパンドレル。ただ聞いてろ、いい子だからな。おれは下院の令状を持っているが、それは、委員会の要請を遂行するために必要なことはどんなことでもやれる権限をおれに与え、おれが出会う英国臣民にはおれを援助することを求めるものだ。おまえの援助が求められていることも頭にとめろ。この倉庫は短期間おれが借りている。持ち主の代理人に関するかぎり、おれがシナモンの積荷を受け取るのに必要だということになっている。だが、積荷はおれたちなんだ。おまえとおれ。そして、おれたちはここに着くのではなく、ここから出ていく。アールツェンはおれたちがロッテルダムへ行くと考えるに違いない。彼の部下は厩《うまや》じゅうの馬を駆りたてて、くたくたになるまでおれたちの影を追いかけるだろう。そっちの方向へ行けば、問題なく彼らに追いつかれてしまう。おまえのような足手まといを連れていては、彼らを出し抜けるわけがない。だから、船で出発するんだ。『ハフフルー号』はデンマークの船だ。それは今夜、クリスティアニアに向けて出航する。おれたちはそれに乗りこむ。船長はゾイデル海の東海岸まで乗せていくことを承知した――当然、たっぷりと金ははずんだがね。おれたちはハーデルワイクで下船する。そこはヘルデルラント州だ。オランダの連中の法律のすばらしさに感謝するんだな、スパンドレル。宣誓するとか宣誓供述書をとるといった、あらゆる手順を踏んでからでないと、おまえはホーラント州の外では逮捕されない。アールツェンがこっちの行き先を推測したとしても、そんな手順を踏む時間はないだろうし、彼はそんなことはしそうもない。おれたちはハーデルワイクで馬を買って、国境へ向かう」

「でも、どうしてですか？　どこへ行くんですか？」

「やれやれ、何もわからないというのかね？　はっきりしてるじゃないか？」

「いいえ。全然わかりません」

マクルレイスは溜め息をついた。「おまえはド・フリースに〈グリーン・ブック〉を届けた、そうだな？」

「わたしは何かを届けました」

「それが何だったか見たはずだ」

「いいえ。送達箱に入れて封をしてありました。その箱は見ましたが、それだけです」

それを聞いてマクルレイスはがらがら声で笑いだし、それが頭上の垂木にこだました。

「おまえがそれを見たらわかるように願ってたんだがな。それがおまえを牢獄から釣りあげた理由のひとつだった。ザイラーと魅力的な未亡人のほうは、見ればわかるんだろうな？」

「はい。もちろんです」

「それなら、ささやかな幸運に感謝したほうがよさそうだ。あの二人は〈グリーン・ブック〉を持ってるんだ、スパンドレル。彼らはそれを政府に――われわれの政府に――十万ポンドで売ろうとした」

「いくらですって?」

「十万。彼らはそれを支払われていただろう、あのとんまな高官がいなければ」

「十万……一冊の本に?」

「どんな本にでもってわけじゃない。〈グリーン・ブック〉にだ。南海会社の極秘事項がそのなかに詰まっている。誰に賄賂が贈られたか。いつ。いくら。すべての名前。すべての数字。何もかもが」

「それをわたしが届けたんですか?」

「そのようだ。ナイトが逮捕されたとき、彼はそれを持っていなかった。イギリスを去る直前にナイトがジャンセンを訪ねたことがわかっている。先月、調査が始まって以来、委員会はずっとそれを捜してきた。会社がおこなった秘密取引の唯一の真実の記録を。会計検査の報告書は、嘘の数字、架空の名前の羅列にすぎなかった。だが、贈賄された側にすれば記録を隠しておかねばならない。身分が高かろうが低かろうが罪ある人々を掘りだすためには、委員会にはその帳簿がどうしても必要だ。だから、おれが彼らのためにそれを手に入れるつもりなんだ」

「どうやって？」

「ザイラーと彼の愛人に追いついて。彼らがド・フリースを殺害して、その罪をおまえにきせたことははっきりしている。ザイラーか、それともド・フリースが、陰でおまえの殺害を企んだのかどうかははっきりしないが——それが真相だとしても——そんなことはもうどうでもいい。クロイスターマンによると、ド・フリースの金は彼の息子にいくそうだ。未亡人にはいわゆる寡婦《かふ》の乏しい賽銭《さいせん》すら手に入らない。たぶん老人はそうしなければ、彼女が彼の死を早めることを企むだろうと恐れ、遺言から彼女を除外したんだろう。その場合は、彼は彼女にそのことをはっきり知らせたはずだが、それでも、彼女の頭を温かい妻らしい配慮で満たすことはできなかった。そのうちザイラーが、年下の男として無理からぬ愛情を彼女に捧げるようになり、彼らはいっしょに逃げることを話し合った。だが、それには金が必要だった。そこへたまたま〈グリーン・ブック〉が、彼らがド・フリースから絞りとれる以上の金を手に入れる手段を提供した。おまえが到着するまえに、彼らはそれが届けられることを知っていたに違いない。彼らは協力してド・フリースの秘密はことごとく探りだしていたはずだ。ああ、彼らは小才がきいた。それは確かだ。しかし、小才がきくというのは、えてして、たったひとつの悪運でつまずいてしまうものだ。ハーグの我が国の大使館は脳味噌がからっぽのめかし屋が管理している。彼が取りついだ国務大臣は——最近、故人になった、誰からも惜しまれなかったスタナップ卿だが――あまりにも用心深くて、南海のとんでもない事件には知らぬ存ぜぬを通してきたから、ザイラーが売ろうとしたのがどんなものか知らなかった。そのために申し出は拒絶された。駆け落ちした恋人たちにとっては、じつに悲しむべき、不運な成り行きだった」マクルレイスはそこで拍手した。「だが、おれたちにとっては、まことに幸運な成り行きだった」

「幸運？」

「そうだよ。おれたちのどちらにとっても幸運だった。おれにとっては、売りこみが成功していたら、政府が〈グリーン・ブック〉を手に入れていただろうから。そのなかにはあまりに多くの大臣の名前があげられているために、彼らはそれを公にはできないと考えただろうから。たとえば、サンダーランド。もしも委員会が彼のやったことを納屋のドアに留めつけることができたら……そうとも、おれにはまだ、そうできるチャンスがあるんだ」

「では、わたしにとっては？」

「おまえにとってはもっといいさ、スパンドレル。おまえは監獄から出られた。そして、おれに忠実にしていれば、おまえはこのまま監獄に戻らないですむ。おれたちが〈グリーン・ブック〉を届けたら、委員会はおまえに恩義をこうむることになる。そうなると、政府もおまえに恩義をこうむることになるんだ。なぜなら、今の大臣連中についての真実が明るみに出たら、ぴかぴかの新しい大臣がそっくり誕生するのは間違いないからな。そのときには、裁判を受けるためにここへ送り返される恐れはなくなる。おまえの債権者たちから隠れる必要もなくなる。債権者のなかのもっとも著名な者は、彼自身が裁判を受けることになりそうだからな」マクルレイスの口調が突然、厳しくなった。「もちろん、それもおまえがおれの手助けをすれば、ということだ。逃げだしたほうが安全だなどと考えてみろ、おまえは永久に逃げねばならなくなる。イギリスへ帰ったところで、かならず逮捕されてオランダ当局に引き渡されるのは間違いない。おまえは出発地点へ——おれがいなければ、そのままとどまっていただろう場所へ——戻されるのだ」そこで彼の口調はまた和らいだ。「だが、そうした問題は起こらない、そうだな？　おれたちは協力してこれにあたるんだ」

「わたしは、あなたがザイラーとエステル・ド・フリースを見つける手助けをするだけでいいのですか？」それは簡単なことに聞こえたが、そうはいかないだろうとスパンドレルにはわかっていた。しかしながら、彼にどんな選択肢があるだろう？　マクルレイスの言ったとおりだった。協力してこれに立ち向かうしかないのだ。

「それだけだよ、わがすばらしい相棒」

「それなら、できるだけのことをします。とは言っても、あなたがどうやって彼らを見つけだすつもりなのか、さっぱりわかりませんが」

「彼らの立場になって、神が与えたもうた想像力を駆使して、ということさ。ザイラーはダルリンプルに――ハーグのめかし屋だ――こう言ったそうだ。どこへ行けばべつの買い手が見つかるかわかっている。そして、その買い手が誰かわかったら、国王は彼やスタナップに感謝されないだろう。それがザイラーが実際に口にした言葉だ。彼はそれを口に出したのを後悔することになるかもしれない。国王陛下が任命した政府を国民注視のなかで辱めるために、誰がもっとも高額な金額を支払うだろう？　自分こそが王だと主張する人物以外の誰が？　自分こそがすでに正当な王だと考えている人物以外の誰が？」

「王位僭称者《せんしょうしゃ》ですね」

「わかったようだな、スパンドレル。彼らは一か八かジャコバイトに当たってみるつもりだ。二人はパリにある彼らの避難所を見つけることもできる。しかしながら、ダルリンプルを通してのスタナップとの取引のせいで、仲介者を通して交渉することには警戒的になっているはずだ。彼らはジェイムズ・エドワード・スチュアート本人の宮廷へ出向くだろうよ」

「ローマの？」

「そうだ。だが、心配はいらない」マクルレイスはにやりと笑った。「彼らが永遠の都ローマに足を踏み入れるよりずっとまえに、おれたちは二人に追いつく。そう約束するよ」

その夜早く、近くの波止場で『ハフフルー号』の船長が迎えによこしたボートに乗りこみ、月光に照らされた港を横切って、防材のかなたに停泊して彼らを待っている船へと向かったときも、スパンドレルにはマクルレイスがどうやって約束を守るつもりなのか、まだ見当がつかなかった。それをマクルレイスに確かめたいと思う気持ちよりも、自分に起こった事態による昂奮と恐怖が彼の心を大きく占めていた。彼の新たな相棒となった男は救済者かもしれないし、仮面をかぶった悪魔かもしれない。見分けるすべはなかった。彼らの旅がいつ、どこで、どんなふうに終わるのか、スパンドレルにはあえて推測する勇気はなかった。アムステルダムを去る日はやってこないかもしれないと彼は恐れていたし、無事に故郷へ帰ることだけを願ってきた。だがその代わりに、彼はいまやどことも知れないところに向かって船出してしまった。これまでよりもっと故郷が遠くなった。もう引き返すことはできない。

14

熱意のない追跡

ウグルスの店で起こった出来事は、アールツェンの公式報告書のなかに容赦なく記されたために、『囚人スパンドレル誘拐事件』のあとの数日は、クロイスターマンにとって厄介な日々になった。マクルレイスがスパンドレルを連れ去るのを、彼が大目に見たという含みには反駁《はんばく》しなければならなかったが、アールツェンに自分の立場が脅かされていると感じさせてはならないので、望むほどには強く反駁することができなかった。アールツェンがそう感じた場合には、彼はランカールト保安官を説得し、クロイスターマンに望ましからぬ人物という不名誉なレッテルを貼って、イギリスへの送還を勧告するという手段を講じてでも、自分を守ろうとするだろう。クロイスターマンはアムステルダムでの生活を楽しんでいたし、裕福な煙草商人の娘にたいする求婚も有望な段階にさしかかっていた。追放されれば彼のすべての計画が崩れ去ることになるから、うまくそれをかわさねばならなかった。

そうするために彼が採り得る唯一の道は、スパンドレルが有罪か無罪かの問題に関しては慎重に行動することだった。ザイラーがド・フリースを殺害し、まんまとスパンドレルに罪をきせたことはいまや明白だった。しかしながら、それをあからさまに口にすることは保安官の能力に、ひいては保安官代理の能力に疑問を投げかけることになるだろう。それゆえ、彼はその問題を取り上げることを避け、アールツェンがこちらの気づかいに報いてくれるようにと願った。

こうした観点からすれば、警察がスパンドレルの奪回と彼の誘拐者の逮捕に失敗したのは、じつのところ、おおいに満足すべきことだった。なぜなら、それはこの問題と向き合う必要がないということだったから。警察にすれば、スパンドレルが脱獄したことは困惑する事態ではあったものの、本当の犯人たちをずっと以前にとり逃がしてしまったことを認めるよりはましだった。ブロドリック委員会の代理人としてのマクルレイスの身分を、アールツェンがあえて問題にしなかったのも注目に値することだった。問題にすれば、下院にたいする連合州からの正式抗議を促すことになり、それによって重大な結果を招くために、関係者全員が静観するわけにはいかなくなる。したがって、表向きはマクルレイスはスパンドレルの無名の共謀者であり、彼が逮捕されないかぎりはそのままだろう。

もちろん、適度に手加減はしたものの、クロイスターマンはダルリンプルに事件について正確に報告しなければならなかった。だがダルリンプルもアールツェン同様、なるたけことを荒立てない方針を採るだろうと、彼は計算した。マクルレイスは、望むにしろ望まないにしろ旅の道連れになったスパンドレルとともに、もう連合州にはいないものと推定される。それに、あの二人が戻ってくるとは考えられない。その意味では、彼らのことはもはや副領事や代理大使の関心事ではなかった。マクルレイスにはどんなひどいことでもやらせればいいし、その結果についてはほかの人々に心配させればいい。この問題についてクロイスターマンがダルリンプルに送った報告書には、すべての行間に控えめながらも、こうした相手の気に入りそうな説得の響きがあった。

けれども、それにたいする反応はクロイスターマンが期待したようなものではなかった。先方はこの件を黙殺するか、それとも、気に入らないながらも基本的には承認する旨の短い返事がくるものと彼は期待していた。ところがそうではなく、クロイスターマンは折り返し郵便でハーグへの呼出し状を受け取った。「恐縮ですが」ダルリンプルは急いでいることを、おそらくはやけくそになっていることすら示唆するひどい筆跡で記していた。「もっとも速い乗りものを利用して、早急に当地の私の許へお越しいただきたいと存じます」それはよい前兆ではなかった。つまり、悪い前兆だった。

緊急の呼出しには、乗合船ではなく馬車で旅行するというささやかな贅沢《ぜいたく》を正当化してくれる利点があった。それでも旅行には一日の大半が費やされ、彼は疲れ果ててハーグに到着した。夕食をとり風呂にも入らねばならなかったから、ダルリンプルと会って話をするのは翌朝まで延ばしたいという気になった。しかし、代理大使はとっくにオフィスを立ち去っているに違いないと考えたクロイスターマンは、ともかく大使館へ足を運んで到着を告げることにした。

案の定、ダルリンプルはもう帰宅していたが、彼の秘書のハリスがまだそこにいた。クロイスターマンが遅くに到着することを予期して、彼は居残りを命じられたのだった。「ダルリンプル氏はあなたにすぐに会いたいと望んでおられます。どうしても会いたいと。直ちに彼のお住まいへあなたをお連れすることになっております」

実際はダルリンプルの住居までは歩いてすぐだった。ごく簡単に教えてもらえば、べつに案内がいなくてもクロイスターマン独りで充分見つけることができた。ハリスがついてきたのは道に迷わないようにするためというより、逃げださないように見張るためだと、クロイスターマンはそう思わずにはいられなかった。前兆は悪くなるばかりだった。

クロイスターマンが家のなかに通されたとき、彼を迎えたのはお粗末な音楽のもてなしだった。調子はずれに演奏されるヘンデルの断片がダルリンプルの背後の応接間から流れ出てきた。いやな感じの、かすかな不安をおぼえるような微笑が代理大使の濡れた唇のあたりに漂っていて、その笑みが、ダルリンプルが自分に会って喜んでいるからだとはクロイスターマンには考えられなかった。ハリスは控えの間で待つように言われ、彼らは二人きりでダルリンプルの書斎に引きこもったが、そこに入ったとたん、微笑はたちまち影をひそめた。

「最後にここで会ったのはいつだったかな、クロイスターマン？」

「カドガン卿の送別会のときでした、たしか」

「そんなに前だったかな？」

「はい、そうです」

「きみが答えねばならない相手が閣下ではなくわたしだということは、きみにとっては幸運だった。彼は厳しい監督官だったし、きみが最近の事件の取り扱いを誤ったことは彼のお気に召さなかっただろうからね」

「わたしはマクルレイス大尉にあらゆる援助を提供しました」クロイスターマンは落ちついて応じた。「あなたの指示どおりに」

「わたしの指示には、彼が囚人を誘拐するのを助けることは含まれていない」

「彼を助けたりしていません」

「してない？　ランカールト保安官はきみと同じ意見だろうかね」

「わたしの報告書はくわしい正確なものでした。あなたがあれをお読みになったのなら——」

「確かにあれを読んだよ。それに、わたしがめったに読む必要に迫られない、処置を誤った事柄に関するもっと遺憾な記録も」

「わたしのなすべきことについては、あなたから確かに説明していただきました」

「機転をきかすことについて授業を授ける時間はないね、クロイスターマン。きみにとって幸運なことに、オランダ側はそのことで騒ぎたてる気はなさそうだ」

「それはかならずしも幸運だったからではありません」

「そうなのかね？」ダルリンプルは疑わしげにクロイスターマンをじっと見た。「きみがどんな手段でアムステルダム当局と和解したのか知りたいとは思わないよ。反告訴する目的できみをここへ呼んだのではない。今の状況では、わたしにはそんなことをするゆとりはないからね」残念なことだがと、ダルリンプルの表情が暗に告げていた。「新しい国務大臣のもとで、われわれの未来にかなりの不安が垂れこめていることに、きみは気づいているのかね？」

「タウンゼンド卿は明らかにスタナップ卿と同種の人物ではありませんね」

「彼は自分の意志で行動することもできない人物だよ、クロイスターマン。ウォルポールが彼にどう考え、どうすべきか教えている。もうすぐウォルポールはもっと大勢の人々にどう考え、どうすべきか告げるようになるだろう。ブロドリック委員会は今日、下院に報告をおこなうことになっていた。知っていたかね？」

「じつを言うと、知りませんでした」

「彼らの告発も、それがどんな内容のものにしろ、ウォルポールの支配力を強めるだけだろう。いまやわれわれは、彼の方針に合わせて行動しなければならない。わかるかね？　われわれの忠誠を彼に疑わせてはならないのだ」

「彼が疑う理由はないと確信します」

「もしそうなら、新たにくだされた指令を忠実に実行する機会に恵まれたら、きみとしても嬉しいだろう」

「はあ？」クロイスターマンは嬉しいと感じなかった。まさにその反対だった。ほとんど恐怖にまで高まっていく不安をおぼえていた。「どういう機会なんです？」

「タウンゼンド卿の――したがってウォルポールの――特使が〈ハウダ・フーフト〉できみを待っている。そこはここから遠くない宿屋だ。ハリスが道案内をするよ。使者は軍人だ。オーガスタス・ウェイジメイカー大佐。彼はマクルレイスより率直なタイプだが、同じぐらい断固としているようだ」

「彼はわたしを待っているのですか？」

「そうだ。この途方もない事件のいっさいについて、きみはほかの誰よりもよく知っている。明らかにきみが選ばれて当然だ」

「何にですか？」

「ウェイジメイカー自身がきみに説明するだろう。彼の要求に応えるためにできるだけのことを――精一杯のことを――するんだな」

「どんな要求なのか、およそのことを教えていただけませんか？」

「厄介なものだろう。だが、きみなら充分やれることだ。きみは旅に出ることになるよ、クロイスターマン」ダルリンプルの微笑が隠れ家から這いだして、いつのまにか戻ってきていた。「それは長い旅になるかもしれない」


ブロドリック委員会の報告書の内容は――ダルリンプルにはまだ推測するしかなかったが――今ではもう、ロンドンの下院では明らかになっていた。声が嗄《しわが》れるまではブロドリックが、そのあとは下院の書記がその書類を読んだが、読み終わるまで四時間かかった。そこで語られた話はおそろしく複雑でわかりにくかったが、政府に関するかぎり、その告発はいたって単純だった。南海の株式を無料で割り当てるという形の賄賂が――その株式はあとで売却して保証された利益を受け取ることができた――何人かの大臣に贈られていたが、それは国債転換計画における明らかに異常な取り決めを見て見ぬふりしてもらうためだった。それは、一千四百五十万ポンドの国債を会社が前年に引き受けた代わりに、二百万ポンドの利子を大蔵省から受け取るという異常なものだった。言い換えれば、奇怪なとまでは言わないにしても、すごい規模の債務超過だった。賄賂を受け取ったとして名前をあげられた大臣は、予想どおり、大蔵大臣のジョン・アイラビー、郵政大臣のジェイムズ・クラッグズ（父）、財務長官のチャールズ・スタナップ、そして、ややあやふやな憶測の的だった……第一大蔵卿で御衣装係官の第三代サンダーランド伯チャールズ・スペンサーといった顔触れだった。

そうしたのっぴきならない報告を下院がどんなふうに明るみに出すかは、夕方になって散会したときには、まだはっきり決まっていなかった。名前をあげられた大臣にたいする告発は当然の成り行きだったが、それは評決と処罰を上院に委ねることを意味するだろう。だが、多くの人々が彼らを——貴族も取締役やほかの人々とともに——下院で審理することに賛成だった。その決定は日を改めねばならなかった。

しかしながら、待てない問題もいくつかあった。報告では南部地区担当の国務大臣である、息子のジェイムズ・クラッグズも非難の対象になっていた。彼自身が賄賂を受け取ったからではなく、ケンダル公爵夫人と、彼女のいわゆる姪たちへの賄賂の交渉役をつとめたからだった。シュレンブルク生まれの公爵夫人、エーレンガルト・メルジナは、国王の公然と認められた愛人にほかならなかった。国王の妻はスウェーデンの伯爵との情事のあと、夫婦生活を拒んだという理由で離婚され、この二十七年間、ドイツの城に幽閉されていた。公爵夫人の『姪たち』というのは、実際は国王とのあいだに生まれた娘たちだった。彼女たちの収賄が立証されれば、ことは国王自身の身辺にまで忍び寄るのだ。クラッグズはその点について尋問に応じることはできなかった。天然痘の死の爪がすでに彼を摑んでいた。彼の同僚の国務大臣であるタウンゼンド子爵には、責任をとらねばならないようなことは何もなかったのだが、厄介な任務がふりかかってきた。気難しい国王に、いかにして王室のレディたちの令名を守るべきかを説明するという任務が。

　そういうわけで、タウンゼンド卿は国王からの呼びだしとしては前代未聞の時間に、トルコ人の御寝所係である、心が見通せないことで有名なメヘメットにセント・ジェイムズ宮殿の王の私室に案内されたのだった。同じぐらい心が見通せないサンダーランド伯がもうそこにきていた。彼は微笑ともしかめっ面ともつかぬ表情を貼りつけたような、細いゆがんだ顔の持ち主で、目は真ん中に寄り、人と視線を合わせようとしない。彼はいつもどおりのそっけない態度でタウンゼンドを迎えた。実質上の口止め料として五万ポンド相当の南海の株式を受け取ったことにたいし、その日の夕方に下院で非難された事態に当惑している様子はさらさらなかった。

　サンダーランドが騒動をものともせず平静だったとしても、国王はそうではなかった。彼はぎごちない英語や、動かない表情や、社交的ではない性質などで、気持ちを読みとりにくい男だったが、委員会が彼の最愛の愛人の名誉を傷つけたことで動揺しているのが、はっきり見てとれた。「彼らにはこうしたことを言う権利はない」彼は歯を食いしばったまま不平を言った。「クラッグズは公爵夫人の手助けをした。それのどこが悪いのだ?」

「何も悪くないとタウンゼンド卿が考えているのは、間違いありません」サンダーランドが言った。

「そのとおりです、陛下」タウンゼンドはすばやく答えた。「それに、公爵夫人が割り当てぶんを購入されたことは、報告書について審議するさいに、下院が注目するような問題ではないと確信いたします」（もちろん、彼女はそれを購入したのではなかったが、購入したという作り話に与《くみ》するほうが無難だった）

「誰が割り当てぶんを購入しようが」国王は重々しく強調した。「彼らが干渉すべきことではない」

タウンゼンドはサンダーランドにさっと視線を投げた。国王は〝誰が〟という言葉で何を——というよりむしろ、誰を——意味したのだろう？　国王の御衣装係がその答えを知っているのは確かだった。「彼らが干渉することをわたしは危惧している」

「たぶんあなたの義兄が、彼らにそれを思いとどまらせることができるだろう」サンダーランドが口を添えたが、その表情はしかめっ面より微笑に近くなっていた。

「彼は報告書を印刷することは思いとどまらせた」

「印刷？」国王の顔に恐怖の色が走った。「印刷とはとんでもないことだ」

「それについてはまったく心配ございません、陛下」

「陛下はナイトの……書類のことを憂慮しておられるんだ、タウンゼンド。あなたの部署が彼の書類のすべてを抑えられなかったとは、どういうことなのかね？」

「ナイトは彼の……他聞をはばかる……記録をわれわれから隠す措置をとった。しかし、われわれは目下それを追跡している」

「追跡している?」サンダーランドが問いただした。「言葉どおりの意味かね?」

「それはどこにあるのだ?」国王が口をはさみ、説明するためにドイツ語で唸るようにつけ加えた。「〈グリーン・ブック《ダス・グリュン・ブーフ》〉は?」彼は英語でその品物を告げるのは明らかに気がすすまなかったのだ。

「われわれはそれを見つけるために、できるかぎりのことをしております」

「われわれ?」サンダーランドは眉をぐいと吊り上げた。

「わたしの部署は」タウンゼンドが静かに訂正した。

「おそらく、あなたの義兄から援助と助言を受けながらね」

「支払長官はできるだけのことをやっているよ」

「そうだろうな。だが、あなたは用心すべきだよ。コマドリ《ロビン》は生来、孤独な鳥だ」

「現在の状況だと、あなたはわたし以上に用心すべきだと思うんだがね、スペンサー」

「報告書のことか?　あんなものはなんでもない」サンダーランドは軽蔑を示す仕草で、片手を上下に振った。「彼らはわたしに手出しをすることはできない」

「〈グリーン・ブック〉がなければ、と言ってるんだね?」

「わたしが言ってるのは――」サンダーランドの言葉がとぎれた、自分の真意を明かさないほうがいいと決めたのだ。「彼らにはそんな勇気はないだろう」彼は結局、そんなふうに言葉をついだ。「彼らのほとんどはわたしの息がかかっている。残りの者は叩きつぶせる」

「彼らを叩きつぶせ」二人の大臣が言い合っているあいだ沈みこんでいた空想の世界から突如目覚め、国王が口をはさんだ。「そうだ。それがおまえたちのなすべきことだ」

「おそれながら、陛下」タウンゼンドが言った。「下院を叩きつぶすべきではありません。とはいえ、彼らを抑えることは可能です。息子のクラッグズ氏は病が重く、彼の父親とアイラビー氏が重大な過失を問われている今、ウォルポール氏が下院において陛下の政府を護ることが、われわれみんなにとってよろしいのです。そして、彼がそうすべく励んでおりますことはわたくしが保証いたします」サンダーランドが嘲笑するように鼻を鳴らしたが、国王の目をしっかり捉えたままタウンゼンドは続けた。「サンダーランド卿とわたくしが上院でやれることは多々ございます。しかし、これは下院によって処理されるでしょう。ウォルポール氏は彼らを抑えこむためにできるかぎりのことをやっております。それができるのは彼をおいてほかにありません」

「ウォルポールか」国王は考えこむように言った。「彼は信頼できるのかね?」

「わたくしは信頼しております」タウンゼンドが答えた。

「彼ばかりでなく、ほかの者も」サンダーランドが口を添えた。「信頼しなければならないようです」

実際のところは、ウォルポールはタウンゼンドがすすんで認めたよりも、信頼しがたい人物だった。彼はきわめて精力的で、非常に人当たりがよく、すぐに誰とでもうち解けた。タウンゼンドは彼とともにイートンへ、さらにケンブリッジへと進み、彼の妹と結婚し、長年にわたりいっしょに食事をしたり、狩りをしたり、議論をしたり、飲んで騒いだりしてきた。だがそれでもなお、ほとんどの時間、彼が何を考えているのかわからなかった。ウォルポールが打ち明ける数々の秘密以外に、彼の心のなかにはつねに彼が専念しているほかの目的があるのだった。

そうした目的のひとつが、その夜、彼を下院からロンドン塔へと連れていったが、それについてタウンゼンドは何も知らなかったし、知るべきでもなかった。ウォルポール自身もかつてロンドン塔に拘禁されたことがあり、そうした政治運がどん底だったときのことを彼は思いだしたくなかった。しかしながら、サー・シオドア・ジャンセンをウェストミンスターへ呼びだすことはできなかったし、彼はどうしてもサー・シオドアに会わねばならなかった。

「これは驚きましたな」訪問客が案内されてきたとき、年老いた財務家は言った。「それにむろん、光栄に存じますよ」

「話をしなければならないんです、ジャンセン」ウォルポールはぶっきらぼうに告げた。「それも、核心に迫る話し合いを。突いたりかわしたりしたければ、フェンシングの達人を雇いますよ」

「で、その核心とは、ウォルポールさん?」

「ブロドリック委員会が今日、下院に報告をおこなったことはご存じですね?」

「もちろん。たいへんな場面だったでしょうな。それに、数人のあなたの同僚大臣にとってはさぞ苦痛をおぼえるものだったと思いますよ。もうすぐここの宿泊施設が足りなくなりそうですな」

「同僚大臣のことなど気にしてませんよ、ジャンセン。心配なのは自分のことです。あなただって自分のことを心配しておられるのだと思いますがね」

「当然ながら」

「ここはあなたのような年齢の著名な紳士にふさわしいところではありません」ウォルポールは部屋のなかを見まわした。「そうでしょう?」

「賛成せざるを得ませんな」

「〈グリーン・ブック〉が欲しいのです」ウォルポールは笑みを浮かべた。「そして、わたしには手間取っている時間はありません」

「確かにそのようですな」

「あなたは何をお望みですか、サー・シオドア?」

「残されている年月を自由に楽しく生きることですよ」

「現在の状況のままだと、それは不可能なようです」

「ああ、残念ながら」

「ときに、あなたの従僕はどこにいるのですか？　彼はもう訪ねてはこないと聞きました。今、誰があなたの顔を剃っているのか存じませんが、あなたの顎を拝見したかぎりでは、その男は床屋ではありませんね」

「召使いの出入りは、あなたに心配していただくことではありません」

「わたしが心配する必要のないことなど、何ひとつありません」ウォルポールは声をひそめた。「ジュープはどこにいるんです？」

「知っていればいいのですが。ご指摘のようにわしには彼が必要なんですよ」

「しかし、彼はあなたの要望に応じて働いているのではないかと思いますがね。たとえあなたが彼の居場所をご存じないにしても。あなたのために簡単に申しましょう。ナイトは安全に保管してもらうために〈グリーン・ブック〉をあなたに渡した。ところが、あなたはそれを紛失した。それでジュープがそれを捜しにいった」

「それはきわめて――」

「否定しないでください。そのほうがわたしの時間だけでなく、あなたの時間もむだにしないですみます。今から数週間後には、今回の不幸な事件においてあなたが果たした役割にたいし、下院はあなたをどう処罰すべきか決めるでしょう。そのときには投獄、または貧困、またはその両方を免れるために、あなたには権力を持つ友人たちが必要になります。だが、あなたには一人もいない。彼らはみんな亡くなったか、逃亡したか、それとも、あなたと同じ運命に直面している。あなたの唯一の望みはわたしですよ。わたしならあなたを助けられます、サー・シオドア。だから、お助けしましょう。あなたがわたしを助けてくだされば
ね」

二人の男が見つめ合うあいだ、数秒の沈黙が続いた。それからサー・シオドアが口を開いた。「何をお望みですか?」

「もう言いました。〈グリーン・ブック〉です」

「わしは持ってません。それに、それがどこにあるのかわかりません」

「だが情勢が変わるかもしれません。そうなったら、最初にわたしに知らせていただきたい」

「いいでしょう。承知しました」

「本当に?」

「わしにほかにどんな選択肢がありますか?」

「わたしを騙せるかもしれないと考える選択肢がありますよ。ナイトはそれが安全な場所に移され、寛大な扱いを受けるための取引に利用できるようにと、あの帳簿をあなたに渡したんです。ほかの理由は考えられません。あなたはまだそうできるとお考えかもしれない。だ

が、それは間違いですよ。あなたを助けるようわたしに強要することはできません。わたしを説得できるだけです」

「それなら、あなたを説得しなければなりませんな」

「そうです」

「とはいえ、説得というのは両刃の剣でしてね。わたしはあの帳簿を開きました。どういう内容か知っております」

「きっとご存じだと思ってました」

「あなたもご存じですか？」

「どうしてわたしにわかるでしょう？」

「本当にどうしてでしょうな？　しかし、なんとも奇妙なことですが、あなたはあれの内容を正確にご存じだという印象を、そうなんですよ――きわめてはっきりした印象を――わしは抱いています。もしそうなら、わしを寛大に扱うよう下院を説き伏せることは、ああした内容を秘密にしておくために支払うささやかな代価であることが、あなたにもおわかりでしょう」

「わたしにとってはささやかでしょうが」ウォルポールはウィンクしてみせた。「あなたにとってはすべてですよ」

「いまやすべてが危機に瀕しているのかもしれませんな」サー・シオドアは顎の下手な剃り

痕をこすった。「あの帳簿が……よからぬ者の手に渡るようなことになれば」

「いかにも。あなたがあれをもっと用心ぶかく扱わなかったのは遺憾ですよ」

「遺憾とおっしゃいますか？」サー・シオドアはあえて反抗的な笑みを浮かべた。「そのことでしたら、ウォルポールさん、多くの人々が――あまりにも多くの人々が――もっと用心しなかったことが遺憾ですよ」


ロンドン塔でひとつの会話が終わろうとしていたとき、ハーグの宿屋〈ハウダ・フーフト〉では、同じ問題についてのべつの会話が始まろうとしていた。洞窟のような酒場の上にある、バルコニーのついた小部屋でクロイスターマンは自分を待っているウェイジメイカー大佐を見つけたが、即座にこのタウンゼンド卿の使者にたいして、ダルリンプルから聞かされていたよりも好ましくない印象を抱いた。〝マクルレイスより率直なタイプだが、同じぐらい断固としている〟その点に関しては彼の言葉どおりだったが、この男が与える背筋に震えが走るような不吉な感じは言葉から洩れていた。彼には火打ち石のように固い角があったものの、情熱の火花は感じられなかった。ウェイジメイカーの冷ややかな眼差しに出会ってたじろいだとき、意外にもクロイスターマンは、マクルレイスを好ましく思っている自分に気づいたのだった。

「気楽な旅だったようだな、クロイスターマンくん」ウェイジメイカーが言った。「けっこうだった」

「じつのところは、大佐、気楽な旅ではありません。アムステルダムからハーグへの一泊旅行はグランド・ツアー（英国貴族の子弟が教育の仕上げとしておこなったヨーロッパ大陸巡遊旅行）というわけにはいきません」

「われわれが企てている旅行もそうはいかない。だが同じぐらい長い旅になるかもしれない」

「ダルリンプルさんもそんなことをおっしゃってました。わたしは感謝すべき――」

「あんたはこれが何にかかわることか知ってるのかね？」

「ナイトの帳簿ですね。はい、知ってます」

「あんたは領事の仕事に精通しているそうだ」

「そう考えたいですが」

「わたしには遅延は許されない。わたしは軍人で政治家ではない。しかしながら、事態を切り抜けるために政治家になる必要が生じるかもしれない。あんたが自分の食いぶちだけの働きをするのは、そういうときだ」

「あなたのおっしゃる、〝自分の食いぶち〟を稼ごうという望みはありません。わたしには喜んで戻っていく、アムステルダムでの任務があります」

「すぐには、アムステルダムに戻れないだろう。われわれは南へ向かうのだ」

「南へ？」

「ザイラーとド・フリース夫人はそっちへ行ったはずだ。あんたは、ド・フリース夫人を見ればわかると聞いている」

「彼女には二、三度、会っています、彼女の亡くなった夫といっしょの——」

「充分だ。あんたはスパンドレルも知っている」

「ええ」

「それにジュープも」

「ああ、はい。マクルレイス大尉も、そういうことなら——」

「マクルレイスなら知っているよ。昔から」初めてウェイジメイカーの目に感情の火花が散った。そして、それは友好的なものではなかった。「彼のことはわたしに任せておけばいい」

「南とおっしゃったのは……」

「ザイラーとド・フリース夫人はジャコバイトに帳簿を売ろうとするだろう。それは明白だ」

「彼らは王位僭称者のところへそれを持っていくというのですか？　ローマの？」

「そうするだろう。彼らが目的地に着くまえに追いついて、帳簿を取り返さねばならない。それに、マクルレイスとジュープにも追いつかねばならない。彼らはみんな、われわれより先へ行っている。しかし、追いつけないほど遠くへは行っていない。彼らの誰も」

「これは明らかに……危険なことのようですね」

「困難はあるだろう。危険もあるかもしれない。それは予想すべきだ」

「わたしはそうはいきません。そんな経験をしたことはありませんから。わたしは軍人ではないんですよ、大佐」

「わたしにそんなことを言う必要はない」ウェイジメイカーは身がすくむような視線を彼に浴びせた。「だがあんたは、わたしが手に入れられる最適の人物のようでね」


その夜、クロイスターマンはよく眠れなかった。ウェイジメイカーは夜明けには出発するつもりだったし、たとえ気がすすまなくても、クロイスターマンもいっしょに行かねばならなかった。彼は、すすんで協力することを申し出たダルリンプルを呪いながら、自分はダルリンプルの手近な身代わりにされたのだと思った。彼はさらに自分の運命をも呪った。アムステルダムは結局のところ、困ったときにお誂《あつら》え向きの場所だったのだ。前方に横たわっているのは辛い乗馬の旅と厳しい取引。自分にはそれに対応する能力がないのではないかと心《こころ》許《もと》なかった。それでも、仕事を辞めてイギリスへ戻り、不安定で貧しい未来と向き合う以外、逃れる道はなかった。かといって、うまくやり遂げる見込みもあまりない。これは厄介千万な任務なのだ。だが、どんなに厄介だろうと、彼は課せられた任務に従うしかなかった。

15
南への道

マクルレイスが定めた速度は予想どおり厳しいものだった。一年以上、馬に乗っていなかったうえに、しじゅう馬に乗る習慣があったわけでもないスパンドレルは、連合州の領土を離れるまえから、馬の鞍《くら》ずれに悩み、疲労がはげしかった。だが、ふたたび逮捕されることを恐れてじっと耐えていた。けれども、ライン渓谷の曲がりくねった高い道にさしかかると、彼は抗議して一日だけ休ませてくれと懇願しはじめた。もちろん、いくら言ったところでむだだった。マクルレイスのザイラーとエステル・ド・フリースに追いつく望みは、彼らは当然、足の速い旅人ではないだろうし、彼らにはとくに追跡を恐れる理由はないはずだという見込みにかかっていた。とはいえ、二人とも愚鈍な人間ではない。〈グリーン・ブック〉はしだいに資産価値が減少していくうえに、持っていては危険な品物だった。ローマに着くのが早ければ早いほど高く売れるのだ。

ケルンの馬車旅行者用の大きな宿〈グラン・ガンス〉で、マクルレイスは初めて彼らが確かにその道筋をたどったという情報を手に入れた。夫がドイツ語を流暢に話す、ケンプというイギリス人の夫婦が一週間前にその宿屋に宿泊した。彼らは軽二輪馬車で旅行していたが、彼らの旅にはもっと頑丈な乗り物が必要なようだった。車輪修理業者は裂けたスポークを何本か取り替えねばならなかった。そして彼らは、スイスへ行く道ぞいにどこかいい宿屋はないかと宿の主人に訊ねたというのだ。

この発見がマクルレイスを上機嫌にした。その夜、彼は酒場で、アムステルダムを出立して以来初めて、いつもより多量に酒をあおり多弁だった。スパンドレルもしたたか飲み、すぐに酔ってしまって相手の話についていけなくなった。彼はマクルレイスの思い出話をぼんやり憶えていた。戦場で大勢の兵士を殺したこと。あるとき、総司令官のマールバラ公がじきじきに彼に戦術上の助言を求めたこと。それに、敵の戦線の奥へ秘密の使命を帯びて派遣されたことについても何か聞いたが、ここでスパンドレルの記憶はさらに曖昧になってしまった。たぶんマクルレイスの思い出話も朦朧《もうろう》としてきたのだろう。

翌朝、夜明けまえにスパンドレルを起こし、早朝に出発すると断固として告げたとき、大尉には飲み過ぎの悪影響はまったく窺えなかった。かたやスパンドレルのほうは頭が重く、数時間、馬の背で揺られるうちにそれははげしい頭痛に変わり、ザイラーに金槌で殴られたところがずきずきして、ついには涙があふれてきた。彼が泣き言を言うと、マクルレイスは、ザイラーの背信行為を忘れないようにそれを有効に利用すべきだと言った。いまやスパンドレルはそれに復讐するチャンスに恵まれたのだから、と。

けれども、復讐はスパンドレルの思いからは遠かった。自由になった喜びだけが、以前、彼につきまとっていた泥沼にずんずん踏みこんでいくばかりだという恐怖に取って代わっていた。ロンドンを出発して以来の経験が彼に何かを教えたとすれば、身分の低い者は偉い人たちのことにけっして関わってはならない——間接的に巻きこまれることも避けるべきだ——というものだった。ところが今、彼はこうしてさらに深みにはまりこもうとしている。〈グリーン・ブック〉だのジャコバイトだのは、簡単に彼に死をもたらすだろう。そうなっても、自分以外、誰も責めることはできない。いずれにしても、ほかに誰も気にする者はいないのだ。彼はどうすべきだろう？　マクルレイスは意のままにスパンドレルを引きまわしている、片時も自分のかたわらから離さずに。ともかく今は、彼のいるべき場所はそこしかなかった。

でも、いつまで？　それが問題だった。ケンプ夫妻がザイラーとエステル・ド・フリースだとすれば、彼らとは一週間の隔たりがある。それは三百マイルにもなるかもしれない。どんなに懸命に馬を走らせても、どうやってそれだけの差を縮められるのかスパンドレルにはわからなかった。もっとも予想される結果は、ついにその差は埋められなかったというものだ。ローマに到着したときには、本の売却を妨げるにはもう手遅れだろう。彼は心のどこかで自分の予想が正しければいいと願っていた。自分たちにできることは何もないにしても、とにかく求められたことはやったのだから、ささやかな褒美を期待できるかもしれない。だがその一方で、そんなことを期待するのは愚かだとわかっていた。失敗した場合、故国から遠く離れた場所で見捨てられる以外、彼に褒美はないだろう。

もちろん、アムステルダムで牢獄に入れられるよりはましだった。ほんの数日前まで彼を待っていると思われたものに較べたら、この旅はまさに神からの贈り物だった。とはいえ、最後に待っているのは予測のつかない不確かな結末だけという状況のなかで、山から降ってくる霙《みぞれ》まじりの小雨に打たれながら、または、谷に向かって吹きおろす冷たい向かい風にさらされながら旅を続ければ、すぐに贈り物も呪いだと感じられるかもしれない。

「そんな浮かぬ顔をするな」その夜、夕食をとりながらマクルレイスが彼を叱責した。コブレンツの近くの宿屋で彼らはその夜を過ごしていたが、そこではケンプ夫妻についての情報は得られなかった。「おれはおまえに飯を食わせ馬を与えている。おまえのことを気にかけてさえいる。おい……」彼はスパンドレルにフォークをぐいと向けた。そこには肉汁まみれのジャガイモが半分、突き刺さっている。「そうだろうが？　おまえは独りでくよくよ考えこんでる。そんな癖をつけてはならん。少しもおまえのためにならんぞ」

けれども、彼のためになろうがなるまいが、スパンドレルは考えつづけ、くよくよ心配しつづけた。追跡している相手に追いついたら、そのときには何が起こるのか? 追いつけなかったら、どうなるんだろう?

彼らもまた追跡されていることをスパンドレルが知っていたら——マクルレイスははっきり知っていた——まだもっと心配になっていただろう。彼らはホーラント州の領地から密かに脱出したために、ケルンまでは遠回りの、時間がかかるルートをとらざるを得なかった。そういうわけで、出発地点では彼らのほうがかなり優勢だったのに、追跡者との差はわずか一日にまで縮まっていた。ウェイジメイカーとクロイスターマンはその夜を〈グラン・ガンス〉で過ごしたが、そこで彼らも追跡しているイギリス人の夫婦についての情報を入手した——それにその前夜、同じ夫婦に興味を示した二人づれの旅行者についての情報も。

ハーグを出発して以来の二日間の旅は、クロイスターマンの体力を消耗させ気力を萎えさせた。ウェイジメイカーは無口で思いやりのない旅の相棒で、クロイスターマンがドイツ語をつかいこなせることと、彼らの捜している数人の人たちを見分けられることが、乗馬がへたなことやスタミナのないことを埋め合わせていると考えているようだった——だが、それだけだった。クロイスターマンはこれに腹を立てていたが、それについて何ができるという立場でもなかった。けれども〈グラン・ガンス〉の食事とワインで元気を回復すると同時に大胆になり、ウェイジメイカーの戦術を問いただして、自分にできるただひとつの方法で仕返しをしてやろうと決めた。

「マクルレイスとスパンドレルには追いつけるでしょうがね、大佐、われわれが取り返そうとしている品物を実際に持っている二人からは、われわれみんながはるかに遅れています。どうやって彼らに追いつきたいとお考えなのか、わたしには理解できません」

「追いつけると考えている」

「何を……根拠にして、そう……考えるんですか？」

「ザイラーとド・フリース夫人がスイスにたどり着いたとき、彼らはきびしい選択に迫られるという事実を根拠にしている。アルプスを横断すべきか？　それとも、ローヌ川までおりてマルセーユ行きの船に乗り、そのあとナポリ行きの船の便を捜して、そこからローマまで旅をすることを選ぶべきか？」

「彼らはローヌ川へは行きません」にわかにウェイジメイカーの推理が呑みこめてきて、クロイスターマンはきっぱりと告げた。

「どうしてだね？」

「このまえの夏にマルセーユで疫病が発生したからです。港はまだ閉鎖されていますし、ローヌ川には船の行き来はありません。プロヴァンス州のほとんどが混乱状態だと報じられています。正気の人間ならそっちへは行きませんよ」

「わたしもそう聞いている。それなら、彼らはどの道を行くかね？」

「アルプス越えです。そうするしかありません」

「この時期に？　独力でそうすることを熟慮してみたが、なにぶんにも女連れだ……それはみずから難儀を求めることにほかならない」

「では、彼らにどんな選択肢があるでしょう？」

「もっと穏やかな天候になるのを待つかもしれない」

「そうなると、一ヵ月か、それ以上も待つことになりかねませんよ」

「それなら、彼らは待たないだろう。しかし、彼らがそれに立ち向かえるとは思えない。ともかく山越えを企てるだろうが、それがどんなに困難で危険なことかわかったときに、その企てを断念するだろう。そしてそのとき……」ウェイジメイカーの右手が想像上の喉を絞めあげた。「われわれは彼らを捕らえる」

「マクルレイスもですね」

「ああ。それにジュープも。だが、そんなに簡単なことだったら……」ウェイジメイカーは握った手をひろげ、掌をじっと見つめた。「彼らはわたしに白羽の矢を立てなかっただろう」


国務大臣であるジェイムズ・クラッグズ（息子）が三十五歳で天然痘で死去したことも、ブロドリック委員会の報告書で名前をあげられた大臣たちにたいする追及から、ほとんど下院の気をそらすことはできなかった。上院で審理すべきだというウォルポールの提言も却下されたが、彼がこれに失望したのかしなかったのか判然としなかった。その代わりに、下院は自分たちで事件の審理をおこなうことを票決した。その結果、ウォルポールが審理において最大の役割を演じ、その結果を左右できることになった……いずれにしても予想どおりだった。

〝上院下院を問わず議員のために、または、行政機関にかかわる人間のために、南海会社によって提供された株式を（会社の企画、または、その関連法案が議会において決定された時期に）相当額の代価を支払うことなく受け取った、あるいは保持したことは、議会の名誉と公正をいちじるしく傷つけ、国王陛下の政府の信用を損なう、恥ずべき危険な収賄行為であった〟数日にわたる討議ののちに下院はこう決議した。

告発がおこなわれた。告発された人々は直ちに申し開きをしなければならないだろう。

告発された人々の一番手である、チャールズ・スタナップの審問がまだ始まっていないころ、マクルレイスとスパンドレルはほぼ五百マイル北の連合州の国境を越えたあと、疲労のはげしい、長い厳しい一週間を過ごしたのちに、ようやくバーゼルのすぐ外側でスイスの国境を越えた。彼らは一日の大部分をハイデルベルクに引き留められてしまった。地元の行政機関から指定されている多忙な医師から健康証明書を出してもらわねばならなかったのだ。それがないとスイスの税関吏は、フランスからパラティネートに入りこんできた疫病の保菌者かもしれないという理由で、彼らを追い返すに違いなかった。そのあと、フライブルクでも証明書をめぐってまた揉めてしまったが、彼らはそこでブライスガウというオーストリアの包領に迷いこんでいたのだった。マクルレイスはそうした遅れに激怒し、それを埋め合わせるためにいっそうがむしゃらに旅を押しすすめた。スパンドレルが憶えているのは、永遠に続くように思われる薄暗がりのなかを、雪で静まりかえった果てしない森の縁を通って、凍てついた道をくたくたになって馬を走らせたことだった。旅行は子供のころに父親の地図を眺めながら空想したような、気分がうきうきする経験ではなかった。

ザイラーとエステル・ド・フリースについては、今ではもう彼らとは二、三日の隔たりしかないことを示唆する情報をとぎれとぎれに得ていた。彼らも同じように旅を楽しんではいないだろうと考えて、スパンドレルは自分を慰めた。しかしながら、ジュープについてはなんの痕跡もなかったから、彼は諦めたのかもしれないとスパンドレルは考えた。だがマクルレイスはこの考えに嘲笑を浴びせた。「彼は独りで旅をするためのすぐれた分別をそなえている。そういうことだ。おれも彼の例にならいたいもんだよ、ロバにまたがる尼僧さながら馬をとことこ歩かせて、泣き言ばかり言ってる足手まといに邪魔されずにな」

しばしばそうした侮辱を受けたにもかかわらず、奇妙にもスパンドレルは彼といっしょにいるのが好ましくなってきた。イギリスを発って以来、彼が出会った人々のなかで、マクルレイスだけが彼に真実を告げた人間と言ってもよかった、それはときとして不愉快だったとはいえ。もっとも、彼といっしょにいると安心だと感じるほどには、スパンドレルは彼を信頼していなかった。それでもこの男には頼りにできる頑丈な肉体と意志の堅牢さがあった。彼はスパンドレルを厳しく駆りたてたものの、自分自身を駆りたてる厳しさとは比較にならなかった。

スイスで彼らの旅が重大局面を迎えるのは明らかだと思われた。ローヌ川の往来が閉ざされているので、イタリアへ行く唯一のルートはアルプス越えだったが、冬の終わりのこの時期には、考えられるただひとつの通路はシンプロン峠だった。マクルレイスはそこで追跡は終わると予想していた。どんな形で終わるのか彼は言わなかった。たぶん彼にもわからないのだろう。それとも、打ち明けるのは賢明でないと思っているのかもしれない。

翌朝早く彼らはバーゼルを発ち、晴れて乾燥した寒い天候のなか、ジュラ山脈の尾根を越えた。アルプスは彼らが通ったシュヴァルツヴァルトの森林地帯より、もっと岩がごつごつしていて雪深いのだろうとスパンドレルは考えていた。けれども、前方の地平線にひと塊になっている、真っ白で巨大な近寄りがたいアルプスを初めて目にしたとき、それがいかに並はずれた障碍《しょうがい》であるかがわかり、そこを通る道があるとは想像もつかなかった。

「あの山はおまえに恐怖心を吹きこんだようだな、スパンドレル？」マクルレイスが言った。「だが、忘れるな。おれたちが追っている、やわな育ちのオランダ人と彼の愛人にも同じ効果をもたらしたはずだ。さあ、われわれはもう彼らを捕らえたぞ。罠にかかった鼠のように」

彼らは尾根からアール渓谷までくだっていき、その曲がりくねった川筋に沿ってベルンまで行った。その街は、川が東へ大きく湾曲している部分にあり、土手ぞいの傾斜地を占めていた。彼らは夕暮れに到着し、西側の防壁にもうけられた門のひとつから街に入った。それはスパンドレルにとって、くたくたになり、旅の汚れにまみれて夕方に到着するという毎日の連続が、またひとつ加わったにすぎなかった。ベルンは彼らが通ってきたほかの街と変わらないように見えた。門衛が推薦する宿として〈ドライ・タッセン〉を教えてくれた。彼らは明かりの薄暗い、丸石敷きの通りをとぼとぼ宿屋に向かった。部屋を取り、馬を厩《うまや》につないでから、食べ物と飲み物を求めて酒場へ行った。それはほかの六つの街でも彼らがたどったお決まりの手順だった。

食事がすむと、マクルレイスはパイプに火をつけ、暖炉を見つめてじっと考えこんだ。これも彼のいつもの習慣なのだ。ケルンで彼が自分に許した、酔いにまかせての思い出話が繰り返されることはなかった。スパンドレルも今はもう体が温まって満腹だった。すぐに彼は目を開けているのが難しくなってきた。木製の長椅子から痛む手足を引っぱり上げ、ベッドへ行くと告げた。マクルレイスは彼におやすみと頷いて、そのままそこに居残った。大尉が寝室に引きあげるまで、もう二時間はゆうにあるだろうとスパンドレルにはわかっていた。それでも彼は夜明けまえにはまた起きだすのだ。睡眠は彼にはあまり必要ないようだった。

かたやスパンドレルのほうは、ひまさえあれば眠らずにいられなかった。彼は階段に通じる廊下で足をとめると、向きを変えて宿屋の裏手にある中庭へ向かった。外は寒かったが、シーツにもぐりこむまえに、どうしても便所へ行ってこなければならない。

数分後、彼は体が冷えないように胸を抱えこむようにしながら、中庭を横切って戻ってきた。宿屋のドアに近づいたとき、横木の上のランタンの明かりが届かない暗がりから、ひとつの人影が彼の行く手に踏みこんできた。

「スパンドレル」

それは囁くような声でしかなかった。それでもスパンドレルには知っている声だとすぐにわかった。しかし、声と名前がつながらなかった。その男とぶつかる直前で立ちどまったまま、ランタンが投じる影ごしに彼をすかし見た。

「ここで何をしてるんだ、スパンドレル？」

「誰ですか？」

「わたしがわからないのか？」

「どうも……はっきりしないんです」

男はちょっと後ろにさがって、ランタンの明かりが顔に当たるようにした。ようやくスパンドレルにも彼が誰かはっきりわかった。

「あなたでしたか」

「そうだ」男は頷いた。「わたしだ」

「どんなご用ですか？」

「わたしの質問に答えるんだ。あんたはアムステルダムで投獄され、殺人罪で裁判を待っていたはずだ。それなのに、あんたと……あんたが新たに見つけた友人は……こんなところで何をしてるんだよ——まったく？」

16

わずかな空気

「ベッドへ行ったものと思ってた」マクルレイスは暖炉わきの椅子からしかめっ面でスパンドレルを見上げた。それから、スパンドレルの後ろについて酒場へ入ってきた男のほうへ視線を投げた。「誰なんだ、このひょろ長い男は?」

「わたしはニコディーマス・ジュープです、サー」

「サー、だと? あんたの容貌よりも言葉づかいのほうが気に入ったよ、ジュープ。もうじきあんたの機嫌を損ねる羽目になるとは思ってた。しかし、あんたのほうから訪ねてきて挨拶するとは予期していなかった。なんの用だね?」

「彼は、われわれが——」

「彼に自分で喋らせろ」マクルレイスが嚙みつくようにスパンドレルの説明を遮った。「いいな？」

「もうすこし内密で話せるところはないでしょうか？」ジュープはあたりを見まわした。

「あなたも、われわれの任務を人には知られたくないはずです」

「われわれの任務？」マクルレイスは唸るような声で言った。「廊下の反対側にちょっとした読書室がある。暖炉に火が入ってないから、われわれだけで使えるはずだ。ジュープの話が興味を引かないとしても、寒さがおまえの目をさましてくれるだろうよ、スパンドレル。さあ、案内しろ」


数分後、彼らは読書室に入ってドアを閉めた。鏡板張りの壁のあちこちにデスクと椅子がゆったり間隔をとって置いてある。大きな本棚には地図や暦書、聖書などがとりそろえてある。部屋の中央の、半分だけ蠟燭《ろうそく》に火が灯してあるシャンデリアの下に置かれたテーブルの上には、ベルンの新聞が一部だけのっていた。そこは、マクルレイスの予測どおり、息が白くなるほど寒かった。

「あんたの用件を聞こう」マクルレイスは不機嫌に促して、話を聞こうとテーブルにもたれかかった。「どうしておれたちがここにいるのがわかったのか、それから始めてもらおうか」

「門衛たちはかならずこの宿屋を薦めるんですよ。宿屋の主人が彼らにそれなりの礼をしているようです」

「あんたもここに泊まってるのか？」

「違います、サー」

「それなら、おれたちを捜してたのか？」

「誰かが追ってくることはわかってました。避けられないことでした。だからわたしは……油断なく見張ってたんです」

「だが、ほかのところに宿を取っている。それはどうしてだ？」

「そのことはすぐに説明いたします、サー」

「おれをサーと呼ぶのはやめろ。あんたはおれの隊の部下じゃない、ありがたいことに」

「わかりました……大尉」

「スパンドレルはどの程度、あんたに話したんだね？」

「あなたがブロドリック委員会の代理人だということだけです。わたしは、あなたが政府の代理人ではないかと恐れておりました」

「おれが誰の代理人か、どうして気になるんだね？」

「おおいに気になります、大尉。われわれは同じ物を手に入れたいと望んでいます。〈グリーン・ブック〉を」

「それをあんたの主人は、なんとかして委員会の手の届かないところへ移そうとした。手に入れたい物は同じかもしれんが、理由は同じではない」

「状況が変わりました。われわれの理由は今では一致してます」

「どうしてそう考えるんだ？」

「サー・シオドアは委員会の手助けをすることによって、彼らから寛大な処置を期待できると考えています。政府ではなく、彼らに〈グリーン・ブック〉を差しだすことによって。彼とナイト氏はもともとは、帳簿の内容を公表すると脅して、政府に彼らを護るよう迫ることを企んでいました。わたしがじつに率直に話しているのはおわかりですね。何ひとつ隠し立てはしておりません」

「その脅しが安全におこなわれるよう念入りに工作したおかげで、ここにいる哀れなスパンドレルが死ぬところだった」

「そのようです。しかし、それはわたしの責任ではありません。わたしはサー・シオドアに命じられたことをやっただけです」

「しかも、いまだに彼に命じられたことをやっているようだな」

「サー・シオドアはその帳簿を取り返して、それが不都合な者の手に渡るのを防ぐようにと指示されました。政府の代理人があなたのあとを追って、そう遠くないところまできています。彼が成功し、あなたとわたしが失敗するという危険を冒すわけにはいきません。わたしが独力でその本を手に入れる見込みは薄いようです。わたしにはあなたの助けが必要です」

「だが、われわれにはあんたの助けが必要かな、ジュープ？　それが問題だ」

「必要です。なぜなら、わたしは〈グリーン・ブック〉がどこにあるか知ってますから」

「ほう、知ってるというのか?」マクルレイスはぐいと体を起こし、ジュープに一歩、詰め寄った。「それなら、教えたらどうだ?」

「まず、下院の委任状を見せていただけますか、大尉?」ジュープはびくともしなかった。

「あなたがスパンドレルの言葉どおりの方か確かめねばなりません」

「はっ!」ジュープの毅然とした落ち着きに感銘を受けたかのように、マクルレイスは笑い声をあげた。ポケットから委任状を引っぱりだして手渡した。「満足したか?」ちょっと待ってから、彼は問いかけた。

「充分に」ジュープは委任状を返した。「あなたはロンドンのロス将軍に帳簿を届けるおつもりのようですね?」

「それとも、ブロドリック氏に。どちらでもかまわない。だがいずれにしても、そうするつもりだ」

「わたしがあなたとごいっしょに、無事にロンドンへ戻ることをお許しいただけますか?」

「そうするのが適当だろうな、ああ」

「わたしがお願いするのはそれだけです」

「その件は片づいたと思ってくれ。あんたが帳簿のところまで案内してくれるのなら」

「いとも簡単なことです」

「どうやって？」

「ザイラーとド・フリース夫人は昨日ここに到着しました」

「彼らはベルンにいるのか？」

「はい。まだ彼らが出立する様子はありません。わたしは彼らが宿泊している下宿屋に部屋を取っています。もちろん彼らはわたしを知りませんが、こっちは彼らを知っています。彼らはケンプ夫妻と自称しています。〈ドライ・タッセン〉はあまりにも人気があるので、彼らの気に入らなかったようです。もっと人目につかないところがいいと思ったんでしょう。だがその目的には充分でなかった。彼らの隠れているところを見つけだすのに、さして手間どりませんでしたから。彼らはあまり外出しません。宿から出るときには、ドアにしっかり錠をかけます。ですが、どこへ出かけるにも帳簿を持っていくと思いますから、彼らのいないときに侵入してもむだでしょう。そして、彼らが部屋にいるときには……」ジュープは肩をすくめた。「ザイラーは彼らからそれをもぎ取ろうとする者は容赦なく殺す気だということを、ド・フリース氏の運命が示しています」

「それであんたは、自分独りでやろうとしなかったわけだな」

「そうです。そう認めます」

「どうして彼らは南へ向かわなかったんだ？」

「自分たちの体力でアルプスを越えられるかどうか考えているのか。それとも、どの道を行くのがいちばんいいか調べているのか。誰にわかるでしょう？　けれども、あなたご自身でお訊ねになれますよ。まさしく今夜」

「そうできるだろう」マクルレイスはにっこりした。「間違いなく」

もう遅い時間だったが、酒場はまだ賑わっており、数人の頑丈な栗売りがまだ街角で火鉢の上に屈みこんでいた。彼らは街の大通りを東へ向かい、ずんぐりした時計塔を通りすぎ、高いアーケードの下の建物のあいだを歩いていった。川に近づくと冷たい靄《もや》が濃くなり、アーチ形の天井のあいだに吊るしたランタンの明かりがぼやけた。

自分がやろうとしているのがはたして賢明なことかと、マクルレイスが疑念を抱いているのかどうかスパンドレルにはわからなかった。もちろん、大尉は武装しているし、出かけるまえにピストルに弾丸をこめていた。スパンドレルのほうは、自分たちの罪を平気で彼に負わせようとした二人の人間をやっつける企てに、ぜひ参加したいとはやる気持ちと、こちらが期待しているほど簡単にことが運ぶはずはないという疑念のあいだで、心が引き裂かれていた。ジュープは自分の立場について充分に納得のいく説明をした。だからこの場では、彼らに自分の疑念を気づかれないようにするのが、もっとも無難なようだった。けれども、つきまとう疑念をスパンドレルは追い払うことができなかった。人気のない通りをこうして黙々と歩いていくと、アムステルダムでド・フリースの家に押し入った夜のことが思いだされた。あのとき、彼の期待は裏切られた。そして彼にわかるかぎり、またそうなるかもしれないのだ。

彼らが川のほうへくだりかけたときには、教会の細い尖塔が背後の夜空に伸びているのが見えていたが、すぐにそれは靄で隠れてしまった。ジュープは先に立って狭い脇道を歩いていき、一軒の戸口で足をとめた。ドアの上でランタンが燃えていて、ベルの上の〈パンジオン・ジークヴァルト〉という看板を照らしている。彼は上階の窓を見上げてから、用心するようにと唇に指を押しつけた。

「彼らの部屋に明かりがついています」彼は囁いた。

「どちらだろうと違いはない」マクルレイスが応じたが、彼の囁きはぎざぎざの木をヤスリでこする音のようだった。「彼らを見つけたら捕らえるだけだ」彼は携行していたランタンのシャッターを閉じ、スパンドレルに渡した。「開けろ、ジュープ」

ジュープはポケットからドアを通るための鍵を取りだして錠をはずし、そっと押し開けた。玄関にはランプがひとつだけ燃えていた。地階からも明かりが——それに、ざわざわした話し声が——洩れてくる。彼らはなかに入り、ジュープがドアを閉めた。「彼らの部屋は二階の正面です」彼は小声で告げた。「ここでいちばんいい部屋です」

「そうか、それなら屋根裏まで這いのぼらなくてもすむということだな?」マクルレイスが言った。「先に行ってくれ」

ジュープは階段をのぼりはじめた。マクルレイスはスパンドレルにそのあとに続けと合図し、自分はしんがりについた。のぼるとき、踏み段が数回、ギーときしんだが、スパンドレルは背後でピストルの撃鉄を起こすカチッという不吉な音を聞き洩らさなかった。足をとめて、あなたは間違いなく最善の行動をとっているのかとマクルレイスに訊ねたかった。彼としては何よりも、もっとゆっくりことを運んでもらいたかった。しかし、そんなことを言ってもまったく無意味だとわかっていた。マクルレイスは訓練を積んだ軍人で、敵の意表をつく有利さを充分に知っている。それは彼がけっして手放すつもりのない有利さだった。

だが、意表をつくことはさまざまな姿を借りてやってくる。彼らは踊り場にたどり着き、突き当たりのドアに向かって折り返した。ドアの下の隙間からゆらゆら揺れる光の筋が見えている。それに、誰かがランプとドアのあいだを行ったり来たりしているような影が動いている。さらに近づいたとき、スパンドレルははっきりすすり泣きの声を聞いた。それは確かに女性の声だった。

「痴話喧嘩だろう」マクルレイスがスパンドレルの耳に囁いた。「われわれには好都合かもしれん」彼はスパンドレルの横をすり抜けてジュープの肩のところへ行った。「彼らは出かけるときにはドアに錠をおろすと言ってたな。部屋にいるときはどうなんだ?」

「わかりません」

「それなら、試してみろ」マクルレイスはちょっと後ろにさがって、片方のピストルをかまえた。「さあ」

ジュープは手を伸ばし、把手《とって》をまわしてぐいと押した。

ドアが開き、マクルレイスが部屋に踏みこんだ。彼の肩ごしにエステル・ド・フリースが振り向き、仰天してマクルレイスを見つめるのがスパンドレルの目に入った。「大声をあげてみろ、それが最後の声になるからな、マダム」マクルレイスは彼女にピストルを突きつけ、あたりを見まわした。「ザイラーはどこだ?」

この宿でいちばんいい部屋はつまるところ、家具がまばらに置かれた部屋だった。でんと置かれた、もっと広い場所にふさわしいと思われる四本柱のベッドがひとつ、椅子が一脚、整理だんすがひとつ、壊れそうな鏡台がひとつ。ほかの部屋との境にドアはなく、ザイラーの姿はどこにもなかった。エステル・ド・フリースは地味なドレスを着てショールをはおっていた。髪は乱れ、ひと房の髪の毛が頬に垂れ落ちている。顔は青ざめてやつれ、目は真っ赤に腫れている。垂れている髪の毛を震える手でかき上げたとき、頬骨の上に打撲傷があるのがスパンドレルの目にとまった。スパンドレルと目が合ったとき、「あなたは」と彼女は呟き、顔に浮かんだショックが凍りついたような恐怖の表情に変わった。「まあ、なんてこと」

「ザイラーはどこだ?」マクルレイスは繰り返した。

「いません……」彼女は首を振った。「ここには」

「ドアを閉めろ、ジュープ。錠前に鍵はついてるか？」

「はい」

「錠を締めておけ。ザイラーが戻ってきたことを警告するものが必要だ」

「スパンドレルさん」ド・フリース夫人が震える声で言った。「どうやって……あなたは……」

「あなたがたがわたしに仕掛けた罠から逃れたのか、ですか？」彼女に代わってそう言ったスパンドレルは、自分の実際の感情以上に辛辣《しんらつ》に響くようにと願った。彼女は彼からどんなに非難されても当然だった。それでも、今のような状態の——彼にわかるかぎりでは、見捨てられ、ひどく取り乱した——彼女を見いだすと、胸が痛むような哀れみを覚えずにはいられなかった。「どうしてあなたが気にするんです？」

「それはわたしのおかげなんだ」マクルレイスがそう口をはさんで、ピストルの撃鉄を落とした。「ジェイムズ・マクルレイス大尉だ、マダム。下院の南海会社秘密調査委員会の特別代理人だよ」

「下院の……なんですって？」

「これはジュープ」彼はかまわず続けた。「サー・シオドア・ジャンセンの従僕だ。あんたはこれまでにも彼を見たことがあるかもしれない。彼はあんたたちをつけてきた。われわれもそうだが」

「どういうことか理解できませんわ」

「できると思うがね。われわれは〈グリーン・ブック〉が欲しいのだ」

「本《ブック》ですって？　なんの本でしょう？」

「おいおい、マダム。あんたとあんたの愛人は英国政府にそれを売ろうとした。そして今度は、王位僭称者の宮廷へそれを売りに行くためにローマにおもむく途中なんだ。違う振りをしてもむだだ」

「むだ？」彼女はマクルレイスを見て、それからスパンドレルに視線を移し、ふたたびマクルレイスに目を戻した。

「まったくむだだ」

「あなたは誰の代理人とおっしゃいましたか？」

「下院の南海会社秘密調査委員会」

「政府ということですか？」

「違うよ、マダム。下院だ。頼むよ、あんたもイギリス人だろう。違いは知っているはずだ」

「もちろんです。ただ……そうかと思って……」彼女は額に手をあて、目をぎゅっとつむってから、目の隅の涙を指で拭った。「すわってもかまいませんか？」

「どうぞ、どうぞ、マダム」マクルレイスはぎょうぎょうしい身ぶりで彼女のために椅子を引いた。エステルはそこに沈みこんだ。「〈グリーン・ブック〉はどこにあるんだね？」

スパンドレルが驚いたことに、彼女は笑い声をあげた。そのあと、袖からハンカチーフを取りだし、目元を拭いた。「許してください。でも、まるで……お笑いぐさですわ」

「わたしにはユーモアのセンスがあると自負している」マクルレイスはそう言って、がっしりした手を椅子の背にのせた。「だが残念ながら、その冗談は理解できない。本はどこだ？」

「わたくしは持っていません」

「ザイラーか？」

「いいえ」

「では、どうなったんだ？」

「どこかへ行ってしまいました」

「どこへ行ったんだ？　……はっきり言え」

「川のなかです」

「なんだって？」

「わたくしが川へ投げこみました」

「捨ててしまったんですか？」ジュープが口をはさんだ。

「はい」彼女は頷いた。「そうです」

「あんたの言葉は信じられん」マクルレイスが言った。

「あなたを非難できませんわ。自分でも信じられないんですから。でも本当のことです」

「川に投げこんだのか?」

「はい。あそこの橋へ歩いていって」――彼女は川のほうを身振りで示した――「手すりから帳簿を投げました。そして、流れに運ばれていくのを見まもりました。川は水嵩《みずかさ》が増えてますわ。それは流木のように流されていき、ついには水が浸みこんで沈んでいきました。完全に沈んでしまったのか、それとも、流れに呑みこまれて見えなくなったのか。どっちにしても違いはありません。インクと紙は水のなかではだめになりますもの。二、三マイル下流の川底で、ぐちゃぐちゃの塊になっているでしょう。でも、あなたがたが気になさってることだけを申し上げれば、あれはなくなりました」

短い沈黙が流れた。エステル・ド・フリースが語ったことには充分な真実の響きがあったから、三人の男たちはしばし口がきけなかった。本当に彼女はそんなことをしたのだろうか? そうなると、問題になるのはひとつの疑問だけだった。それを口にしたのはマクルレイスだった。「どうしてだ?」

「お金より大切なものがあるからですわ。愛とか、愛を失うこととか」彼女はうつむいた。

「ピーターとわたくしは……」

「仲違いしたのか?」

「わたくしがしたことはすべて彼のためでしたわ。わたくしたちのため。わたくしたちの将来のため」

「あんたの夫を殺すようなことが？」

「あなたは恋をなさったことがおありですか、大尉？」

「ああ。報われなかったが、ある」

「でも、あなたは殿方ですわ。女のように愛することはできません。心ばかりでなく全身で愛してしまうのです。あなたにはおわかりになりませんわ」

「それなら、わからせてくれ」

「お話ししてみます。わたくしはピーターが大好きでした。彼を崇拝してました。彼がやらねばならないと言ったことはなんでもいたしました、ド・フリースから逃げるために……」

彼女はわなわな体を震わせた。「ええ、ピーターが彼を殺害する手助けをしました。そのあげく、嘘をついてスパンドレルさんに汚名をきせたんです」彼女は振り向いてスパンドレルを見た。「そのことでは本当にお気の毒だったと思ってます」

「わたしが感じているほどではないでしょう」スパンドレルはそう言い、自分の言葉の裏の意味を彼女はくみ取っただろうかと考えた。

「ド・フリースのお金は全部、彼の息子にいきます」彼女は続けた。

「それは知っている」マクルレイスが言った。「だが、全身で愛している者がどうしてそんなことが気になるんだ?」

「気になりませんでしたわ。でもピーターが……彼の望みどおりのやり方でわたくしを護っていくとなれば、二人にはお金が必要だと言ったんです。わたくしが貧しい暮らしをすることには彼は耐えられなかったんですわ。それで〈グリーン・ブック〉を……」

「あんたたちの愛が逆境でもすくすく育つかどうか確かめる気はなかったんだ」

「ええ。そのとおりです。確かにわたくしたちは貪欲でした。それは否定しません」

「そのほうがいい」

「でも、貪欲だけが理由ではありません。わたくしは違います」

「しかし、ザイラーのほうは?」

「たぶん」彼女はかすかに歪んだ笑みを浮かべた。「きのうここに着いたとき、ここから先は自分独りで行かなければならないと彼は言いました。アルプス越えはわたくしには無理だからと。だいじょうぶ、そんなことはないとわたくしは言いましたが、彼は譲りません。ここにわたくしを残して独りでローマまで旅を続け、帳簿を売ってから迎えに戻ってくると言うんです。けれども、彼の目にわたくしは真実を読みとりました。彼は迎えに戻ってこないでしょう。すべてはお金のためだったんです。彼にはそれを分ける気はありません。彼はわたくしを愛してはいないし、愛したことなんかなかった。わたくしは彼が金持ちになるための道具にすぎなかったんです。わたくしたちは言い争いました。けれども、彼の気持ちは変わりませんでした。もちろん、彼の気が変わる可能性はなかったんです。ずっとまえから決心してたんですから。それから、彼は出かけました。軽馬車を売る手はずをすでにととのえてあったんです。山越えのためのガイドを雇うのに明らかにその売上金が必要でしたから。彼が出かけたあいだに、わたくしは帳簿を持って橋へ行き、川へ投げこみました。それは彼がまったく予想しないことでした。さもなければ、彼は帳簿を持っていったでしょう。彼には、わたくしがどんなに彼を愛していたかがわからなかったんです。彼を失ったら、わたくしにはお金なんてどうでもいいのだってことが。でも、わたくしが彼を手に入れられないのなら、彼だってご褒美は手に入らない。それはとても簡単なことに思われました。ですから、すすんでそうしました、彼がわたくしを傷つけたように、すすんで彼を傷つけたんです。彼が戻ってきたとき、わたくしはすぐに自分がしたことを話しました」彼女は首を振った。「彼は部屋を捜しましたわ。わたくしの言ったことを信じませんでした。どこかに隠したと思ったんです。本当だとわかったとき、彼は怒りました」頬の傷のほうへ彼女の指が伸びた。「ものすごく」

「それから？」

「出ていきましたわ。たぶん今ごろはどこかの酒場でわたくしを呪いながら、摑《つか》みそこなった富にたいする見果てぬ夢を、お酒で紛らしているのでしょう」

「あんたもだ、摑みそこなったのは」

「誰もがですわ」彼女は彼らを一人ずつ見まわした。「本をお捜しにならないんですか？わたくしの言ったことがそのまま信じられるわけはないでしょうに」

マクルレイスは溜め息をついた。「ああ。信じるわけにはいかないようだ」彼はジュープとスパンドレルのほうを向いた。「二人とも何を捜すか知ってるな。とりかかったらどうだ」

「見つからないでしょう、どうせ」スパンドレルが言った。「そう思いませんか？」

「たぶんな。だが、とにかく捜せ」

長くはかからなかった。整理だんすには衣類しか入っていなかったし、そんな物を隠せる場所はほとんどなかった。ジュープはベッドの下から旅行かばんを引っぱりだして、それを開いた。なかには送達箱が入っていた。けれども、スパンドレルにはわかっていたとおり、そのなかは空っぽだった。そのあと、ジュープは床の半分をおおっている敷物を巻き上げ、ランタンを手に床板にしゃがみこんで、床板の一枚が上げられた形跡はないか調べた。なかった。

「おめでとう、マダム」捜索が予想された結果に終わったとき、マクルレイスが言った。

「政府はあんたに感謝するだろう」

「どうしてですか？」

「〈グリーン・ブック〉がなくなれば、彼らは大助かりなんだ。罪を犯した者たちは自由の身になり――」彼は手刀で空気を叩き切った。「愛がすべてにうち勝つというわけだ」

「われわれはザイラーを見つけなければなりません」ジュープが厳しい顔で言った。

「もちろんだ。そうしなければならん」

「彼に何をなさるんですか？」エステルが訊いた。

「わからん」マクルレイスは彼女を見た。「それがどんなことであれ、あんたが彼にやったこととは較べものにならんだろう」

「彼に言ってください……」

「なんと？」

「彼は〈グリーン・ブック〉よりもっと貴重なものを失ったのだと」彼女は消えかけている暖炉を見つめた。「そして、いつかそれを後悔するときがくるだろうと」

「彼女の話を信じたか、スパンドレル？」数分後、その宿屋から遠ざかりながら、マクルレイスが問いかけた。

「はい」

「おれもだ。ジュープは？」

「彼女は嘘をついているのかもしれません。彼女はあなたがたが考えてるより狡猾かもしれませんよ」

「あんたには感情というものがないんだ。〝天国には憎しみに変わった愛のような激しい怒りは存在しないし、地獄には男に捨てられた女のような狂暴さは存在しない〟コングリーヴ氏の考察は正しいと思うね」

「わたしはたんなる召使いです、大尉。どうして劇作家の道徳的考察がわかるでしょう？」

「充分わかる。あんたがそう望むなら。だが、用件に戻ろう。われわれは落胆しているオランダ人を遠くまで捜しにいく必要はないだろうよ」


彼の言ったとおりだった。彼らは当たってみた三軒目の酒場でザイラーを見つけた。そこは騒がしい、もうもうと煙がこもった店で、明らかにむさくるしい飲み屋と売春宿を兼ねていた。ザイラーは提供される商品を両方とも享受しているようだった。隅のテーブルで椅子によりかかって膝に娘をのせている。彼の前には瓶が二本並んでいたが、一本は空になっていて、もう一本も空になりかけていた。左手には酒杯を持ち、右手のほうは、コルセットでもほとんど隠れていない娘の豊かな乳房をもてあそんでいる。

「お楽しみのようだな」マクルレイスは二人にそう言って、娘を引っぱり上げて立たせると、どこへでも行ってしまえと命じた。彼女は慌ててそれに従った。「ザイラー！」ザイラーはぽかんと口を開け、戸惑った様子で周囲を見まわした。自分がどこにいるのか、どうして娘がいなくなったのか、よくわからないようだった。「ケンピスと呼ばれるほうがいいのかな。それとも、ケンプと」

「誰だ……あんたたちは？」

「ここにいるスパンドレルを知らないはずはなかろう」

「スパ、スパンドレル？」ザイラーは息を呑み、必死で目の焦点を合わせようとしているのが傍目《はため》にもはっきりわかった。「そんなことはあり得ない……」彼は立ち上がろうとしたものの、すぐにまた崩れこんだ。「違う、あんたは……」

「だがな、げんに彼はここにいる。おまえが彼のことをどう思ってるか、言ってやったらどうだ、スパンドレル？」

「そんなことしてどうなるんです？」スパンドレルは憂鬱そうに頭を振った。

「おまえの言うとおりだろう」マクルレイスは言った。「酔っぱらってる敵は軽蔑すべきやつでしかない。おまえに伝言があるんだ、ザイラー。エステルから」

「エステル？」ザイラーは唾を吐いた。「あのかわいい女《ディー・ザレット・ユファー》か」

とたんに怒りを覚え、スパンドレルはザイラーに詰め寄って椅子から引っぱり上げた。だが、自分を死に追いこもうとした男の目を覗きこんだとき、復讐を考えるのがいかに虚しいことであるかを悟った。スパンドレルはザイラーを突き離し、彼が椅子にぶつかって倒れ、床を滑りながらテーブルをひっくり返すのを見まもった。

「彼は彼女をなんと呼んだんだ？」ころがった瓶が足元でとまるのを見ながら、マクルレイスが訊ねた。

「わかりません」スパンドレルが答えた。「それに、気にもなりません」

「そうなのか？　とっさに、おまえがそれで腹を立てたと思った。では、伝言のことは忘れることにするか？」

「どうせ彼は憶えてませんよ」スパンドレルは床にのびたままのザイラーを見おろした、こぼれたワインがテーブルから彼の顔に滴っている。「それを伝えたところで」

彼らは川のゲートのところまで歩いていった。くぐり戸を通らせてもらうためにマクルレイスが門番にチップを渡し、彼らは橋の真ん中まで行った。川は靄と暗闇におおわれて見えなかったが、両端にある門番小屋のランタンの明かりで水よけのまわりで水が泡立っているのが見えたし、北の湾曲部分にこすれながら流れていく轟音《ごうおん》が聞こえた。

「こんな形で追跡が終わるとは予想していなかった」マクルレイスが言った。「それに、おれの上官たちが聞きたいと思うような結末でもなかった。それでも、彼らは聞かざるを得ないだろう」

「わたしはまだ信じていません」ジュープが言った。「彼らは帳簿を銀行に預け、われわれが諦めるのを待ってから、それを取り戻してローマへ持っていくのかもしれません」

「彼らはここに到着してから宿屋の外へはほとんど出ていないと、あんた自身が言っただろう。それに、スパンドレルとおれがここにいることを彼らは知らなかったはずだ。万一、われわれが訪ねてきた場合にそなえて、彼らはこのすべてを企んだと言ってるのかね?」

「いいえ、そうではありません。それでも、彼らの狙いがはっきりするまで、わたしは彼らを見張っています」

「確かに賢明な用心だ」

「現状では、あの宿屋からあまりにも長時間、目を離しています」

「あんたを引き留めはしないよ」

「はい。これでは……どうしても納得できません、おわかりでしょうが」ジュープの声からはやり場のない憤懣《ふんまん》が嗅ぎとれた。

「ああ、ああ、わかってる。だが、人生とはしばしばこんなもんだ」

「では、失礼します。わたしの居場所はご存じですね」

「こっちの居場所もな」

マクルレイスとスパンドレルは、ジュープが橋を歩いて門番小屋のアーチの暗がりに吸いこまれるまで見送った。二人とも無言のまま、さらに数分が過ぎた。川は彼らの下を勢いよく流れていく。ついにスパンドレルが沈んだ声で訊ねた。「これからどうするんですか?」

「これから?」マクルレイスは彼の肩をぽんと叩いた。「わかりきってるじゃないか」

「いいえ」

「こんな状況のなかでやることはひとつしかない」

「なんですか、それは？」

「ザイラーを見習うとしよう。とことん酔っぱらうんだ」

マクルレイスとスパンドレルが靄のたちこめた街の通りを歩いて、〈ドライ・タッセン〉のほうへ、そこの酒場の誘惑へと招き寄せられていったとき、ジュープは〈パンジオン・ジークヴァルト〉の階段をのぼっていた。彼の部屋はそこの四階だった。だが彼は二階までしかのぼらなかった。行動の手順でも考えているかのように途中でちょっと足をとめてから、宿の女主人にはケンプ夫妻で通っているカップルの部屋のドアに向かって、踊り場を進んでいった。部屋にはまだ明かりがついていた。

彼はドアをそっと三回ノックした。すぐにドアが開いて、エステル・ド・フリースが顔を出した。

「ジュープさん」彼女の声に驚きの響きはなかった。「お一人ですか？」

「はい、マダム」

「マクルレイスとスパンドレルは？」

「帰りました」

「彼らは騙されたと思いますか？」

「ああ、はい」ジュープは頷いた。「完全に」

17

血、そして、跡形もなく消えて

朝には靄はすっかり晴れていた。太陽が冷え冷えとした青い空に昇り、巨大な蹄鉄《ていてつ》のような形のアール川をきらめかせている。その川の湾曲部の内側に、尖塔や小塔や、ベルンの街の建物の屋根がごちゃごちゃとかたまっている。スパンドレルは聖堂の後ろの、控え壁がある高い台地から川を見おろした。川岸に川の裂け目のような筋が見えるが、それは南岸と、左手にある浮き桟橋や波止場をつなぐために設けられた水路だった。波止場に隣接した水車から煙が立ちのぼり、木材置き場で鋸《のこぎり》をひく音が澄んだ空気を伝わって彼のところまで聞こえてくる。対岸の野原を腕に猟銃を抱えた男が歩いていて、かたわらには一匹の犬が、雪のまだらに残る野原をとっとと主人についていく。世界は変わりなくその歩みを続けていた。そして、そこにいる人々も。

スパンドレルの頭を占めている思いは、殺人の罪を負わせた二人の人間と対面した結果として彼が予想したものとは違っていた。アムステルダムの独房でしだいに衰えていくなかで、もしも彼らを見つけたら――それとも彼らを捕らえたら――自分はどうするだろうとよく考えたものだ。だが一度として、自分が何もしないで立ち去り、彼らを好き勝手にさせると考えたことはなかった。とはいえ、ほかにどうできただろう？　スパンドレルに代わって、彼ら自身が復讐をやり遂げた。自分から破滅してしまった。彼はもうエステル・ド・フリースを咎めることはできないと思ったし、ピーター・ザイラーは軽蔑にも値しないと考えた。スパンドレルが彼らにたいして憎悪をかきたてられる以上に、彼らは互いに憎み合っているのだ。

エステルにたいしてはじつのところ、すこしも憎しみを感じていなかった。むしろ、頑迷と言ってもいい憧れが依然として胸に居座っていた。愛という名目ですべてを賭ける――そして、すべてを失う――ことは、なぜかすばらしいことに思えた。彼女が〈グリーン・ブック〉を捨てたことはスパンドレルには気にならなかった。その行為を密かに賞賛する気持ちすらあった。その結果、彼女はどうなるだろうと心配せずにはいられなかった。ザイラーが暴力を揮うことをいとわない以上、彼女はまだもっとひどい目に遭うかもしれない。彼女は直ちにベルンを離れるべきだ。イギリスへ戻って、ザイラーが彼女を誘いこんだ愚かで邪悪な行為を忘れるべきだ。

彼女がそうするかどうか彼にはわからなかった。〈パンジオン・ジークヴァルト〉のあのむさくるしい小部屋で彼女の話を聞いたとき、彼女の絶望の深さがわかるような気がした。自分の古い人生を投げ捨てた彼女は、今度は自分の新しい人生に見捨てられたのだ。彼女はどうするだろう？　「彼女は投身自殺するかもしれないな」前夜遅くに、かなり酔っぱらってからマクルレイスはそう言った。「ザイラーが彼女を殺すまえに」それは半ば冗談だったが、スパンドレルの頭にこびりついてしまい、ぞっとすることだが、確かにそうなる可能性はある、実際にもうそうなってしまったかもしれないと彼は考えた。

この考えによって落ちこんだ憂鬱な気分を振り払うために、むっつり朝食をとっているマクルレイスを〈ドライ・タッセン〉に残し、伸びをしたり欠伸《あくび》をしたりしながら、土曜の朝の姿になった街の通りをスパンドレルはあてどなく歩きまわった。

だが、うまくいかなかった。憂鬱な気分から抜けだせなかった。ちょうどそのとき一艘のはしけが波止場から出てきたのを眺めながら、そこから抜けだす道はひとつしかないと彼は悟った。もう一度〈パンジオン・ジークヴァルト〉へ行かねばならない。そして、エステル・ド・フリースとなんらかの仲直りをしなければならない。

戸口に出てきたのは、スパンドレルがジークヴァルト夫人だと考えた、キラキラした瞳の、でっぷり太った女性だった。彼女の英語力は彼のドイツ語力と明らかに大差なかったから、ド・フリースの未亡人に会いたいと言っても、用件は通じなかった。彼が笑ってそれを打ち消し、代わりにケンプ夫人と告げると、ようやく理解したような気配があって、なかに入るように言われた。

二階までスパンドレルを案内していくとき、ジークヴァルト夫人の足元で階段がぐらぐら揺れ、この宿でいちばんいい部屋の戸口にたどり着いたときには、彼女ははあはあ喘《あえ》いでいた。彼女は元気よくドアをノックし、返事がないとわかるまで、さらに勢いよくノックした。「どうしたんでしょうね《イヒ・フェアシテーエ・ニヒト》」彼女は顔をしかめて言った。「どこにいるんですか？《ヴォー・ジント・ジー》」彼女は耳をすまして、もう一度ノックしてから把手をまわしてみた。

ドアに錠はかかっていなかった。ジークヴァルト夫人はドアを押し開け、部屋のなかを覗いた。誰もいなかった。宿の女主人は何かを目にとめてはっと息を吸いこんだが、彼女の肩ごしに部屋を覗きこんだスパンドレルもすぐにそれに気づいた。窓の下の整理だんすの引きだしが全部開いていて、空になっている。

束の間、ジークヴァルト夫人が何か呟きながら部屋を見まわすあいだにスパンドレルは必死で何が起こったのか理解しようとした。彼女はどこへ行ったのだ？ 二人はどこへ行った？ エステルが逃げたのなら――彼女は当然、そうしたほうがよかったのだが――ザイラーの持ち物まで持ち去るはずはない。だがもちろん、彼らがいっしょに逃げたのなら話はべつだ。

「ジュープ」思わず彼は声をあげた。「ジュープはどこだ？」

「なんですか《ヴィー・ビッテ》？」

「ジュープ。彼はここに泊まっている。ジュープさんですよ」

「イギリス人《デア・エングレンダー》？」

「ええ。そうです。イギリス人です。ジュープ」

　べつのイギリス人の客が、ケンプ夫妻の失踪の理由を明らかにしてくれるかもしれないことをはっきり理解した様子で、ジークヴァルト夫人は階段のほうへどしどし歩いていった。スパンドレルもあとに続いた。

　もう二階ぶんの階段をのぼると、宿の最上階の天井の低い踊り場に着いた。ジークヴァルト夫人はまるで吠えているような呼吸音を響かせながらドアを叩いた。返事はない。彼女はもう一度ノックしたが、結果は同じだった。すぐに彼女は把手を摑んでまわした。

　ジュープの部屋にも錠がかかっていなかったが、そのことがなぜかスパンドレルを驚かせた。しかしその驚きも、彼とジークヴァルト夫人が開いた戸口ごしに目にした光景からの衝撃で、たちまち吹っ飛んでしまった。

　ベッドの足元にジュープとザイラーが並んで横たわっていた。何かすさまじい争いがあったのだ。鏡台がひっくり返り、彼らの体の下の敷物はよれて襞《ひだ》になったり、こぶになったりしている。凝固した血だまりが敷物やその周囲の床板に広がっている。生きていることを示す動きや気配はまったくなかった。スパンドレルにはひと目でわかったが、どちらの男も死んでいた。

「ああ、神様《マイン・ゴット》」ジークヴァルト夫人がそう言いながら十字を切った。

スパンドレルは彼女の横をすり抜けて、おそるおそる部屋のなかに足を踏み入れ、体を前に屈めて、何があったのかを自分の目で理解しようとした。ザイラーは横向きに横たわっていて、顔の一部は敷物の襞で隠れている。けれども、彼が明らかに苦悶のうちに死んだことは充分に見てとれた。目が膨らみ、舌が突き出ている。木の破片が彼の周囲に散らばっていた。膝がぐっと上がり、長靴の踵《かかと》が床板にめりこんでいる。彼は大外套を着ていたが、それは前夜、酒場で彼の横の椅子の背にかけてあったものだ。彼は刺殺されたのではないようだった。体の下に血は流れていたものの、傷は見あたらなかった。死因は首に巻きついた細い革紐だと思われた。それは今はゆるんでいるが、強く絞められたことを示すくっきりした赤い線が首についている。

血はジュープのものだった。彼は仰向けに横たわり見えない目で天井を睨んでいる。ナイフが彼の胸に柄《つか》のところまで刺さっていて、外套は血でびしょ濡れだった。左手に輪に結んだ紐を持っていて、その端はこわばった指のなかに消えている。彼がザイラーの首を絞め、ザイラーはそうされながらも、なんとかナイフで彼を刺したように見えた。傷は致命傷だったが、ザイラーを救うには遅すぎた。たとえ命が尽きるまで血が流れだしても、ジュープは自分がとりかかったことはやり遂げたのだ。

だが、どうして？　彼らはなぜ戦ったのだ？　スパンドレルの視線が、整理だんすのかたわらで口を開けているナップザックのほうへ動いた。その横に衣類の束がある。おそらくジュープのものだ。彼は旅のために荷造りをしていたのだろうか？　そうだとすれば、彼は床に衣類を投げだしたりはしないだろう。しかし、彼が出発の準備をしてナップザックに詰めてあった衣類を、ほかの者がその下に隠してあった品物を捜すために取りだしたのなら――

「ジュープさん！」ジークヴァルト夫人がふいに、死んだ二人が誰なのかわかって悲鳴をあげた。「ケンプさん！」彼女は両手を頬にぴしゃっと打ちつけた。「なんてこと《フルテルリヒ》」

「助けを呼ばなければ」スパンドレルが言った。

しかし、ジークヴァルト夫人の頭にははっとべつのことが浮かんだ。「ヴォー・イスト・フラウ・ケンプ？」彼女はなんとかそれを英語に言い換えた。「ケンプ夫人は……どこですか？」

それはいい質問だった。実際にジークヴァルト夫人にわかっている以上にいい質問だった。エステル・ド・フリースはどこにいるのだ？　そして、彼女は何を持っていったんだろう？　スパンドレルは死んだ二人の男を見おろした。「彼女がどこにいるのかわかりません」彼はそう答えた。それは確かに本当のことだったとはいえ、彼女がどこへ行くつもりかは充分見当がついた。「わたしは何も知りません」

「そろいもそろってこけにされたってわけだ、おまえとおれは」一時間ばかりのち、スパンドレルが〈パンジオン・ジークヴァルト〉での身の毛もよだつ光景を説明しおえたとき、マクルレイスはそう言った。「これがどういうことかわかるな？」

「たぶん」スパンドレルは答えた。「エステル・ド・フリースは〈グリーン・ブック〉を捨てなかったんです」

「まさしくそうだ。ところがおれたちは、自分たちの判断よりはるかに信じられる道理をそっちのけにして、彼女の涙ながらの物語を信じてしまったんだ。貪欲さだよ、スパンドレル。それが彼らを破滅させたんだ」

「彼ら？　ジュープは彼らの側だったんですか、われわれの味方ではなく？」

「おまえにもわかったようだな。彼はおれたちがここに到着したのを見た。そこでザイラーと彼の愛人のところへ行き、自分の助けがなければ、彼らはおれたちから逃げられないだろうと説き伏せたんだ。おれが誰の代理人か——政府か、それとも下院か——ということで、彼女が混乱したのを憶えているな？　おれは政府の代理人だと、ジュープは彼らに話したに違いない。こうした状況のもとでは、ごく当然な推測だ」マクルレイスは掌に握り拳を叩きつけた。「ジュープは疑いぶかいやつだった、そうだろう？　〝わたしはまだ信じてはいません〟〝わたしは彼らを見張ってます〟彼は自分の役目をことさら強調したが、それでもおれたちは彼が隠し持っていた切り札を見抜けなかった」

「彼は自分の部屋に帳簿を隠してたんですか？」

「そうだ。おれたちが諦めて立ち去るように願って彼らは感動的な見せかけの芝居を演じ、あとはそのままローマへ行って帳簿を売り、収益を三人で分ける計画だったんだ」

「どうしてそれがうまくいかなかったんでしょう？」

「ジュープが帳簿を持ち逃げしようとしているところをザイラーが見つけたようだな。彼らは一瞬たりと相手を信じてはいなかったんだろう。必要に迫られての協力だったんだ。まもなく政府の代理人が彼らを追ってやってくるという認識も、彼らを脅かしていたに違いない」

「やってきますか？」

「ああ、もちろん。この件に携わってるのはおれたちだけだとは思っていないだろう？」

「そんなことは話してもらってません」

「そうだったかな？　そうか、おまえがそのことで頭を悩ます必要はないと思ったんだろう。そして、もうその必要もない」だがスパンドレルは、口には出さなかったものの、そんなはずはないと思った。「それにザイラーとジュープのことも、彼らが相打ちで果てた以上、もう心配はない。われわれが考えねばならない人間は一人だけだ」

「エステル・ド・フリースですね」

「そのとおりだ。彼女はザイラーが戻ってこないのでジュープの部屋へ行ってみて、彼らが死んでいるのを発見したに違いない。彼女が昨夜、おれたちに振りまいた偽りの涙にかてて加えて、恋人のために本当の涙をこぼしたかどうかわからん。こっちにわかっているのは彼女がジュープのナップザックから帳簿を持っていったことで——」

「彼女がそうしたかどうか、はっきりとはわかりません」

「おまえは部屋を捜したと言った」

「はい。宿の女主人が急を知らせるために慌てて出ていったあとで」

「だが、帳簿はなかった」

「ええ。しかし——」

「おいおい、頼むよ。ほかにどんな理由があって、彼女自身が急を知らせようともせずに立ち去るんだね?」

「ええ、ほかに理由はないようです」スパンドレルはしぶしぶ認めた。「あなたのおっしゃったとおりに違いありません」それはあまりにも冷酷な行為だった。いまだに彼は、エステルがそんなことができるとは信じられなかった。

「彼女は姿を消し、帳簿もいっしょに消えてしまった」マクルレイスは言った。「問題はどこへ行ったか、ということだ」

それは簡単に答えの出る問題ではなかった。ザイラーが軽馬車を売ろうとしていると彼女が語ったのは嘘だったとしても、彼女自身が馬車を御《ぎょ》すことはできないだろう。もちろん、御者を雇うことはできただろうが、こちらがジュープとザイラーが死んだことを知って正しい結論を引きだすまで、たいして時間はかからないと彼女にはわかっていたはずだ。こちらより早く旅を続けることは無理だ。だから、エステルは利用できる最初の乗合馬車に乗りこんで旅をすることを選び、どこだろうと馬車に乗れるところからシンプロン峠を目指して出立するだろうとマクルレイスは推測した。

〈ドライ・タッセン〉はたまたま街でもっとも大きな馬車旅行用の宿だった。問い合わせてみると、前日の午後以降、どこ行きの便も出ていないとわかった。しかし、正午にはバーゼルとインターラーケン行きの乗合馬車が出発する予定だった。彼女がバーゼルへ引き返すとは考えられなかった。四十マイル南東にあるインターラーケンが、選択される目的地に違いなかった。とはいえ、あまりにも明白だったから、それがマクルレイスには気に入らなかった。

彼らが正午に宿屋の中庭に立って、荷物が積みこまれた馬車が出発するのを見送ったとき、その危惧が的中したとわかった。エステル・ド・フリースの姿はなかった。そのときには、〈パンジオン・ジークヴァルト〉で殺人事件があったという噂が広まっていた。外国人はわからないというのが、酒場でのみんなの意見だった。外国人同士が殺し合いをして、地元の人間が煩わされずにすんだことがせめてもの幸いだった。ジークヴァルトのばあさんはもっと慎重に客を選ぶべきだ。

夕暮れまでにマクルレイスとスパンドレルは二人がかりで、街のほとんどすべての宿屋や厩舎や下宿屋を訪ねてまわった。同行者のいないイギリス人女性、またはオランダ人女性は見つからなかった。それに、そういう女性が馬車を雇ったとか、どうやって雇えばいいか訊ねたという情報もまったく得られなかった。

「どこにも隠れようはないでしょう?」暗くなっていく通りを〈ドライ・タッセン〉へと引き返しながら、スパンドレルはそう言った。

「身を隠すことはできるさ」マクルレイスは答えた。「秘密も金で買うことができる、ほとんどのものと同じように」

「誰か旅行者に頼みこんで、いっしょに連れていってもらったということも考えられますか?」

「考えられる。彼女のような女性をはねつける男はそうはいない……そう、彼女なら、望むことはほとんどなんでも叶うだろうよ」

「それなら、彼女はどこにいても不思議はありません」

「または、どこへ行く途中であっても。そのとおりだ。しかし、すべての道はどこに通じると言われてるかな？　こうなれば、彼女はけっして諦めないだろうよ、スパンドレル。遅かれ早かれ、彼女は南に向かう。それはシンプロン山道になるはずだ。そこでかならず彼女を捕らえられる。彼女はここのどこかに隠れているのかもしれない。だが、おれはもう時間をむだにはしないし、必死で捜しまわるような真似はしない。おれたちは明朝、出発する」

短い付き合いにもかかわらず、いったんマクルレイスが決心すれば、何ものをもってしてもそれを変えられないとスパンドレルにはわかっていた。堅固な意志、不動の決心が彼の特性だった。けれども、どんなに堅固だろうと、もっと大きな力によって押しのけられることはある。いかに不動であろうと、覆すことができない決心はない。

〈ドライ・タッセン〉で自分たちの部屋に向かって彼らが廊下を歩いていたとき、前方の、彼らの部屋より少し手前のドアがゆっくり開き、宿の裏側の窓ごしに射しこむランタンの明かりが、彼らの行く手に出てきた人影にちらちらする光を投げかけた。マクルレイスはとたんに足をとめ、はっと息を吸いこんだ。その男が誰なのか彼にはわかったのだ。彼がその男に好意を持っていないのをスパンドレルは感じとった。

「おまえがくるのが見えたんだ」男は言った。彼はずんぐりした頑丈な体格の男で、体のわりには頭が大きすぎた。顔は暗がりのなかだったが、その姿態だけでも充分な威嚇を与えた。スパンドレルはふいに寒けをおぼえた。「もっと用心すべきだな」

「ウェイジメイカー大佐」マクルレイスは落ちついて問いかけた。「どうしてこんなところにいるんですか？」

「おまえとご同様の風の吹き回しだ」

「そうですか」

「わしは国王陛下のために尽力している、マクルレイス。わしはおまえより位が上だ。いろんな点でな」

「わたしにはひとつしか考えつきませんがね、大佐。しかも、いつもあなたのほうが上役だったわけではない」

「ド・フリースの未亡人はどこにいる？」

「わたしにもはっきりわかりません」

「というより、わかっていても教える気はないんだろう」

「確かに」

「だが、彼女は帳簿を持っている、そうだな？」

「帳簿を？」

「わしと目隠し遊びをするな、マクルレイス。ジュープとザイラーは死んだ。だが彼女は、おまえのぶきっちょな指をすり抜けたようだ。クロイスターマンが今、市庁舎で――」

「クロイスターマンがいっしょですか？」

「そうだ。おまえのそばでこそこそ隠れてるのはスパンドレルだな？　それなら、われわれにはちょうどお誂え向きの介添えがいるというわけだ、そうだな？」

「介添え？　あなたはまさか――」

「おまえを殺すつもりなのか？　ああ、そうするつもりだ。おまえがわしを殺さなければ。わしは言ったな、もう一度会うことがあれば、かならず決着をつけようと。そして……」スパンドレルには見えなかったが、ウェイジメイカーの声の響きが、彼が微笑を浮かべたことを告げた。「われわれはもう一度会ったというわけだ」

18

昔の恨み

「思いも寄らぬ成り行きだ、なあ、スパンドレル?・」マクルレイスはそう言いながら、〈ドライ・タッセン〉の彼らの部屋の窓辺にすわり、真っ暗なベルンの夜に目をやった。たった一本の揺らめく蠟燭の明かりで、彼がウィスキーの入ったフラスコを口へ持っていくのがスパンドレルに見えた。「まさしく、われわれには要らざることだ。まさしく、おれの望まなかったことだ」

「本当に彼と戦うつもりですか?」

「おれに選択の自由はない。外見はこんなでもな、おれは紳士であることにこだわっている。ウェイジメイカー大佐は名誉回復の機会を求めてるんだ。おれは彼にそれを与えねばならない。あした、夜明けに」

「こんなことは狂ってます」

「こうした形式はな、確かにそうだ」

「どういうことなんです？　どうして彼はあなたを憎むのですか？」

「彼の妹の死はおれに責任があると彼は非難している」

「あなたは責めを負うべきなんですか？」

「ああ、いかにも。だが彼もそうだ。われわれにはともに責任がある。それが彼には我慢ならないんだろう」

「どんな事情があったんですか、彼女が亡くなったのには？」

「それはおれの話したくないことだが、しかし、明日おれが死ぬ可能性も考えねばならない。そうなれば、憎しみを抱いている大佐の一方的な話を訂正できなくなるからな……」マクルレイスは含み笑いをした。「おれの介添えとして、おまえはおれの最後の告白を聴く者になるかもしれんのだ、スパンドレル。それはわかってるのか？」

「わたしはあなたの介添えになることを承知してません」

「だが、おまえはそうするだろう。今までにおまえのことは充分にわかっている。おれたちはこの世の決まりを軽蔑しているかもしれんが、それでもそれを遵守する。おまえがおれの介添えを拒むのは、おれが彼の挑戦を拒むのと同じぐらい臆病なことなんだ」

「それなら、わたしには理由を知る資格があります」

「ああ。確かにおまえにはある」マクルレイスはもうひと口ウィスキーを飲んだ。「あれは戦争のころのことだ。おれの誤った人生におけるほとんどの出来事がそうなんだが。華々しい日々でもあり、嘆かわしい日々でもあった。そんなふうだったんだよ、あのころは。だが、われわれは気にかけなかった。マールバラがわれわれの指揮をとっていたあいだは。厳しい難しい男だった。気持ちを読みとるのはさらに難しかった。しかし、頭脳の面でも精神面でもまさしく指導者だった。部下は地獄の割れ目までも彼についていっただろう。ブレンハイム、ラミイ、ウードゥナルド、マルプラケ。おれはそのすべての戦いに参加した。そして、そのことを誇りにしている。が、やがて、政治家たちが彼を引きずりおろした、すぐれた軍人が陰謀や秘密の取引でつねにそうされるように。政府はその方針を変えた。総司令官がその職を解かれ、平和の話し合いが始まった。われわれは名目以外のすべてで降伏し、英国軍のほとんどがイギリスへ引きあげ、一方、平和交渉は一七一二年の春から夏までだらだら続いた。おれはその何ヵ月かのあいだ、アルベマールの連合軍地区にいた。われわれが何に携わることになるのか誰にもわからなかった。そこにいたのは、ほとんどがオランダかドイツの士官で、英国の士官はごくわずかしか残っていなかった。それに、士気もごくわずかしか残っていなかった。フランス軍がその機を捉え、スケルデ川を渡ってドナンにいるわれわれを攻撃した。十七の大隊が敗れ、おれも捕らえられた大勢の捕虜の一人だった。われわれはヴァランシエンヌへ送られ、休戦協定が結ばれるまでそこで拘束された。おれはそこでたまたま、やはりフランス軍によって攻め落とされたマルシアンヌの駐屯地から送られてきたイギリス士官と知り合いになった。彼はひどい怪我をしていたが、われわれを逮捕した者たちはほとんど彼の治療をしようとしなかった。休戦協定が成立するまえに彼は死んだ。彼の名前はハットンだった。ジョン・ハットン大尉。いい男だった。彼は自分が書いた手紙を、イギリスにいる彼の婚約者の若いレディに届けることをおれに約束させた。彼の愛するドロシアに。おまえは彼女の苗字はもう知っている」

「ウェイジメイカー」

「ご名答。ウェイジメイカー家はバークシアに土地を所有していた。おそらく、今もそうだろう。おれは解放され、おれの連隊の生き残った者たちと合流するために移送されたが、すぐに半給を支給されて除隊になった。国はわれわれ兵士とは手を切ったのだ。われわれの出番は終わった。おれは何をすればいいのか、どこへ行けばいいのかわからなかった。スコットランドへ帰りたくないのははっきりしていた。ずっと昔に背水の陣をしいて故郷を出たのだ。おれは自分がいちばんよく知っているところへ戻ろうと考えた。戦場へ。世界のどこかには補充兵を欲しがっている軍隊がかならずある。だが、そのことを真剣に考えるまえに、ハットンの手紙を彼の婚約者に届けねばならなかった。おれは彼女に手紙を書いて訪問を予告してから、ウィンザーの森のはずれにある、ウェイジメイカー家の邸、ボードン・グローヴへ出かけていった」

「ウェイジメイカー大佐はそこにいたのですか？」

「いた。そのころは彼はまだ中尉だったが、おれと同様、半給に減額され自宅待機していた。彼の父親がそのすこしまえに亡くなってからは、われらがオーガスタスは自分を家族の長だと考えていた。とはいっても、彼の弟のタイベリアスが実際には領地の管理をしていた。ドロシアはといえば、家族のなかできわだっていた。ほかの家族のなかに置いてもきわだっていただろうが。美しいばかりでなく、気だてがやさしく、じつに愛らしかった。彼女にどうしてあんなに不作法な二人の兄がいるのだろうと不思議に思わずにはいられないほど、しとやかな娘だった。狼の兄たちにたいして子羊の妹。彼女はおれのお悔やみの言葉にたいして、それに、手紙を届けてもらったことにたいして礼を述べ、しばらく逗留《とうりゅう》なさってくださいと勧めた。おれはそうした。じつを言うと、長すぎる滞在だった。兄のタイベリアスが領地にある無用の建物を貸そうと言いだした。それは盲人《ブラインド・マンズ》の塔《タワー》と呼ばれていて、防護柵も手すりもなく、宙に浮いたように建物のてっぺんまで通じている外階段から名付けられた呼び名だった。だがそこの一階はコテージなみに居心地がよかった。おれは冬のあいだだけそこを借りた。春には出発する計画だった」

「実際にそうしたんですか？」

「そうした。だが、そのときまでに大変なことが起こった。ウェイジメイカーとおれが決闘するのはそのことが原因だ。おれはあの家族のことを知りすぎてしまった。それがおれの過ちだった。兵士には宿舎が必要だ。とはいえ、わが家が見つかったなどと思ってはならないのだ。ウェイジメイカー家は金がなくて困っていた。彼らの父親は収益の管理が下手だったし、タイベリアスもそれを立て直せるような男ではなかった。彼らと同居して彼らの病弱な母親の相手をしていた口の軽い叔母が、彼らの首を絞めつけている借金のことを一度ならずおれに話した。明らかにそのことが、タイベリアスがおれにブラインド・マンズ・タワーを貸すことに乗り気だった理由を説明していた。すこしでも収入があれば助かったのだ。またそのことが、彼とオーガスタスが気の毒なハットンの死をまったく悲しまなかった理由も説明していた。彼らは悲しんでいる振りすらしなかったし、何度か彼について侮蔑的な言葉を口にしたが、とうとうそれがおれの気にさわることがわかり、口を慎むようになった。彼らはドロシアのためにべつの、もっと金持ちの男を夫にと考えていた、近くの、もっと整った地所の地主であるエズマンド・ロングリッグを。ロングリッグは王室御料林の森林監督か何か、そういった役職についており、それは羨ましい役得をたっぷりともたらす職だった。そのクリスマスの舞踏会や音楽会のおりに彼とドロシアは引き合わされ、ずっといっしょにいるよう仕向けられた。ロングリッグは彼が見た相手を気に入ったが、ドロシアはそうではなかった。そのことで彼女を非難することはできない。おれ自身もロングリッグの外見を好ましいとは思わなかった。彼女の蜜蠟のような滑らかな肌にたいして、獣脂のような青白い肌。しかし、金がある。彼女の兄たちにとってはそれだけが重要だった。もしも彼から申し込まれたら――彼らはそれを見越していたんだが――それを受けるように兄たちは奨めた」マクルレイスは溜め息をつき、またすこしウィスキーを飲んだ。「彼女は考える時間をくれと頼んだ。それから、おれに助言を求めた。彼女はロングリッグが嫌いだった。だが家族の将来にとっては、彼女が彼と結婚することがどんなに重要であるかわかっていた。それでも、どうしても彼が嫌いだった。彼といっしょの人生は辛い惨めなものになるに違いない。どうすればいいだろう？」

「あなたは彼女になんと言ったのですか？」

「断るようにと」マクルレイスは横目でスパンドレルを見た。彼の顔は暗がりに包みこまれている。「彼女の兄たちがそれほど家族の将来のことを心配しているのなら、つまり、それによって彼ら自身の安楽を手に入れようと企んでいるのなら、彼らは妹の幸福を抵当に差しだすより彼ら自身が奮起すべきだ」彼は自分の言葉を思いだして微笑しているようだった。「おれの助言はそういったものだった」

「彼女はそれに従いましたか？」

「確かに彼女は断った。想像がつくだろうが、そのことが彼らをおおいに立腹させた。ロングリッグに返事をするまえに彼女がおれに会ったことがわかったために、彼らはいっそう腹を立てて、おれが彼女をそそのかしたと考えた。けなげにも彼女はそれを否定した。それでも彼らがおれを詰《なじ》ったとき、おれはあえて否定しなかった。屋敷へ呼びだされ、土地に侵入して捕まった小作人さながら詰問されても、おれは平気だった。ロングリッグも彼らといっしょにいた。おれが彼らの地所に住んでいるというだけで、兄たちはおれにどうしろと命じる権利があると思っているようだった。手厳しい言葉が浴びせられた。怒りに平静さが失われた。ロングリッグはぶしつけにも、おれがドロシアにたいして恥ずべき思いを寄せていると言った。するとオーガスタスは得たりとばかり、それは単なる思いにとどまらないかもしれないと仄めかした。おれは中傷を撤回するよう求めた。彼は拒否した。それで、おれは彼を呼びだしたのだ。ほかには手段がなかった」

「あなたが彼に決闘を挑んだのですか？」

「そうだ。しかし、決闘はおこなわれなかった。そのときにはドロシアは軟禁されていて、囚人も同然の状態だった。おれは彼女に会うことを許されていなかった。だが彼女には何が起こっているかわかっていた。彼女はメイドに持たせて、こっそりおれに手紙をよこし、兄と戦わないように嘆願した。自分のためにどちらかが死ぬことには到底耐えられないと彼女は書いていた。おれは返事を書いて、これは名誉の問題であり、オーガスタスが発言を撤回しないかぎり、おれには戦うしかほかに道がない。そして、彼は撤回しないだろうと告げた。その当時でも、彼はそうするにはあまりにも頑固だったし、あまりにも勇敢だった。彼はわざとおれを挑発して、決闘を挑むように仕向けたんだ。彼はおれと戦いたかったんだ。おれも彼と戦いたかった——神よ、お許しあれ。だが、われわれが戦うことはなかった。とにかく、これまでは。われわれが対戦する日時が決められた。その前夜、ドロシアは兄に、おれに謝ってくれと懇願した。彼が拒否すると、彼女は静かにお休みなさいと挨拶して、屋敷の最上階までのぼり、手すりを乗り越えて階段吹き抜けに身を投げた」

スパンドレルははっと息を呑んだ。「彼女は自殺したのですか?」

マクルレイスは重々しく頷いた。「それは板石張りのホールまで、まるまる六十フィートの転落だった。確実な死。そして、決闘を防ぐために彼女にできるただひとつの確実な方法だった。彼女はドレスの袖におれの手紙を隠していた、挑戦をひっこめることを断る正当な理由として名誉を持ちだした、おれの尊大な手紙を。もちろん、オーガスタスはそれを見つけた。彼は、ほかには取り柄はないとしても、熱心な捜索者なのだ。それを見つけたことが、なぜか彼女の行為にたいする彼自身の責任を忘れさせた。彼はそのすべてをおれの責任にした。当然ながら、弔意のしるしとして決闘は中止になった、ドロシアにはそうなるのがわかっていたように。しかしながら、オーガスタスに関するかぎり、それは葬儀がすむまで延期されただけだった」

「でも、あなたに関するかぎり、そうではなかった」

「ああ。ドロシアが命を投げだしてまで阻止しようとした事態を、やり通すことなどできなかった。おれは挑戦をひっこめた」

「すると、ウェイジメイカーはどうしましたか?」

「彼は自分のほうから挑戦してきた。下級士官は上官に決闘を挑むことはできないという薄弱な理由で、おれはそれを断った。もちろん、本当の理由は違っていた。だが、それは彼には通じなかったようだ。おれが持ちだした理由がいまだにまかり通っているようだからな。今ではもう彼はおれより階級が下ではない。彼と対決するのを拒むことはできないんだ」

「どうなりますか？」

「どちらかが死ぬだろう。彼は空中に発砲して満足するために八年も待ったわけではない。彼は約束を守らねば気がすまない男だ。それに、彼には決闘を好む習癖がある」

「でも、彼の妹の記憶が……」

「それは彼よりもおれの手を引きとめそうだ」

「そんなことはないでしょう？　まさかあなたが言ってるのは……」

「自分が何を言ってるのかわからないよ、スパンドレル。夜も更けた。それに、ウィスキーはおれを感傷的にする傾向がある。しかしこれだけは話す値打ちがあると思うから言っておくよ。葬儀のあと、おれはすぐにブラインド・マンズ・タワーを立ち去って旅に出た。デンマークの軍隊がスウェーデンとの戦争でおれが役に立つと考えた。そこにいたあいだに、『ハフフルー号』に乗せてもらうための交渉ができるだけの言語を覚えたというわけだ。もちろん、英国人の傭兵はおれ一人ではなかった。かなり大勢いたが、そのなかに、アイルランドで軍務についていたときに、オーガスタス・ウェイジメイカー中尉と出会ったという男がいた。ウェイジメイカーはそこで名うての決闘好きだったようだ。すぐに腹を立て、そのことで決闘を挑んで決着をつける。しかも撃ち損なったためしがない」マクルレイスはフラスコに入ったウィスキーを飲み干した。「ドロシアには充分にわかっていたんだろうな、兄よりおれを救う確率がはるかに高いことが」彼は溜め息をついた。「明日、われわれの立つ場所にたどり着いたとき、かならず頭に浮かぶ思いがあるだろう。おれが正しければ、ウェイジメイカーもおれと同じようにそのことを知っている。おそらく彼女はおれをすこし愛していた。すこしどころではなかったかもしれない。そうだとすれば、それが彼がおれを憎む本当の理由だ。そして、彼がおれを殺そうとする理由だ」

　ウェイジメイカー大佐とニコラス・クロイスターマンが共同で使用している、廊下の二つ、三つ先の部屋では、蠟燭は燃えていなかった。だが、宿泊者の一人はまだ目が醒めていた。クロイスターマンはベッドに横たわり、目を大きく開けて不安げに暗闇を見つめていた。部屋の反対側からはウェイジメイカーの安定したリズムの寝息が聞こえてくる。どうして決闘の前夜にあんなに安らかに眠れるのか、クロイスターマンには考えられなかった。彼自身はそうした決闘は慎重に避けてきたし、突然の、痛ましい、彼の見解によれば無意味な死が予想されるのであれば、何度謝罪しようが、恥をかこうが、そのほうがましだった。彼は介添えをつとめたことはなかったし、今もつとめたくはなかった。けれどもウェイジメイカーは、これは、〈グリーン・ブック〉を追跡するさいの危険なライヴァルを抹殺するために、天から賜った機会であり、したがってクロイスターマンは彼の介添えをつとめねばならないのだと、巧妙な論法を用いて強要したのだった。

明朝の撃ち合いによって抹殺されるのは、マクルレイスではなく自分かもしれないという可能性は、ウェイジメイカーの頭をよぎらないようだった。実際、彼は楽観的で、結果には自信があるようだった。「マクルレイスはもう死んだも同然だ」というのが、その件にたいする彼の相手を見くだした見解だった。決闘の理由については、介添えをつとめるのなら自分にはそれを知る権利があるとクロイスターマンは思ったが、ウェイジメイカーはあまり語ろうとしなかった。「彼はわしの妹を死なせてしまった。今度は彼が自分の命でその償いをしなければならんのだ」

二人の短気な昔の軍人が撃ち合いをする決心をしたのなら、クロイスターマンに関するかぎり、どうぞご勝手にというところだ。彼が阻止できないのは明白だ。それに、マクルレイスという同じ目的を持った競争相手がいなくなれば、エステル・ド・フリースから〈グリーン・ブック〉をもぎ取るのが容易になることは否定できない。彼女にはシンプロン峠にたどり着くまえにかならず追いつけるだろう。しかしながら、こうしたことを考えてもいっこうに心は安まらなかった。彼はウェイジメイカーに好意を持っていなかったし、彼を信用してもいなかった。これは迅速で公正な殺しであり、結果に責任を負うことも刑罰を科せられることもなく、昔の恨みに決着をつけると同時に、現在の問題を解決できる手段なのだという大佐の言葉には賛成できなかった。クロイスターマンの経験では命はそんなに簡単なものではなかったし、死もまたそうだった。

　とくに頭を悩ませたのは、決闘にたいしてスイス当局がどんな態度をとるか見当がつかないことだった。彼が知っているかぎりでは、何か古くからの州法によってそれは禁じられているはずだった。そうだとすれば、決闘者と同じく介添えも法に違反することになる。市庁舎を訪れたさいに彼は保安官にたいして、自分は英国政府から派遣されたれっきとした政府の代理人であると名乗り、ザイラーとジュープの死について話し合ったのだった。そんな人物が決闘に巻きこまれたことに保安官がどんな反応を示すか、彼は考える気にもなれなかった。とはいえ、ウェイジメイカーはウォルポールの手下だった。そしてウォルポールは、もうすぐ彼ら全員の運命を支配することになりそうだった。クロイスターマンは命じられたとおりにするしかなかったのだ。

　そうは言っても、このことにこれほどまでに取り憑かれる必要はなかった。彼がとりわけ腹立たしかったのは、ほかのことをまったく考えられないことだった。〈パンジオン・ジークヴァルト〉で二人の男が命を賭けて戦う事態に立ち至った異常な状況のもとでは、考えるべきことは多々あるはずだった。ザイラーとジュープは互いに相手を殺し、エステル・ド・フリースは〈グリーン・ブック〉を持って逃げてしまった。そのことははっきりしているようだ。だが、彼女はどこへ逃げたのだろう？　シンプロン山道はあまりにも見えすいた目的地だったから、それでは明白すぎるのではないかとクロイスターマンは危惧した。ド・フリース夫人は図々しい、機知に富んだ女性であることがはっきりした。ただ、どれぐらい機知に富んでいるのかがわからないという不安がある。これまでに彼女が実際にとった行動のなかに、彼女の意図が見え隠れしているはずだと彼は確信していたが、それを突きとめることに気持ちを集中できないのだった。その代わりに、彼が知るよしもない遠い昔に死んだ女性をめぐり、彼のほとんど知らない二人の男のあいだでおこなわれる夜明けの決闘という残忍で不条理なことが、彼の心をふさいでいた。こうした苦境に陥った自分の立場はじつに惨めだった。しかも、決闘をおこなう当人が同じ部屋で赤子のように眠っているがために、なぜかいっそう惨めに思われるのだった。クロイスターマンのほうはこの部屋で長い夜が終わるまで、輾転反側《てんてんはんそく》する運命だった。そして、そのあと……

「ちくしょう、ダルリンプルのやつ」彼は声をひそめて呟いた。「わたしがこんな目に遭う謂われはなかったんだ」

だが、彼にもわかりすぎるほどわかっていたように、謂われのあるなしは、これとはまったく関係がなかったのだ。

19

決闘の報い

ベルンの街並みの屋根だけが彼らの頭上に——川を包みこんだ靄《もや》の上に——浮かんでいる。それはさながら、山々やもろもろのものに囲まれた夢の街の風景のようだった。

静まりかえった、寒い、そよとも風のない夜明けで、四人の男たちが集まったのは、靄の切れ目とインターラーケンに通じる道路のあいだの、雪がまばらに残っている傾斜した草原だった。最初にわずかな言葉が口にされたが、そのほとんどはクロイスターマンがおずおずと決闘の中止を求めた形式的なものだった。それにたいしてウェイジメイカーは不機嫌にその求めを拒絶し、マクルレイスは諦観したように肩をすくめた。スパンドレルとクロイスターマンは震えていて明らかに不安げだったが、それとは対照的に、命を賭けようとしている二人の男は平然と落ちついていた。彼らは大外套を脱ぐと、ウェイジメイカーが持参したピストルケースを開いて、一対のピストルの好きなほうをマクルレイスに選ばせた。彼らは自分たちの介添えがその任務に耐えられそうもないと判断し、無言のまま自分たちでピストルに弾丸をこめた。

「どちらが最初に発砲するか決めるために、われわれはコインを投げねばならない」クロイスターマンはポケットからコインを一枚取りだした。「ただし、もしも……」だがそこで彼は首を振って、仲裁しようとする最後の努力を放棄した。

「そんな必要はない」とウェイジメイカーは言って、マクルレイスと視線を合わせた。「互いに十歩進み、それから向きを変えて撃つ。それでいいか？」

「どうでもお好きなように」マクルレイスは答えた。「何がなんでもこれをやりたいと望んでいるのはあなたなんだから、手順もあなたが決めればいいでしょう」

「では、決まりだ。金はしまったらいい、クロイスターマンくん」

「せめてあなたがたのために歩数を数えましょうか？」クロイスターマンが唇をすぼめてそう訊ねた。

「そうしてくれ」ウェイジメイカーが答えた。「さあ、始めようか？」

「ひとつだけ」マクルレイスが遮った。「始めるまえに」

「ふむ？」

「ドロシアはこんなことは――」

「妹を名前で呼ぶのはやめてもらおう。おまえにそんな権利を与える気はない」

「あなたがやろうとしていることは彼女の思い出を汚すことだ」

「確かにおまえには勇気があるようだ。では、それがどれほど揺るぎないものか確かめるとしよう。おまえはここへ話をするためにきたのか、それとも、戦うためかね？」

「あなたの決闘の申し込みに応じるためですよ、大佐。そうするしかないのでね。しかし、このことははっきりさせねばならない。八年前、われわれにこんなことをさせないためにドロシアは彼女の命を犠牲にした」

「それは本当ですか？」クロイスターマンが訊ねた。

「本当かどうか、あんたたちには関係ないことだ」ウェイジメイカーが怒鳴った。「ひっこんでろ。さあ、始めるとしよう」

「わかりましたよ」クロイスターマンは後ろにさがり、スパンドレルについてくるように合図した。

二人が三十ヤードほど離れると、ウェイジメイカーはピストルの撃鉄を起こし、マクルレイスもそうした。彼らは互いに頷いてから、背中を合わせて位置についた。

「おお、神さま」クロイスターマンが呻《うめ》いた。「こんなことが本当に起こるとは」

「起こらないだろうと思ってたんですか？」スパンドレルが訊いた。

「そう願ってた」彼は溜め息をつき、それから大声で呼びかけた。「いいですか？」

「いいぞ」ウェイジメイカーが答えた。
「いいぞ」マクルレイスも請け合った。
「一」クロイスターマンが叫んだ。それと同時に彼らは歩きだした。

スパンドレルの階層では、決闘は暮らしと無縁だった。それは彼にとっては上流階級の奇妙で風変わりな特権だった。それに将校たちのあいだにも、どんなに卑しい生まれだろうと、決闘という手段に訴える習慣があった。彼はディック・サーティーズのおかげで、一度それを目撃したことがあった。ディックはコーヒーハウスで介添えたちが打ち合わせをしているのを小耳にはさみ、そこへ行って、脳味噌の足りない二人の威勢のいい若者が、相手を利用して射撃演習するのを見物しようと言ったのだった。それはハイドパークでの血を流さない戦いだった。くだんの〝脳味噌の足りない威勢のいい若者たち〟は、彼らの標的をはるかにはずしてしまい、そうなったことに心底ほっとした様子で、親友同士のように腕を組んで去っていった。今まさに目撃しようとしている二度目の決闘も同じ結果になればいいと、スパンドレルは思わずそう願っていた。しかし心のなかでは、そうはならないとわかっていた。少なくとも血が流されるだろう。ひとつの命が――ウェイジメイカーか、それともマクルレイスの命が――今ではわずか数秒後に迫った撃ち合いで失われることになりそうだった。それがマクルレイスの命ではないようにと強く願った。だが、そうはいかないかもしれない。彼は不安でたまらなかった。十が数えられたとたん、スパンドレルははっと息をとめた。

向きを変えたときには、二人の男は約二十ヤード離れていた。ウェイジメイカーは踵を軸にくるりと向きを変え、マクルレイスより一瞬すばやく——より自然に——腕を上げて狙いをつけた。ウェイジメイカーが発砲したとき、スコットランド人の腕はまだわずかに水平の位置に達していなかった。ピストルの発射された轟音が、クロイスターマンが十を数えたあとの静寂を破ったが、それも、草原の先の靄でぼやけた木立から飛び立ったミヤマガラスの鳴き声に呑みこまれてしまった。凍りついたような一瞬、スパンドレルには何が起こったのかわからなかった。それに応じる発射音はなかった。二人の男は街を背景にして完全に静止したままだった。人差し指を立てたような聖堂の塔が、彼らがそこから歩数を数えていった地点を示していた。

そのあとマクルレイスが呻き声をあげ、一歩、横によろめいた。腕がすとんと落ちた。もう片方の手が胸のほうに動いた。彼は今にも倒れそうに見えた。ウェイジメイカーはゆっくりピストルをおろした。「彼が仕留めた」クロイスターマンがそう言って、足を前に踏みだした。「そうすると断言していたように」

だが、マクルレイスは倒れなかった。人間というより獣にちかい唸り声を洩らして、彼は体をまっすぐにねじり起こした。その努力で彼の胸が波打つのがスパンドレルに見えた。彼は撃たれた。おそらくは致命傷だろうが、弾丸よりも強い何かが彼をしっかりと立たせていた。彼は横に出した足をよろめきながら元に戻したが、切迫した呼吸がまわりの空気に白い息を吐きだした。それから彼はもう一度ピストルを上げた。

「彼は撃つつもりだ」クロイスターマンがはっと足をとめて言った。

「おまえは死んだ男だ、大尉」ウェイジメイカーが敵に呼びかけた。「まっすぐ撃つことはおろか、まっすぐ立っていることもできない」そう言って、彼は地面にピストルを投げた。

「これは――」

二発目のピストルの発射音が轟《とどろ》いた。ウェイジメイカーの頭がぐいとはげしく後ろにのけぞり、そこから血が噴きだした。体がぐらりと揺れてから仰向けに倒れ、凍った芝草にどしんとぶつかった。ほかの動きはなかった。紐の切れた操り人形さながら、彼は倒れた場所でそのまま身動きひとつせず死んでしまった。

「驚いたな」クロイスターマンが呟いた。「なんということだ」

マクルレイスはピストルを地面に落とした。それからゆっくりと、まるで跪《ひざまず》いて祈ろうとするかのように、すとんと膝をついた。スパンドレルが彼のほうへ走りだした。走っていく途中で大尉が横向きにころがるのが見えた。ごほごほとつづけざまに咳きこんで体が痙攣《けいれん》した。それから、じっと動かなくなった。

「大尉？」スパンドレルは彼の上に屈みこんで肘にさわった。マクルレイスのチョッキは血で濡れており、傷を摑んでいる彼の手の指を伝って血が滴り落ち、体の下の霜で白くなった草を黒ずんだ色に染めている。「わたしの声が聞こえますか？」

「ああ……聞こえる」マクルレイスは歯をくいしばって答えた。「ウェイジメイカーは？」

スパンドレルはクロイスターマンのほうを見た。彼は急いで大佐が倒れているところへ行き、体の上に屈みこんでいた。その問いかけが耳に入り、彼は肩ごしに振り返って言った。

「完全に死んでます、大尉。間違いありません」

「だが、彼は依然として……おれより有利な立場だ」マクルレイスは微笑んでいるように見えた。「すくなくとも彼は死んだ……きれいさっぱりと」

「あなたは死にませんよ、大尉」スパンドレルは言った。

「おまえが正しければいいんだが。でも、いつものように……おまえは見当違いをしている。ウェイジメイカーと……違って」

「医者を連れてくるよ」クロイスターマンが言った。「できるだけ早く。きみはここにいるんだ、スパンドレル。そして、彼に話しつづけるんだ。それが役に立つかもしれん」

二人の男は頷き交わし、すぐにクロイスターマンは軽やかな足どりで野原を駆けだした、外套の裾をひらひら背後になびかせながら。彼は橋のまわりの集落のほうを目指していた。彼らがそれを渡って街から出てきた橋のほうを。エステル・ド・フリースがそこから〈グリーン・ブック〉を投げ捨てたと主張した橋のほうを。彼女がそう主張してからまだ三十時間ぐらいしか経っていないのに、それ以後、ザイラーとジュープとウェイジメイカーがそろいもそろって非業の死を遂げた、彼らがまったく予想もしていなかったときに。そして今、マクルレイスも彼らのあとを追おうとしている。

「彼は行ったのか？」マクルレイスはかすれた声を振りしぼった。

「はい。心配いりません。彼は——」

「ぺちゃくちゃ喋るのはやめて、おれの言うことを聞け、スパンドレル。おれはもう長くない。死にかけてるんだ」

「いいえ、違います。あなたは死にません」

「おれに逆らうな、ちくしょう。いやというほど死は見てきたから……これまでに……それがどんなものか充分に知っている。黙っておれの言うことを聞け」

「聞いてますよ、大尉」

「よし。これは……重要なことだ。おまえはここを出発すべきだ。すぐに」

「そんなことはできません」

「行かねばならない。おれの巾着を持っていけ。おれの外套に入れてある。そこに金が入ってる。ギニー。ルイドール。それにゼッキーノ。ローマへ行くにはそれが必要だ」

「ローマ？」

「おまえは続けねばならんのだ……おれがいなくても」

「こんなあなたを置き去りにはできません」

「ほかに……方法はない。おれは以前ここにきたことがある。ベルンではないが、スイスに。ここはカルヴァン主義の州だ。カトリックがやたら寛容で……決闘さえ大目に見るのを、彼らはきびしく批判している。保安官が何があったのか知れば……おまえとクロイスターマンはすぐさま逮捕されるだろう。おまえは戻されたいのか……監獄へ？　それもおそらくはアムステルダムの監獄だ。殺人容疑者としてのおまえの指名手配書が……アムステルダムからここへ送られてくるだろう……おまえが勾留されているあいだに。おまえは……それを望むのか？」

「望みませんよ、もちろん」

「それなら、行け。まだそうできるあいだに」

「でも医者がくるまでは、あなたを置き去りにできません」

「医者にできることは何もない」マクルレイスは痛みに体を縮めた。「葬儀屋だ、こうなったら。葬儀屋なら……役に立つ」

「そんなこと言わないでください」

「おれは……事実と向き合ってるだけだよ。おまえも……そうしなければいけない。クロイスターマンが戻ってきたときに、ここにいてはならない。彼は政府の人間だ、覚えてるな……だから、おまえを当局に引き渡すことができるんだ……彼自身の自由と引き換えに。彼に……委員会の金を使わせたくない」

「彼はそんなことはしませんよ」

「そうかな？　おまえは人を信用しすぎるんだ、スパンドレル。それがおまえの……大きな弱点だ。それでも、今度だけは……おれを信用しろ」

「そうします」

「よし。それなら……」マクルレイスは体をねじり、驚くほどの強さでスパンドレルの腕をぎゅっと摑んだ。「頼むから行ってくれ」


クロイスターマンが、朝食の席から呼びだされるのがおよそ嬉しげではない医者と、彼の二人の下男とともに毛布と担架を用意して草原へ戻ってきたときには、半時間が経過していた。マクルレイスは意識はなかったものの、まだ呼吸をしていた。しかし、そこにスパンドレルの姿はなかった。彼はマクルレイスを本人の大外套でくるみ、できるだけ温かくしておくために、さらにウェイジメイカーの大外套もその上からかけた。そして、そのあと……

「どこへ行ってしまったんだ、スパンドレルは？」クロイスターマンはそう呟いて、怪しむように遠くを見つめた。「いったい何を企んでるんだ？」

「この男は死にかけてますよ」医者の言葉が彼の思考の流れを遮った。「彼をわたしの家へ連れていかねばなりません」

「けっこうです」

「決闘が……おこなわれたんですか？」

「はい」

「だが、今日は日曜日です。安息日ですよ。あなたがたは……」医者は顔をしかめて彼を見た。「軽蔑すべきだ《フェアアハテンスヴェルト》」

「なんですって？」

「急がないと。われわれは彼を救えないでしょうが、ともかくやってみなければ」

彼らはマクルレイスを担架にのせて紐でしばり、きびきびした足どりで草原を横切りはじめたが、クロイスターマンはそのあとに続こうとしなかった。

「いっしょにきてください、あなたも」医者が彼に呼びかけた。「事情を訊かれるでしょうから」

「もちろんです《ナテューアリヒ》」クロイスターマンはあとを追った。最初は追いつけるだけのスピードだったが、すぐに速度が落ちた。事情を訊かれる？　そうだ。そうなるだろう。大量の質問が浴びせられる。だが、充分には答えられない。彼は足をとめて、ウェイジメイカーの死体のほうに目をやった。砕けた額の下の顔は蒼白で、凍りついた草に流れた血が黒く凝固している。彼は前夜の大佐の安定した寝息を思いだした。あのすごい自信、すごい精神力が瞬時にして砕け散った。

「ちょっと、あなた！」医者の声が冷たい澄んだ空気を突き抜けて彼のところに届いた。

「葬儀屋《アイン・ライヒェンベシュタッター》が必要だよ。きなさい《コム》！」

「行きますよ。すぐに」

どうすればいいだろう？　スパンドレルは逃げてしまった。それは明白だった。しかし、誰が彼を責められるだろう？　クロイスターマンには責められない。彼自身も同じことをしたいと思っているのだから。彼はウェイジメイカーの手助けをするように命じられた。ところが、ウェイジメイカーは死んでしまった。大佐が死んだ場合、ウェイジメイカーに代わって任務を全うすることについては、ダルリンプルは何も言わなかった。厳密に言って、クロイスターマンの任務は終わったのだ。ハーグに戻って、彼らにふりかかった悲惨な事実を報告しても咎められることはないはずだ。むろん、非難はされるだろう。けれども、彼が責任を問われることになる、この平和な街で引き起こした騒動にたいして——しかも、医者が指摘したように安息日に——ベルンの官憲の尋問に答える羽目になるほうがはるかに耐えがたかった。医者はこちらの名前も知らないし、目下のところはマクルレイスのことで頭がいっぱいだ。クロイスターマンが逃げるチャンスは充分あった。だがこのチャンスが長く続くわけではない。ここでそれを利用しなければ後悔することになるだろう。これまでにしても、アムステルダムを出発して以来、すべての出来事を悔やんでばかりいたのだ。今は自分のことを考えねばならないときだった。

「許してください、大佐」彼は道路のほうへ向きを変えながら呟いた。「わたしはどうしても行かねばなりません」

20

チャンスと選択

　下院でおこなわれた財務長官、チャールズ・スタナップの審理は、厳しく審議され、慎重に裁決された。提出された証拠はのっぴきならないものに思われたが、ウォルポールが精力的に弁護し、国王がかなりの議員にたいし棄権するよう懇請したという噂が広まっていた。実際のところ、棄権することがスタナップを救う最後の手段だった。当のブロドリック委員会のメンバーでさえ、投票のおこなわれるまえに三人が議場を去ったが、当然のように名前があがっていたスローパーもその一人だった。結局、スタナップは百八十票対百七十七票で無罪となった。

　このようにして主要な被疑者がまんまと罪を逃れたことにたいする一般の反応は、予想どおり非難ごうごうたるものだった。そのあとの数日間は、今にも暴動が起こりそうな空気が広がっていた。またしても政治家たちが正義をないがしろにしたという意見が圧倒的だったのである。

その状況がさらに燃え広がるのを避けるために、最近死去した南部地区担当の国務大臣だったジェイムズ・クラッグズ（息子）の葬儀は、夜に執りおこなうべきだと決まった。それゆえ、スタナップが無罪になった翌日、夜陰にまぎれて大勢のアン女王時代のイギリスの偉大な人々、善良な人々が――もしくは、見方を変えれば強欲な人々が――ぞろぞろ列をつくってウェストミンスター寺院に入っていき、死によって多くの非難を免れた人物にたいし弔意をあらわしたのだった。

地味な服装の会衆の前列近くで、タウンゼンド子爵は気がつくと、ウォルポールとサンダーランド伯のあいだにすわっていた、政治の天空を駆けのぼっていく男とその勢力が衰えつつある男のあいだに。

しかしながら、そのころにはほとんど権力が尽きかけていた男にしては、サンダーランドは彼が直面している難局には驚くほど無関心な様子を繕っていた。「数日のうちにカータレットがクラッグズの後継者として正式に認められるだろう」彼は無造作にそう口にした。

「あなたは彼が言いなりになると思うかね、タウンゼンド？」

「彼は従順さを買われて推薦されたわけではないよ、スペンサー」

「そうかな？　では、能力を買われたのか？　能力というのは危険なものになりかねない」

「ただし、それ自体が危険なわけではない」ウォルポールが割りこんだ。

「ああ、そうとも」サンダーランドは言った。「スタナップが無罪をかちとったことは、明らかに……誰かさんの高い統率能力を示唆している」

「あれは確かに、まだ審理を受けねばならない人々にとってはいい前兆だ」ウォルポールはゆがんだ笑みを浮かべた。

「陛下は、そしりを受けている彼の閣僚全員が無罪になれば、お喜びになるだろう」サンダーランドが言った。「願わくは、もっと大きな得票差によって」

「それは望みすぎだろう」

「国王の特権だよ、ウォルポール。あなたにそれがわからないなら……」彼は肩をすくめて手にした祈禱書《きとうしょ》をさっと開いてから、ふたたびそれを閉じて、表紙をとんとん叩いた。「ほかにはどんなことを、陛下はいたく心にかけておられるだろうな？」彼は微笑した。

「〈グリーン・ブック〉《ダス・グリュン・ブーフ》だよ、彼がおずおずと言及されたところによると」

「目下、やっているところだ」

「しかし、まだわれわれは入手していない」

「今はまだ」

「もうすぐかね？」

ウォルポールは唇をゆがめた。「そう信じている」

「ウェイジメイカーを派遣した、そうだな？」サンダーランドの情報網が相変わらず効率よく機能しているという、この不安を覚える証拠に接して、タウンゼンドはできるだけ驚いた様子を見せまいとした。「もしも彼が失敗したら——または路傍で倒れたら——どうするんだ？」

「ご心配なく、スペンサー」ウォルポールが答えた。「何が起ころうと、あなたに助言を求めたりはしないから」

「求めない？　だが、いずれにしても少々助言があるんだがね。あなたは——」

サンダーランドが政治家としての彼の知恵の精華を口にするまえに、葬儀の開始を告げる太鼓の音が響き、背後の足を引きずる音と咳払いが棺の到着を知らせた。三人の男は左右の人々とともに立ち上がった。二度目の太鼓の音が響いた。そのあとの厳粛な葬送の調べが始まるまでのほんのわずかな合間に、サンダーランドはタウンゼンドのほうに体を傾けて、告げようとしていた言葉を言いおえたが、あまりにも声をひそめていたから、タウンゼンドにはウォルポールがそれを聞きとれたとは思えなかった。

「つねに最悪を想定すべきだ」

最悪を想定するのが、亡くなったウェイジメイカー大佐といっしょにハーグを出立して以来、ニコラス・クロイスターマンの第二の天性になっていた。何ひとつとしてきちんと計画どおりに運ぶことはなかったし、ほとんどすべてのことがうまくいかなかった。ウェイジメイカーは死んでしまい、〈グリーン・ブック〉はおそらくもうアルプスの向こう側にあるだろう。そうした状況のなかで、クロイスターマンの最近の行動ときたら――自分でもそう認めざるを得なかったが――とうてい振り返るには耐えられなかった。奇妙にも彼は副領事の威厳をかなぐり捨て、ともかくアムステルダムへ逃げ帰り、ダルリンプルが投げつけるどんな非難にも立ち向かおうと考え、ほかにはっきりした計画もないままベルンから脱出したのだった。

しかしながら日が経つうちに、その考えは賢明ではないと思うようになった。彼はもともと乗馬が得意ではなかったから、乗合馬車で旅をするほうが向いていると思い、ブルクドルフで馬を売ってしまった。スピードは遅いが信頼できるその輸送方法は、彼をまずルツェルンへ運び、それからチューリッヒへ、そのあとさらに温泉町のバーデンへと運んだ。バーデンに着いた彼は、ライン川を目指して北上し、川をくだる船を捜すまえに、温泉をためそうかと考えた。温泉には彼を元気づけてくれる効果があるかもしれない。それはロンドンでクラッグズの葬儀が執りおこなわれた夜のことだったが、バーデンで実際に温泉をためすまえに、彼はそんなことをしても役には立たないだろうと悟った、けっして役には立たないと。

リマト川の土手ぞいの人気のない寒い遊歩道を歩いていたとき、憂《うれ》わしげにパイプをくゆらせながら彼は事態を再検討した。彼なりにあれこれ考えると、彼が置かれた状況は、いましがた〈ラッペルスヴィル・イン〉で食べた食事よりもっとまずかった。しかし、口に合わない食べ物を呑みこまねばならないように、不愉快な事実と向き合わねばならないときがあるのだ。彼はこれまで以上の成果をあげることを期待されている。結局のところ、彼はウェイジメイカーと同じ上司に仕えているのだ。その上司は〈グリーン・ブック〉を取り戻さないかぎり満足しないだろう。その目的のために努力を惜しまなかったことをはっきり示さないかぎり、失敗は許されない。だがこれまでのクロイスターマンは、最小限の努力とは言わないまでも、精一杯やったというよりしぶしぶ努力したようにしか見えない。彼はもっと頑張らねばならないのだ。

クロイスターマンは足をとめ、真剣な目つきで川をじっと覗きこんだ。この種の任務は彼に向いていなかった。まったく向いていない。それでも、彼が専念しなければならない任務だった。明日から直ちにとりかかろう。彼は溜め息をつき大外套の襟を立てて、宿屋のほうへ引き返しはじめた。宿屋に着くと、翌朝早くに起こしてもらう手はずをととのえた。

翌日の朝早く起こしてもらうことなど、ウィリアム・スパンドレルは考えもしなかった。彼がベルンから逃亡したのは、クロイスターマンが目的もなく、なんとか難を逃れようとしたのとはまるで違っていたものの、妙なことに同じ結果になってしまった。〈ドライ・タッセン〉へ馬を取りに戻る危険を冒すことはできないと思い、彼はいちばん近い乗合馬車の駅舎までインターラーケン道路を南に向かって歩いていき、マクルレイスの金を使ってトゥーンまで馬車に乗った。そして、そこで悲しみに暮れながら孤独な一夜を過ごしたのち、翌日の早朝の南行きの馬車に乗った。ところが、何時間もがたがた馬車に揺られたあげくに、トゥーンの宿の主人が南と言ったのは、シンプロン山道のことではなくジュネーヴ湖のことだったとわかった。彼の旅の二日目はヴヴェーで終わりになり、旅を始めたときより少しも目的地に近づいていなかった。

当然ながら、彼はヴヴェーの〈オーベルジュ・ドゥ・ラック〉に長く滞在するつもりはなかったのに、夜中にはげしい悪寒に襲われて目が覚め、そのあとの二日間、ベッドから動けなくなってしまった。あまりにも気分が悪くて、宿を出発することはおろか、部屋から出ることも考えられなかった。かなり同情的だった女主人のジャキノ夫人によると、〝すっかり流行性感冒にやられている《ラ・グリップ・セ・パルトゥート》〟から、発汗によって治す以外、手だてはないというのだった。ロンドンでクラッグズの葬儀がおこなわれた夜、クロイスターマンがバーデンで引き返す決心をした夜、スパンドレルはどうにも身動きのできない状態だった。

その翌日には、ふだんの健康らしきものがいくらか戻ってきた。午後には、窓のかたわらにすわって、宿の下の波止場に出入りする渡し船や乗合船を眺められるほど気分がよくなった。陽光が湖面にきらめき、ガラスごしに彼を温めた。天候には春のような輝きがあった。

マクルレイスにエステル・ド・フリースを追跡すると約束したにもかかわらず、まだ何もしていないという自責の念さえなければ、この風景を眺めながら、ある程度の満足を感じることができたかもしれない。

ベルンの郊外の雪がまだらに残る草原に死にかけているマクルレイスを置き去りにして以来、スパンドレルはいつにもまして彼を恋しいと思った。自分でも思いがけないほど彼を失ったことがひどく悲しいだけではなかった。何をすべきか、いつそうすべきかを、マクルレイスはいとも簡単に決めてくれた。今では、スパンドレルは自分で考え行動しなければならなかった。明日、彼はシンプロン山道に向かって出発する。エステルがその道を行ったとすれば、今ごろはほぼ間違いなくアルプスの向こう側にいるだろう、もしかしたら、ミラノの向こうまでも行っているかもしれない。と言っても、イタリアの地理についてはあまりにもあやふやな知識しかなかったから、彼女がどのあたりにいるのか、彼女がローマにたどり着くまでどれぐらいかかるのか見当がつかなかった。マクルレイスがこれから先の旅について言及したときに、もっと注意を払うべきだった、チャンスがあったあいだに。現状では、どんなものであれ、みちみち収集できる情報に頼らざるを得ないだろう。

もちろん、運に恵まれねばならない。これまで彼は運に恵まれたことはなかったようだ。だが、運というのは——優美なピンクの帆を張ったヨットが波止場に向かって進んでくるのを見まもりながら、彼は考えた——いずれにせよ、最後にはかならず変わるのだ。

彼の眼下でヨットが停泊して乗船者がおりてきたその瞬間、まさしく彼の運が好転した。

乗船者は三人だった、男が二人と女が一人。男は二人ともフラシ天の帽子をかぶり、リボン飾りのある鬘《かつら》をつけていて、前を開いて風になびかせている贅沢な紐飾りのある大外套の下から、フリルのある襟飾りとブロケードのチョッキがのぞいている。彼らはほぼ同じ年齢で――二十代の半ばから後半ぐらい――たっぷりと金を持っているようだ、とにかく、高級な仕立屋に浪費するだけの金は。しかし身体的外見では、これほど違う二人組もめったにいなかった。一人は背が高く、痩せこけていて、細くて青白い骨ばった顔に、ぼってりした女性っぽい唇がそぐわない感じだった。華奢《きゃしゃ》な曲がった足首を支えるためにステッキを振りまわしながら、ひと足ごとにポーズをとっている。もう一人は背が低くて肉づきがよく、若いぽっちゃりした体型と中年の肥満のちょうど中間といったところだ。のっぺりした顔立ちの、作り笑いを浮かべた顔。その血色のいい顔色が気分が高揚していることを示していた。自信たっぷりの闊歩のつもりだと思われる足どりで波止場をどしどし歩いていく。

彼らは二人ともイギリス人だった。彼らが大声でまくしたてる語調がスパンドレルのすわっているところからも聞きとれた、彼らが話している言葉はきれぎれにしか聞き分けられなかったけれど。彼らの連れの女性もイギリス人だった。このことははっきりしていた、彼にわかるかぎり彼女はひと言も喋っていなかったとはいえ。それに、彼女の服装の好みもその身元を明かしてはいなかった。くすんだ灰色の旅行用外套の下からのぞいている空色のドレスは申し分なく魅惑的だったものの、奇妙なほど個性がなかった。彼女の身元を疑問の余地のないものにしたのは、彼女が誰かスパンドレルにはひと目で見分けられたからだった。彼女はエステル・ド・フリースにほかならなかった。

スパンドレルは大急ぎでブーツをつけコートを羽織ったが、いきなり体力を使ったために咳の発作が起こった。それがおさまらないうちに部屋を出て階下へ急いだ。エステルと彼女が新たに見つけた友人たちは、最後に見たときには、湖やその彼方の雪をいただいた山々の景色に見とれながらのんびり波止場を歩いていた。けれども、彼らはもうどこにも見あたらないか、それとも、またボートに乗りこんでしまったに違いない。運命が彼に手渡したチャンスは束の間のものだった。彼はどうしてもそれを摑まねばならなかったが、ホールにたどり着き玄関ドアに向かったときも、まだどうやって摑めばいいかわからずに気がせくばかりだった。

だが、急ぐ必要はなかった。彼らはジャキノ夫人に案内されて食堂へ行くところだった。彼と同様、〈オーベルジュ・ドゥ・ラック〉のペンキを塗ったばかりの歓迎ムードに彼らも心を惹かれたようだった。エステルは歩きながらホールのほうへちらっと目を向けて彼を見た。彼女がはっと息をとめ慌てて目をそらしたのがわかった。すぐに彼女は立ちどまりジャキノ夫人に話しかけた。何か頼んでいるように見えた。二人の男はそのまま食堂へ足を進めたが、ジャキノ夫人はエステルをホールの先へ案内した。スパンドレルは見えないように階段へ戻った。眼下のドアが開き、その奥の小部屋の洗面台と鏡が見えた。「メルシー、マダム」エステルが礼を言ってなかに入りドアを閉めた。すぐにジャキノ夫人は男たちの世話をするためにせかせかと立ち去り、彼らの笑い声が天井の低い食堂にこだまするのが聞こえた。

スパンドレルはおそるおそる小部屋のドアに近づいた。そのときドアが開き、エステルが出てきて彼と顔を合わせた。「スパンドレルさん」彼女は言った。「まあ、これは……驚きましたわ」それは嬉しい驚きではないと彼女の表情が告げていた。

「あそこに小さな庭があります」スパンドレルが建物の裏手のほうへ顎をしゃくった。「そこで話ができます」

「あまり時間はとれませんけど」

「あの二人のめかしこんだ若者が何者かは知りませんがね、ド・フリース夫人、ベルンで死んだあなたの恋人のことはもとより、殺害された夫をあなたがアムステルダムに置き去りにしたことも、彼らはまったく知らないに違いないと断言しますよ。事情が事情だから、あなたは必要なだけの時間をとれるはずだと思いますがね。そうでしょう?」

「お具合がよくないようですね」彼らが日向へ出ていって相手と向き合ったとき、彼女はそう言った。

「反対に、あなたはとても元気そうです」それは本当だった。湖の空気のせいか、それとも、追いつめられて興奮しているせいか、頬が紅潮している。彼女はすこしも怯えていないようだった。事実、こうした事態の展開に迷惑がってはいても、動揺することなく、まったく平静に見えた。

「マクルレイス大尉はどこにいるんですか？」

「死にました」

彼女は眉をひそめた。「それはお気の毒に」

「政府の代理人がわれわれに追いついて、決闘があったんです」

「それで、その代理人は？」

「やはり死にました」

「つぎつぎ亡くなるんですね。残念ですわ、スパンドレルさん。あなたは信じてはくださらないでしょうけど」

「どうして信じられますか？　アムステルダムではわたしについて嘘の証言をした。ベルンではわたしに嘘をついた」

「ああした嘘は……どうしても必要だったんです」

「あなたはまだ〈グリーン・ブック〉を持ってるんですか？」

「安全な場所にあります」

「どこですか？」

「銀行。ジュネーヴの」

「ベルンを去ったとき、どうしてシンプロン山道に向かわなかったんですか？」

「わかりません。混乱してたんです。ピーターの死があまりにも残忍で、あまりにも……ばかげてて。起こった事態にショックを受けて考えることができなかった。彼らは殺し合いをしたんです、彼とジュープは。それはご存じですか？」

「彼らの死体を見ました。ほかの人に発見されるようにあなたが置き去りにした死体を」

「とどまっているわけにはいかなかったんです。どんな状況だったかはあなたにも理解できるはずですわ」

「ええ、それは」

「すごく無情な女だと思っていらっしゃるんでしょうね？」

スパンドレルは頷いた。「ええ」

「そう見えるに違いありませんね。でも、そうじゃないんです――」いっしょに建物から出てきたドアのほうを彼女は振り返った。「もうすぐ、わたくしがいなくなったことに気づかれますわ」

「彼らは何者なんです？」

「バクソーンさんとシルヴァーウッドさんは若いイギリスの紳士で、知力を向上させるために父親が海外へ送りだしたんです。ジュネーヴで彼らと出会い、二人に頼みこんでわたくしも仲間に加えてもらいました。数日のうちにはトリノに向けて出発することになってます。モンスニ山道はシンプロンと同じく、それほど手強くはないだろうと思いますから」

「どうしてジュネーヴへ行ったんですか？」

「助けもなしに、たった独りで旅をやり通すことは無理だと思ったんですわ。わたくしが必要とする助けを見つけられそうな街としては、ジュネーヴがいちばん近かったんです」

「そして、あなたの期待したとおりだった」

「あなたはどうしてヴヴェーへこられたんですか？」

「たまたま幸運なことに。あなたにとっては不運なことですが」

「あなたが彼らに何を話そうと、それを否定しますわ」

「否定すれば、それで充分でしょうかね？」

「かもしれないし、そうではないかもしれない。わたくしとしては……」彼女はかすかに自嘲の笑みを浮かべて彼を見た。「見つけられずにすめばよかったんですけど」

「そうとはかぎりません」

「手を組もうとおっしゃってるんですの、スパンドレルさん？」

「わたしはあなたに同行します。そうでなければ、あなたをこのまま行かせるわけにはいきません」

「〈グリーン・ブック〉は？」

「売った利益を分けます」

「バクソーンさんとシルヴァーウッドさんはどうするんですか？」

「わたしをあなたの従弟《いとこ》だと言ってください。彼らが信じるだろうと思うことを話してください。ただ、わたしも仲間に加えるように彼らを説得してもらいます。できると思いますか？」

「たぶん」

「あなたはすすんでそうしますか？」

「そうするしかないようですわ」彼女は彼に向かって眉を吊り上げた。「そうでしょう？」

21

隠れ蓑のなかで

ジョウサイア・プレンダーリースの一人娘だったエステル・プレンダーリースは、シュロップシアの静かな田舎で、甘やかされてはいなかったが、何不自由ない子ども時代を送った。一族の地所は限嗣《げんし》相続権が設定されていたために、彼女の父親が亡くなったときには男の従兄弟に資産が渡ることも知らずに——誰もそのことを彼女に告げるに忍びなかったから——のびのびと育ったのだった。頑健で心の優しい地主のプレンダーリースは、まだまだそんなことにはなりそうもないと思われていた。ところが、乗馬事故が突然に彼を奪い去り、彼の未亡人はそうした憂鬱な事情をエステルに説明する羽目になって、母と娘はロンドンの親戚のところに身を寄せた。そしてその間に、従兄弟はさっさと遠慮なく地所を手に入れた。スパンドレル夫妻は窮屈な居住空間と経済状態が許すかぎり彼女たちを温かく迎え入れたが、そうした窮屈な住居にいつまでも平気で厄介になっているわけにはいかなかったから、母親は、自分たち二人をこの惨めな落ちぶれた状態から救いだしてくれる金持ちの夫を捜すよう、しきりにエステルをせっついた。スパンドレル氏の地図作製の仕事とのつながりで、彼と取引があったド・フリースというオランダの商人がエステルと出合うことになり、ありがたいことに彼はたちまち彼女に夢中になった。実際には大きな年齢差があったものの、ド・フリースは善良な男だったし、エステルは自分の感情を分別より優先させるわけにはいかなかった。二人は結婚してそのあとの数年間、エステルはアムステルダムで貞淑な妻として夫とともに静かに暮らし、一方、彼女の母親はライムリージスに引っこんでド・フリースからの手当で暮らした。ところが突然、ド・フリースが急死した。いまや裕福な未亡人となったエステルは、ようやく楽しく過せるときがやってきたと考えた。ド・フリースはすばらしいローマの街を見せてやろうとつねづね彼女に約束していたが、いつもあまりにも多忙で彼女を連れていくことができなかった。それゆえ、彼女は自分独りでローマへ行こうと決めた。彼女が旅立つという知らせが母親に届くと、年老いたレディは、かよわい若い女性がたった独りでそうした困難で危険な旅を企てることを考えて、心配でいてもたってもいられなくなった。そこでスパンドレル夫妻を説き伏せて、彼らの息子のウィリアムにエステルのあとを追わせ、できるかぎりの保護と援助を彼女に与えてもらうことにした。もちろんウィリアムはエステルを見つけたときに、彼女が独りきりではなく、ジュネーヴで偶然出合った二人の若くてすばらしい紳士——ジャイルズ・バクソーンとネイズビー・シルヴァーウッド——から、行き届いた心配りをしてもらっているとは知るはずもなかった。

スパンドレルが旅行のグループに加わったあとの数日間、バクソーンとシルヴァーウッドがこの説明を信じたことに疑いをさしはさむ理由はなかった。彼らが（それはバクソーンかシルヴァーウッドのどちらかがという問題ではなかった。この二人の男は外見が似ても似つかないのと逆に、考え方や表現方法はそっくりだった）どうしてそれを信じないわけがあるだろう？　ヴヴェーで急いで話し合った結果、エステルとスパンドレルがこれでいいだろうと合意に達した彼ら自身についてのこの説明には、真実ではない部分をおおい隠すために、真実がたっぷり盛りこまれていた。その正確な割合はスパンドレルにはわからなかった。エステルは取り澄ましたシュロップシアの娘、ミス・プレンダーリースだったんだろうか？　彼はそう思いたくなかった。しかしながら、エステルがある時点で口にしたように、成功する嘘をつく秘訣は創作の部分をできるだけ少なくすることだったから、たぶん彼女は本当にそうだったんだろう。

すでにバクソーンとシルヴァーウッドに告げてあった話のなかに、彼女がスパンドレルをはめこんだ巧妙な手並みたるや非の打ちどころのないものだった。語るうちに話が彼のまわりで育ち、二人のべつべつの過去が互いに絡み合う現在へと組み立てられていった。エステルの従弟の振りをしながら、彼はときどき、それが自分の実像だと信じた。なにしろ、つねに従弟の振りをしなければならなかったのだから。いったん合意したからには、その作り話に固執するしかなかった――彼ら二人のために。

幸いにもバクソーンとシルヴァーウッドは無頓着だった、少なくともスパンドレルにたいしては。彼らはスパンドレルにはまったく関心を示さなかった。事実、彼を無視する態度をとった。彼らの関心はもっぱらエステルに向けられていて、話を聞いたときでさえ、彼女が彼らの連れになった事情にではなく、今後起こるかもしれない気をそそられる可能性のほうに心を奪われていた。彼らの誇張された丁重さや面白くもない冗談のなかに、エステルの狙いどおり二人が彼女に夢中になっているのが見え見えだった。彼らはオクスフォードを出たばかりだったが、退屈して暇をもてあましており、見栄っ張りで傲慢で、彼らの言葉を信じるなら、大勢の偉大な男たちや美しい女たちを知っていた。それでも、彼らはエステル・ド・フリースのような女性に会ったことはないと言った。スパンドレルもそれは本当だと感じた。

スパンドレルとしては、エステルにたいしてある程度の従弟らしい親密さを装わねばならなかった、彼女も彼にたいしてそうだったように。この秘密の共有は明らかにわくわくするものだった。彼がこれまでに思い描いたどんなものよりも楽しい未来を想像するのはいたって簡単だった。しかし、彼にはよくわかっていたが、心をそそられる未来の展望は悪しき結末へと通じているのだ。彼らの協力関係は長続きしそうもなかった。おまえの目的は、機会がありしだい彼女から〈グリーン・ブック〉をもぎ取って、マクルレイスの死にぎわの望みどおりにそれをブロドリック委員会に届けることだぞと、彼は自分を戒《いまし》めるのだった。

　だが、ジュネーヴで一行が過ごした三日のあいだにそうした機会は訪れなかった。エステルは——いちおう筋は通っていたが——彼らが出発するまでは本は現在の場所に——トゥレッティニ銀行の金庫に——そのまま預けておくのがいちばんいいと主張した。バクソーンとシルヴァーウッドは、彼女がそこに預けたのは宝石箱だと信じていた。本人がそう言った以上、彼らがそれを信じない理由はなかった。アルプス越えについては、彼らはイースターのあとまで延ばすほうがいいと主張したが、エステルはすぐさま旅を進めることを強く望んだ。その説明によると、亡き夫がしばしば彼女に語って聞かせた、古代ローマの遺跡を早く見たくてたまらないからというのだった。旅人から聞いたという、一年のこの時期には餌をあさる狼が山道をうろつくという血も凍るような話を持ちだしたバクソーンとシルヴァーウッドに、彼らはかつがれたのだと笑いとばして、その問題を解決したことにスパンドレルはいささか自己満足をおぼえた。危険は言うにおよばず、実際に苦しい旅になるだろうという不安を二人が抑えこんだのは、エステルの前で面目を失うことを恐れたからにすぎなかった。

　その午後、翌朝出発することに話がまとまった。エステルは宝石箱を取りにいくので、銀行まで付き添ってほしいと彼ら二人に頼んだ。彼らはあからさまに、この光栄な役目がスパンドレルではなく自分たちに与えられたことを喜んだ。スパンドレルとしては、そうした役目からはずされたことに侮辱をおぼえている様子を繕うしかなかった。だが実際のところは、ローマへの旅のあいだに〈グリーン・ブック〉を奪う機会が、ますます少なくなるのではないかという疑念がふくらんでいくのだった。明らかにエステルは彼にチャンスを与えまいと決心しているのだ。だがそのことでは、彼女の虚をつく可能性はまだあるに違いない。

エステル・ド・フリースのような女の虚をつくことができるとスパンドレルが考えたのなら、彼女がそれを上回る手で彼の虚をつく可能性を見越せなかったのだ。その夜、彼らが宿泊している聖堂の近くの快適な宿屋〈クレ・アルジャンテ〉で、夕食をとるために不釣り合いな四人連れが顔を合わせたとき、バクソーンとシルヴァーウッドが、最近知り合いになった客あしらいのすばらしいブーヴァン氏の店で、トランプゲームと音楽を楽しみながら夜を過ごそうと提案した。エステルは頭痛がするのでと言い訳して、自室に引きあげた。スパンドレルは手紙を書かねばならないのでと言った。連れの付き合いの悪さにちょっと文句を言ってから、バクソーンとシルヴァーウッドは夜のなかへ出ていった。

もちろん、スパンドレルには書かねばならない手紙などなかった。彼はそのあと少ししてから、行儀作法や言葉遣いを気にせずに――エステルの従弟を演じているあいだは、気にしなければならないと思っていたから——のんびり酒を飲んだりパイプをくゆらせたりできる、気楽な酒場を捜しに出ていった。一時間ばかり経って、苛立ちがすこしおさまり、自分らしさをいくらか取り戻して、彼は〈クレ・アルジャンテ〉へ戻ってきた。

部屋に入ったとき、足元の暗い床に白っぽいものがあるのが目にとまった。それは留守中にドアの下から差しこまれた手紙のようだった。それをつまみ上げて、持っているランプの明かりで読んだ。

〝今夜、どうしてもお会いしなければなりません。私の部屋へいらしてください。E〟

彼女は部屋着のようなものをまとって腰にゆるく紐を結び、たっぷり薪を積み上げた暖炉のそばにすわって彼を待っていた。部屋着の金色の糸が暖炉の光を浴びてきらきら光っている。彼女の椅子のかたわらに置かれた小さなテーブルにはブランデーが一本とグラスがふたつのっていた。

「何か用ですか……従姉《いとこ》さん？」スパンドレルが声をかけた。

「すわってちょうだい。いっしょに一杯やりましょう」

スパンドレルは鏡台のそばから背もたれがまっすぐな椅子を持ってきて、彼女の反対側の暖炉のそばに置いてから、二人のためにブランデーを注いだ。彼女が男性のように酒をたしなむのには全然驚かなかった。

「どこへ行ってたの？　ブーヴァンさんの店じゃないと思うけど」

「ええ」スパンドレルは腰を落ちつけブランデーを少し飲んだ。「ブーヴァンさんの店じゃありません」

「わたしたちはお互いを信用しなければならないわ、ウィリアム」彼女は言った。「本当にそうしなきゃね」

それにたいしてスパンドレルは、なんとか悲しげな微笑を浮かべただけだった。

「本気で言ってるのよ」

「それはわかってます」

「この先、長い旅をしなきゃならない。お互いにいつ裏切られるかと警戒しながら過ごすには、あまりにも長い旅だわ」

「どうすればそれを避けられるんですか？」

「わたしたちが仲間割れしないうちに、二人を結びつけるものがあればいいのよ」

「〈グリーン・ブック〉がわたしたちを結びつけてます。それに、それが生みだす金が。ほかには何もありませんよ」

「何もない？　待ってよ、ウィリアム。バクソーンさんとシルヴァーウッドさんに、わたしたちは従姉弟だと信じさせることができたのはどうしてかしら？」

「彼らが簡単に信じたからです……あなたのおかげで」

「それに、あなたのおかげで。わたしたちは従姉弟のように見えるのよ。似ているところがあるんだわ……親戚みたいなところが。運命がわたしたちの人生を変えるこうしたチャンスを与えてくれたのよ。二人でいっしょに変えるチャンスを」

「あなたはザイラーにもそう言ったんですか？」

「ピーターは貪欲だった。でも、あなたは違う。あなたは本当に見かけよりずっと立派だわ。すばらしい人よ」

「そして、簡単におだてにのる男、そう思ってるようですね」

「違うわよ。わたしをきれいだと思う？」

彼は黙ったまま、ちょっと彼女を見てから答えた。「ええ。そう思います」

「それはお世辞？」

「本当のことです」

「ええ、そうね。本当のことよね。〈グリーン・ブック〉は鏡台の引きだしのなかに入ってるわ、ウィリアム。見たいでしょう？　見たいはずだと思うけど」

彼は戸惑って、眉をひそめて彼女を見た。それから立ち上がり、自分の部屋から持ってきたランプを持って鏡台のほうへ行った。鏡台の上にランプを置いてそっと引きだしを開ける。なかには赤い、詰め物をした革の宝石箱が入っていた。彼はそれを取りだしてランプの横に置いた。

「錠はかけてないわ」背後からエステルが言った。「ふつうの情況なら、もちろん、かけてあるわ。でも、これはふつうの情況ではないから」

スパンドレルは掛け金をはずしてふたを開いた。本が入っていた。なんの変哲もない緑色の表紙の帳簿。帳簿の背は革で小口は墨流し模様になっている。これのために、このなかに記されていることのために男たちが死んだ。彼もあやうくその一人になるところだった。それが今ここに、彼の手のなかにある。彼は表紙に指を引っかけて、それを開いた。

ページには縦に罫《けい》が引いてあった。真ん中の列には名前がずらっと並んでいて、左右にはとびとびの日付で、払いこまれた額と支払われた額が記入されている。しかし、ほとんどの名前が払いこみ欄は空白で、支払額だけが記されていた。しかも、その額は非常に大きかった。こちらは一万ポンド、あちらは二万ポンド。彼が見ているページに記入されている日付は約一年前からだった。どれも同じ筆跡で記されていて、書き手の頭文字のR．K．がそれぞれの記入事項の上に小さな文字で書き加えてある。スパンドレルは次のページをめくり、さらに次のページをめくった。零がたくさんついた大きな数字が並んでいる。彼は最初に戻って、名前に目を走らせていった。すぐにはっと息をとめた。

「驚いたでしょう？」エステルの声は囁きになっていた。彼女は今は彼のかたわらに立っていて、暖炉の明かりが投げる彼女の影がページの上でゆらゆら動いている。「こんなに大勢の高貴な人々や権力者たち。彼らが受け取ったすべてが洩らさず記されてるわ」

「でも……考えもしなかった……」

「こんなに大勢の人たちがとは？　それとも、彼らがこんなにも多額のお金を受け取っていたとは？　一部の人たちは受け取ったより少額のお金を支払っている。それ以外の人たちはまったく支払っていない。彼らは一人のこらず買収されていたし、されているのよ。そして、彼らはどんな人たち？　公爵、侯爵、伯爵、下院議員、廷臣、大臣、著名な人々。莫大なお金が偉大な人々、裕福な人々にばらまかれた一方で、それらの人々が贈り物として受け取った株を買うために、海辺の未亡人や、小さな店の主人たちは有り金をかき集めたのよ。ピーターがこの本に十万ポンド要求したなんて信じられないと思う？」

「いや、思わない」

「この本をあなたはロンドンからアムステルダムまで持ってきた……いくらで？」

「無にもひとしい約束ですよ、これに較べたら」彼は不機嫌に数字の列に頷いてみせた。

「わたしたちがこれから行くところでは……正当な代価として十万ポンド以上、要求できるかもしれないわ」

「そんなことが？」

「たぶんね。ほら……」彼女はページをめくって、ある箇所を指さした。「ここを見て」

スパンドレルはもっとはっきり見ようとして体を屈めた。エステルの指が示している行には〝アイラビー閣下、陛下のために〟と記されている。

「大蔵大臣よ」エステルが言った。「陛下、つまり、国王のために」彼女の指が右へ動いた。「十万ポンド相当の株券。それがピーターがあの数字に決めた理由なの。それにたいしていくら払いこまれたか？」彼女の指が左へ移動した。「二万ポンド。たったのね。そのあと、割り当てられた株券はそっくり会社が買い戻したのよ、株価が天井ちかくになったときに。莫大な利益があがったでしょうね。ロンドンの群衆がこのことを知ったら、どうなると思う？」

「彼らはどんなことでもやりかねないと思うな」

「そのとおりよ。だから、この帳簿を——わたしたちの帳簿を——手に入れるためなら、王位僭称者《せんしょうしゃ》はかなりの額を支払うだろうってことなの」

「どうして国王はかなりの額を支払わなかったんですか、チャンスがあったときに？」

「メッセージがまっすぐに届かなかったに違いないわ。ピーターは仲介者を通して取引したから。でも、わたしたちはそんな過ちは犯さない」

「犯さないといっても」

「いかなる過ちも犯さない。わたしを信用して」

「またその言葉ですか。信用しろ」

「といっても、うわべだけならいくらでも装えるわね。でも、誓約にはべつの形がある。言葉だけじゃないのよ、ウィリアム」

「ほかにどんな？」

「見当がつかない？」

スパンドレルは絹のような柔らかなものが彼の手を滑り落ちるのを感じた。エステルのほうを振り向くと、彼女はガウンの紐をほどいていた。ガウンの前が開いて垂れている。その下にはごく薄いシフトドレスを着ているだけだった。彼は口がからからになり相争う本能が胸に渦巻いた。立派な男だと？　そのことでは彼女は確かに間違っている。彼は彼女が欲しかった、金よりもまだもっと。ところが、その両方が手に入りそうだった、彼が欲しいと言いさえすれば。

エステルはするりとガウンを脱いで足下に落とした。背後の暖炉の明かりがシフトドレスをすかして、彼女の体の輪郭をあらわにしている。欲望がスパンドレルを呑みこんだ。彼女をどうしても自分のものにしなければ。アムステルダムの彼女の夫の書斎で初めて会ったときには、可能だとは夢にも思わなかったことが、突然、無我夢中のうちに、今まさに起ころうとしていた。彼は手を伸ばした。彼女はそれを摑んでゆっくりとシフトドレスの下の豊満で柔らかな乳房へと導いた。彼女の温もりにぞくぞくする興奮が彼の体を駆けめぐった。

「エステル——」

「何も言わないで」彼女はスパンドレルを引き寄せた。「わたしが与えられる悦びは……すべてあなたのものよ」

22

山を越えて

　ニコラス・クロイスターマンは何度となく、自分ははたして無事にアルプスを越えられるだろうかと本気で心配した——そうしたとき、彼はたいていは、四人の山のかごかきの肩にかつがれた奇妙な担いかごのなかで揺られていたのだが、純白の雪と真っ黒な岩の割れ目にあわや転落するかと思われる状況のなかでは、彼らの腕の確かさ以外に頼みになるものは何もなかった。カンタベリーのキングズ校の古典学の教師が、紀元前二一八年にハンニバルが象やすべてのものを引き連れて、どの道筋をたどったのかという難問に頭をひねっていたのを彼は思いだしたが、いまやひとつのことだけは完全にはっきりした。それがシンプロン山道ではあり得なかったことだけは。

　バーデンからの三日の旅のあとブリクに到着したクロイスターマンは、ミラノに向かう旅行者の小集団に加えてもらったが、彼らは道案内やかごかきを雇う費用を彼が分担することを喜んだ。そのあとの旅は、冬の終わりのアルプスの偉容があまりにも壮大で堂々としていたから、ときとして畏怖の念をおぼえずにはいられなかったものの、それにもまして、骨までかじかむような寒さと髪の毛が逆立つような危険との戦いだった。マジョーレ湖までおりてきたときにクロイスターマンが感じた安堵も、この道をまた引き返さねばならないと気づいたとたんにしぼんでしまった。とは言っても、それが冬の終わりでないことだけは確かだったが。

それがどの季節になるか、春か、それとも夏か、ということについては、彼にもまったくわからなかった。ブリクでは独り旅の女性の噂は聞かれなかった。その件について彼が調べてまわっても、一年のこの時期にですか、ご冗談でしょう、と言われるだけで、それ以上はなんの収穫もなかった。ミラノの英国領事の、フェルプスという愛想はいいが仕事熱心でない男も、やはり役には立たなかった。エステル・ド・フリースの痕跡はどこにもなかった。彼女がどこにいるかは謎のままだった。とはいえ、彼女がどこへ行くかははっきりしている。だから、クロイスターマンも追っていかねばならないのだ。

「ローマに用かね？」フェルプスが言った。「あなたが羨ましいとは思わないよ。王位僭称者に関わる用件だろう？」

「どうしてそう思われるのですか？」クロイスターマンは用心しながら応じた。

「ほかには政府の人間があっちのほうへ行く用はなさそうだ。あのいやな男に跡継ぎの息子ができたのは知ってるかね？」

「もちろん」二ヵ月まえに、スチュアートの家系に男子が誕生したというニュースはたちまちにして広まった。

「ものすごく元気だそうだ」

「両親にとってはじつに喜ばしいことですね」

「だが、われわれの雇い主にとってはそうではない、そうだろう？　ともかく、あなたの用件が何にしろ、幸運を祈るよ」フェルプスはにやりとした。「あなたにはそれが必要だと思われるんでね」

クロイスターマンよりまだもっと幸運が必要な男は、大蔵大臣のジョン・アイラビーだった。クロイスターマンがミラノのフェルプス領事と憂鬱な会話を交わしたその同じ午後、ロンドンの下院でアイラビーの審理が始まった。

アイラビーにとって嘆かわしいことに、幸運は彼のもとへはやってこなかった。チャールズ・スタナップが処罰を免れたのに続いてまたもや無罪放免ということになれば、あまりにも深刻な影響をもたらすだろうから、それは考えられなかった。ウォルポールもアイラビーを弁護するようなことはいっさい言わなかったし、南海の株取引の記録は株を処分してしまったら必要ないので、すべて焼き捨てたというアイラビーの説明も好意的には受けとめられなかった。その取引で彼は三万五千ポンドの純益を得ていたから、そうした反応もべつだん不思議ではなかった。彼は有罪となり、下院から追放されてロンドン塔に拘禁された。彼の財産が調べられ、そのすべてではないにしても、どの程度没収すべきかが決まるまで、彼はそこで悶々たる日々を過ごすことになるだろう。

その知らせが広まるやロンドンのあちこちで祝賀の焚き火がたかれた。民衆の怒りはおさまった。「ときには」タウンゼンド子爵の執務室から夜空を焦がす炎を眺めながら、ウォルポールは言った。「生《い》け贄《にえ》が必要なこともあるんだ」

「彼らにはアイラビーだけで充分だろうか？」タウンゼンドが問いかけた。

「サンダーランドも喜んで彼らに差しだしたいよ。しかし、国王はことのほかあの男がお気に入りだ。下院を説得して彼を助けることを国王はわたしに期待しておられる」

「そうできるかね？」

「おそらく。ただし、新しい証拠が出てこないかぎり、ということだが」

「〈グリーン・ブック〉のような？　あれのことが心配だよ、ロビン、本当にね」

「当然だ。あれがよからぬ者の手に渡ろうものなら……」ウォルポールは義弟に意味ありげな眼差しを投げた。「彼らは今度はわれわれのために焚き火をたくだろう」

ロンドンでアイラビーが有罪判決を受けた翌日にトリノに到着した四人のイギリス人の旅行者は、振り返ってみると、クロイスターマンにも劣らぬ苦しいアルプス越えを味わったのだった。しかしながら、かごかきたちが風ですり減ったモンスニ山道を危なっかしくよじ登っていっても、エステル・ド・フリースが恐怖をあらわにすることはなかった。したがって彼女の男性の連れたちも、本当の感情はあっけらかんとした軽口や高い毛皮の襟のかげに隠し、同じように無頓着な振りをしなければならなかった。

そのことではバクソーンとシルヴァーウッドの演技が揺らぐことはほとんどなかったものの、バクソーンは狼のことをしじゅう口にして、それが不安でたまらないことを暴露したし、シルヴァーウッドは、かごかきたちが彼の体重についてぶつぶつ不平を洩らすのが明らかに面白くない様子だった。スパンドレルはといえば、柄にもない陽気な態度をとるのは簡単だった。氷結したアルプスの美しい姿は彼が体験できるとは考えたこともないものだった。そのことでは、エステル・ド・フリースのような女性が彼に体を許したことも同様だった。彼はひとつならず多くの面で新しい世界に足を踏み入れ、その高揚した気分に恐怖が入りこむ余地はなかった。また、エステルが彼を愛していないなどという考えが入りこむ余地もなかった。彼女は彼の目をくらませるために愛の行為を利用し、それに成功したのだ。ジュネーヴで彼らがいっしょに過ごした夜の記憶が、周囲で起こるさまざまな事柄よりもさらに鮮明に、スパンドレルの心にしばしば蘇った。純化された快楽の白い炎さながら、それは彼の胸のうちで燃えた。彼は完全に彼女のものだった。彼女は制限つきで彼のものだった。それが不釣り合いであることも、それが何を意味するかも、どうしてそうなったかも彼にはわかっていた。自分が約束を破っていることも、自分が危険を無視していることも知っていた。だがそれでも、彼女が差しだしたものを彼は拒めなかったのだ。

アルプスの旅行者が利用できる窮屈な宿泊施設では、彼らの情熱の夜をすぐさま再現することは不可能だった。バクソーンとシルヴァーウッドには二人の関係に気づかれてはならなかった。それは二人が共有するもうひとつの秘密だった――なかんずく隠微で微妙な秘密。けれども、サヴォアの首都にならあると思われる広々とした宿屋でなら、その秘密をふたたび楽しむことができるだろう。

ところが、エステルは賛成しなかった。「わたしたちは用心しなければ」二人きりになったごくわずかな隙に、彼女は忠告した。「わたしたちが愛人同士だと知ったら、バクソーンさんとシルヴァーウッドさんは嫉妬に苛《さいな》まれるわ。それとともに、わたしたちが二人の関係について本当のことを話したのか疑うでしょう。彼らはしじゅう、こっそり見張ったり、鍵穴に耳をつけて盗み聞きをしたりしているわ。彼らに嗅ぎつけられるような真似をしてはならないのよ」

「われわれには、もう彼らは必要じゃないよ」スパンドレルは抗議した。「二人だけで旅を続けよう」

「彼らはフィレンツェまでわたしに同行してくれることになってるの。今になって、すげなく追い払えないわ。フィレンツェまでは行かなければ——いっしょに」

「それなら、フィレンツェから先は？」

「あなたはわたしを完全に独り占めできるわ」

それは約束であると同時に餌だった。フィレンツェまではほぼ一週間かかる。だが、そのあとは……

「わたしたちの大切なものを壊さないで、ウィリアム。これから先にたっぷりあるのよ。もうじきにね」彼女はスパンドレルにキスした。「わたしを信じて」

もちろん、彼は信じなかった。信じられるはずがなかった。それでも彼女が好きでたまらなかったし、ほかにどうすればいいかわからなかったのだ。


「ウォルポールどの」翌朝、サンダーランド伯が陽気な口調を装いながらコックピットの陸軍支払長官の執務室に入ってきた。「あなたがここにいるのを見てすこしばかり驚いたよ、じつを言うと」

「あなたがこんなところまで出向いてこられるとは、こっちも驚いてるよ」ウォルポールが唸るように不機嫌に応じた。

「つまり、あなたはじつに多くの役職を掌握していると言われているのに——実態は言われている以上ではないかと、わたしはときどきそう思うが――実際はまだ」――サンダーランドはあたりを見まわして微笑した――「軍の給料支払事務官にすぎないとわかると、いささか戸惑いをおぼえずにはいられないってことだ」

「何かお役に立てるのかな、スペンサー?」

「ここまで出向いてきたのは、わたしがあなたのお役に立てることがあるからだよ」

「ほかにどっさり考えることがおありなのに、わたしにまで気を配ってくださるとはご親切なことだな」

「審理のことかね? 来週の……大きなお楽しみだ」

「あなたの審理だよ」

「われわれはみな審理を受ける。だが、ほかの者より立派にそれに耐える者もいるんだ」

「より大きな重荷に耐えねばならない者もいる」

「確かに」サンダーランドは外套のポケットから嗅ぎたばこ入れを引っぱりだし、不愉快なにおいを鼻から払いのけねばならないかのように、指ですこしつまんだ。「じつは…… あなたを失望させる知らせがあるんだ。きっとあなたは……立派にそれに耐えるだろうが」

「どんな知らせだね?」

「秘密情報部からの報告なんだが、その内容をじかにあなたに伝えたほうが親切だと思ってね……正規のルートを通じてよりも」

もうすぐだ、とウォルポールは自分を慰めた、もうすぐ秘密情報部はサンダーランドではなく、わたしのところへ報告にくるだろう。そうなれば、聞くにふさわしいと判断した人々にその情報を分け与えるのは、このわたしなのだ。そのときこそわたしが支配者なのだ。だが目下のところは、サンダーランドはまだ彼よりも上に立っていた、崩れかけた台座の上だとはいえ。「本当にご親切だよ」

「親切かどうか、わたしがあなたに告げねばならないことを聞いたら、あなたはそうは思わないだろうな」

ウォルポールは椅子によりかかって、胃のあたりをさすった。「それで？」

「ウェイジメイカー大佐だが。あなたの……代理人の」

「彼がそうだとお考えなのかな？」

「そうだったと考えてる。先月の二十六日、彼がベルンにおいて決闘で殺されるまでは」

ウォルポールは動揺を押し隠すためにむりやり微笑を浮かべた。「ウェイジメイカーが？　死んだ？」

「あなたが彼を派遣した任務の途中で」

「どうしてそんなことが……起こったんだろう？」

「何かの決闘だとか。詳しいことはわからない。だが、彼が死んだことは間違いない。あなたは賢明な選択をしなかったようだ。タウンゼンドが国王に、あなたと彼はもうすぐ〈グリーン・ブック〉を安全な場所に保管すると請け合ったことについては……」サンダーランドは首をぐいと上げて、横柄さをにじませた眼差しをウォルポールに浴びせた。「いまやあれにどんな価値があるのかな？」

「わたしはひとつの方法にすべての望みを賭けたりはしないよ、スペンサー。あなたとご同様」

「方法を講じようにもあまりに遠方となると、引き継ぎは難しいな」

ウォルポールは肩をすくめた。「難しいが、慎重な方法だ」

「慎重かもしれんが、見込みはなさそうだ」サンダーランドはデスクの端にもたれて、ウォルポールと視線を合わせた。「あなたの望みは砕けたよ。ことごとく」

「それはどうかな」

「もちろん、あなたはそう言うだろう。疑ってかかるのがあなたの特技だ。報告書の写しを送るよ。そうした疑問がまだいくつかあるはずだ」

「感謝するよ」

「ああ、わたしに感謝してくれ。あなたがわかってくれたら、ありがたいよ」サンダーランドは立ち上がった。「それに、あなたがそれを憶えていてくれたら、なおありがたい」彼はドアのほうへ行きかけてから、足をとめて振り返った。「国王はアイラビーが去らねばならないことは認めておられる。だが、そこでこれを終わりにしたいと望んでおられる。これ以上、大臣がロンドン塔へ連れ去られることは望んでおられない」

「あなたもお望みではない、確かにね」

「あなたが彼の愛顧を得ることを狙っているのなら、彼を失望させないようにうまくやることだ」

「何ができるか考えてみよう」

「わたしの忠告を取り上げてもらえるなら……」サンダーランドは目を細めた。「念には念を入れて、充分に手を打つんだな」


かぐわしく心地よいトスカナの春のなかにいると、陰鬱なロンドンの冬ははるか遠くに思われた。瑠璃色《るりいろ》の空の下、英国領事のフィレンツェの公邸の塀に囲まれた庭園でくつろぎながら、おいしい食べ物とすばらしいワインと、やわらかな日射しに身も心も温まったニコラス・クロイスターマンは、アムステルダムからの旅がようやくすこしは報われたと感じていた。彼をもてなす主人役のパーシー・ブレインはクロイスターマンと気が合う知的な皮肉屋で、女主人役のブレイン夫人は、皮肉主義は多くの事柄にたいする確かな指針ではあっても、女性にはあてはまらないという見本のようなレディだった。彼らの家でたったふた晩過ごしただけで、彼は友人たちのなかにいるような気分に浸っていた。

ブレイン夫妻が彼にくれた贈り物は友情だけではなかった。彼はブレインに自分が英国政府のために懸命に捜し求めている本について、どんな性質のものかはっきりとは告げなかったものの、それ以外はすべてうち明けた。するとブレインは、その本がローマにたどり着く可能性を減らすために、彼らがこのフィレンツェでとれる予防措置を提案した。

その予防措置はトスカナ当局の協力に頼るものだったが、今、クロイスターマンとブレインが、水をはね散らす噴水と、すばらしい食事の残りがまだのっているテーブルのかたわらで、上等の地元のワインのグラスをかかげて乾杯をしているのは、その協力をとりつけたからだった。

「あなたはどんな方法でそんなことをやってのけたんですか?」まだその点がはっきりしないので、クロイスターマンはそう問いかけた。「オランダ当局にわたしがそんなことを頼んでも、彼らは嫌みを言って、わたしを追い払ったでしょう」

「オランダの人々は力のある独立した国民だよ。トスカナの大公は大国のチェス盤の上のコマでしかない。大公は年寄りで、跡継ぎの息子は子どものいない性倒錯者だ。わが国の亡くなったスタナップ卿が、多大の時間と努力をついやして交渉をとりまとめたスペインとの条約では、メディチ家の家系が絶えたときにはトスカナをスペインに譲り渡すことになっていて、もうすぐそうなるのは間違いない。ところが、スタナップが死去した。新しい大臣になるということは政策も新しくなるということだ。条約の再交渉がおこなわれる可能性がある。それが大公の頼みの綱だ。そしてそれが、彼の大臣たちが躍起になってわれわれに恩を売ろうとする理由なんだよ」

「あらゆる税関所在地でド・フリース夫人を見張るというのですね？」

「すべてのイギリスの女性、またはオランダの女性は、独り旅であろうと連れがあろうと、どんな名前を名乗っていようと、足止めされて調べられる。間違いないよ、税関の官吏は促されるまでもなく、きわめて勤勉にそうした仕事をやるだろう」

「彼女はトスカナを通らないかもしれない」

「そのためにはかなりの回り道をしなければならないよ。彼女の観点からは、それは明らかに不必要なことだ」

「確かに」クロイスターマンも認めた。エステル・ド・フリースは最短の道筋を通ってローマに向かうだろう。それははっきりしていた。そのために、じつはブレインにも解決できないひとつの問題が生じるのだ。「しかし、それを根拠にすれば……」

「彼女はもうすでに通ったかもしれない」

「ええ。そうなんです」

「わたしが調査したところでは、そんなことはないようだ。だが、もちろん、その可能性はある。わたしも否定できないよ」

「それなら、わたしはこのまま旅を続けねばなりません」

「残念だな。リジーもわたしも、あなたの滞在を楽しんでいるのに」

「わたしもです」

「ローマであなたを待っているものについては……」ブレインはにっこりした。「王位僭称者のいわゆる宮廷には、口喧嘩ばかりしているスコットランド人が群がっている。言うまでもなく、われわれはその一人を金で雇っている。たぶん、一人どころではないだろう。英国政府のわれわれの上役たちは、わたしにすべての秘密を打ち明けてくれないからね。だが、ラハラン・ドラモンド大佐という名前は教えておこう。彼を過剰に信用してはならないが、ともかく彼は利用されるためにあそこにいるんだ。それから——」公邸の裏手にある柱廊の下の暗がりから姿を見せた彼の妻が、こちらのほうへ急いでやってくるのを見て、ブレインは言葉を切った。「どうしたんだね、おまえ？」

「ロレンツィーニ閣下からのお手紙です」彼女は夫に手紙を渡し、クロイスターマンににっこりした。「あなたがたが話し合っておられることと関係があるかもしれないので、すぐにご覧になりたいだろうと思いましたの」

「あなたの要求を承諾したことについて、彼が考え直したのではないよう願いましょう」クロイスターマンが言った。

「まさか」ブレインは封筒を破いて手紙を開き、それに目を通してから眉をひそめた。「これはこれは……」

「なんですか？」

「法王が逝去された」彼はクロイスターマンに手紙を渡した。「空位期間の、社会統率が不安定な時期のローマを、あなたは見いだすことになりそうだな。さっきわたしは、聖下が王位僭称者をしっかり抑えておられると言おうとしたんだ。だがいまや……」ブレインは肩をすくめた。「彼を抑えるものはなくなったようだ」

そのとき、エステル・ド・フリースは百マイル以上南のローマではなく、百マイル以上北のジェノヴァにいたと知っていたら、クロイスターマンはそのままフィレンツェにとどまり、トスカナ当局が彼の獲物を捕らえるのをのんびり待っていたに違いない。だが、彼は知らなかった。そして、知らないことがかえって幸いする場合があるのだ。

泥がこびりついた道路を通ってトリノからジェノヴァまで行く旅は、時間のかかる不愉快なものだった。その道中でひとつの考えがスパンドレルの頭のなかで形づくられていった。一行が街に到着した午後、その考えが彼をジェノヴァの混雑する波止場へ向かわせた。そこで彼は、オルベテルロとナポリを経由してパレルモへ行く『ワイヴァーン号』という英国の商船を見つけた。船長の話だと、オルベテルロまでは二日の船旅ということで、そこからローマまでは馬車で一日だったから、陸路を行くより彼の目的地へははるかに速いルートだった。しかも、金を払う客はすぐさま乗船できるというのだ。そこで直ちに取引が成立した。

それはスパンドレルにわかっていた以上に幸運な取引だった。というのは、トスカナと教皇領にはさまれた囚人植民地の小さなオーストリアの包領のなかに、オルベテルロはあるのだ。このルートをとれば、彼とエステルはトスカナ領に足を踏み入れずにすむ。クロイスターマンの罠にかかる恐れはなくなるのだ。

自分が南へ行く迅速な船旅の取引をしたことが、こうした幸運な結果をもたらしたことを知ったら、スパンドレルは満足して両手をこすり合わせたに違いない。けれども彼は知らなかった。それでも、『ワイヴァーン号』をあとにして彼と彼の連れが宿泊する宿屋へ急いで引き返していくとき、彼は喜んで両手をこすり合わせた。シルヴァーウッドはジュネーヴ湖の静かな湖面でさえ船酔いを訴えた。地中海となると、彼にはとうてい考えられないに決まっている。おまけに、オルベテルロはフィレンツェよりもローマに近い。シルヴァーウッドとバクソーンは最初からフィレンツェが彼らの目的地だと言っている。そうだ、そうとも。二名の乗船客だけが明朝『ワイヴァーン号』に乗りこんで出発する。彼はもうすぐ彼女を完全に独り占めできるとエステルは約束した。いまや——彼女が予想したより早く——それが実現するのだ。

ところが、スパンドレルの考えは甘かった。ジャイルズ・バクソーンは友人の船酔いを理由に、自分たちをエステルから引き離すつもりはなかった。

「それはすばらしい取り決めだね、スパンドレルさん。たいへんすばらしい計画だからわれわれも同行するよ。『ワイヴァーン号』はもう二人、船客を乗せてくれるに違いない」

「でも、わたしは――」

「わたしに任せてくれ。これからすぐにそこへ行ってわれわれのために船室を借りよう」

「だが、シルヴァーウッドさんは明らかに船は無理だ」

「ばか言うなよ。彼が船酔いしたのはジュネーヴ湖があまりに穏やかだったからだ。海の波は彼にはまさに必要なものなんだよ」

「それに、フィレンツェからは遠くなるが」

「かまわないさ。われわれの旅程は簡単に変更できるから、ローマのあとフィレンツェへ行けばいい。ああ、付き合うとも。永遠の都《ラ・チッタ・エテルナ》。本物のヴィーナス。これ以上のものがあるかね？」バクソーンは腕を大きく広げて、お決まりのポーズをとり、たっぷりした唇をスパンドレルに向かってにやりとほころばせた。「ないと思うよ」


（下巻に続く）

用語解説

現代の読者には馴染みがないかもしれない十八世紀の用語についての説明で、一七二一年から二二年にかけて、それらの用語が持っていた重要な意味について記したものである。

南海会社

南海会社はジョン・ブラントの率いる実業家の一団が、もともとは剣の刃を製造販売していたソード・ブレイド会社を——十八世紀の初めにもっと営利的な目的に利用するために——イングランド銀行と対抗する銀行に変えようという野心を抱いたのが始まりだった。イングランド銀行の理事たちは、一六九四年に銀行が設立されて以来、紙幣の発行権を与えられたことですばらしい利益をあげていたからである。彼らの野心を実現する望みはロバート・ハーリーによる引き立てが頼りだった。ハーリーは一七一〇年の夏に大蔵大臣になったが、九百万ポンドにのぼる返済するあてのない戦争の負債を、どうやって処理すべきかという問題にすぐさま直面した。ブラントは解決案を差しだし、ハーリーはたちどころにそれに飛びついた。政府債務は新しい南海会社の株式に転換され、南海会社はその見返りにアメリカのスペイン領植民地との貿易独占権を与えられるという案だった。一七一一年九月に、総裁にはハーリー（そのときには彼は大蔵卿に、そしてオクスフォード伯になっていた）、理事の主要メンバーにはソード・ブレイドのグループ、財務主任にはその役職に指名されたロバート・ナイトなる男といった陣容で、会社は正式に発足した。ユトレヒト条約によって一七一三年三月にスペイン継承戦争はついに終結し、会社はスペイン領植民地へ奴隷を供給する三十年契約（奴隷貿易独占権《アシエント》）を与えられた。会社はこの仕事で実際に利益をあげることはできなかったが、政治を巧みに利用することにかけては、彼らにかなう者はいなかった。オクスフォードが権力の座から転落し、ジョージ一世が即位すると、オクスフォードに代わって国王と皇太子が共同総裁としてかつぎだされた。一七一九年には、ブラントとナイトは三千百万ポンドの国債すべてを引き受けることに——その結果、イングランド銀行が失墜することに——狙いをつけた。一七二〇年四月に南海法案が議会を通過したことで、この狙いが確実なものになったように見えた。すぐさま国債のほとんどが南海の株式に転換され、株価は目が回りそうな勢いで上昇した。だが急激に上昇した株価は、下落しはじめたとたん、それを上回るスピードで暴落した。政治家の腐敗に頼ることにも——それこそが全計画の基底にあるものだった——限度があることが明らかになった。実のところはイングランド銀行ほど安全なものはなかったのである。

債務不履行者の監獄

負債のために投獄されることは、なんらかの形の信用貸しを受けている者にとっては、いつ我が身に迫るかしれない危険だった。それは同時に、抜け道のない不条理な罰則でもあった。というのも、投獄されれば、負債者はどうやって債権者に返済できるというのか？　しかし、こうした負債者にさえ階級差別が存在した。ロンドンでは、紳士階級の負債者は王座部監獄に拘禁され、もっと低い階層の負債者はマーシャルシー監獄とフリート監獄に拘禁された。すべての負債者が文無しというわけではなかったから、拘禁にも段階があった。監獄の建物の外にある獄外拘禁区域に居住するだけの金を支払うことができる者は、拘禁区域内の指定された宿舎で暮らし、そこを拠点にして金を稼ぎながら、徐々に支払能力を回復するという方法に望みを託すことができた。それに代わる方法としては、負債者は彼らを逮捕する権限のないべつの州へ（ロンドンではそれは川を渡ることを意味した）逃げることができたし、あるいは、ロンドンのホワイトフライアーズ修道院やエディンバラのストランド修道院（古くからの法律で護られている修道院の敷地内）といった、公認された負債者の聖域に逃げこむことができた。負債者にはまた、安息日の恩典があり、日曜日には負債者を逮捕することはできなかった。

連合州

十六世紀にスペインの支配にたいして反旗を翻すことに成功したネーデルラントの諸州は（今日では単にネーデルラントとして知られている）独立した連邦国家をつくり、オランダ国会としてハーグで開かれる全州会議の議員たちによって統治された。実際には、もっとも広大で豊かなホーラント州が政策を決定し、ホーラント州各地の代表から選ばれた連合州代表が国を統率していた。一七〇二年にウィリアム三世が死去したとき、彼らは元首の地位を空席のままにして、集団指導体制をとることを選んだ。十七世紀のあいだに、連合州はヨーロッパでもっとも秩序正しい、豊かな文明国であるとの評判をかちとった。（一六七〇年に、アムステルダムは街路照明の効果的なシステムを実地に導入した世界で最初の都市になった）犯罪はきわめて少なく、貧困はあまり目につかなかった。しかし、永久に続くものはあり得ない。一七二一年から二二年のころには国力と富は衰退しはじめていた——とはいえ、住民のほとんどはまだそのことに気づいていなかったが。

ミシシッピ会社

一七一五年の九月にフランスのルイ十四世が死去したとき、彼の曾孫である五歳のルイ十五世が王位を継承した。そのために権力は摂政であるルイ十四世の甥のフィリッペ、オルレアン公が握ることになった。彼は自信のない感情的な人間で、たちまちのうちに、スコットランド人の金融家、ジョン・ローの経済理論に引きつけられた。ローは先見の明のあった紙幣制度の唱道者で、一七一六年四月にバンク・ジェネラルを設立し、すぐにそれを国立銀行に準ずる地位にまで高めた。一七一七年八月に、フランスの北アメリカ植民地との独占貿易権を持っていた、今にもつぶれそうだったミシシッピ会社をローは引き継ぎ、ザ・ウェスト会社と社名を改めて（古い社名から完全に離れるのは避けた）精力的な商業活動をおこなう企業に変えた。そしてすぐさま、際限なく富を生じる可能性のある会社へと発展させたために、それに投資しないのは愚か者だと人々は考えるようになった。会社の株価はどんどん上がりつづけ、摂政の自由裁可によって、会社は他のすべての海外貿易独占権を手に入れた。それにともない、インディズ会社とまたもや社名が変更された。（とはいえ、誰もがまだミシシッピ会社と呼んでいたが）一七一九年八月にローは切り札を出した。フランスの国債のすべてを（それは一億ポンド以上に相当した）ミシシッピの株式に転換した。その計画の根拠となっていた計算——株価が上がりつづけるという計算——は、寛大な分割支払の取り決めと、ローの銀行（そのころには王立銀行《バンク・ロワイヤル》になっていた）から増刷発行される紙幣の氾濫によって力を得た、ひとりよがりな予見にすぎなかった。ところがローが予見できなかったのは、その結果として起こる極度のインフレであり、それがやがて社会を混乱させはじめた。新たに任命された大蔵大臣として、彼はみずからが放ったインフレという怪物を抑えるためにますます過酷な手段に訴え、ついには一七二〇年五月に、銀行券とミシシッピの株券の額面価格を半分に引き下げた。パリでの三日にわたる暴動により摂政は彼を退けることを余儀なくされた。株価は一気に暴落し、銀行には紙幣をコインに換えるよう求める暴徒が押し寄せた。貧困と破産が突如として過剰と富裕に取って代わった。そのあとまもなくマルセーユで発生したペストがフランスの災難に追い打ちをかけた。一七二〇年十一月には紙幣は通用しなくなり、バンク・ロワイヤルは破産した。ローは国外に逃亡し、徹底的な追及調査は暗礁に乗り上げた。一七二二年十月に出された、これについての手間取った結論は、この件に関するすべての書類は特別製の檻《おり》のなかで、公衆によって焼却されるべきだというものだった。ミシシッピ会社はそのあとも生きながらえたが、その秘密は生き残ることを許されなかった。オルレアン公もなんとか生き延びたものの、それも翌年までだった。彼を記念して名付けられたルイジアナ州、ニューオーリンズ市によって、彼は現在もその名をとどめている。ローは一七二九年にヴェニスで死去したが、今なお金融投機に関する歴史書のなかでかならず華々しく取り上げられている。

新暦と旧暦

ユリウス暦（ユリウス・カエサルにちなむ）は、四年ごとに閏年《うるうどし》を挿入するという正確さにやや欠ける調整がなされていたために、暦と太陽年にしだいにずれが生じた。グレゴリオ暦（ローマ教皇グレゴリウス十三世によってひろめられた）は、四世紀のうちの三つの世紀の境目の年に、閏年を省くという方法によってこの問題を解決した。それはたちまちヨーロッパのほとんどの国で採用されたが、グレート・ブリテンでは一七五二年まで採用されなかった。その結果、一七二一年から二二年にかけては、英国の暦は他のほとんどのヨーロッパの国より十一日遅れていた。これに加え、英国では一月一日ではなく三月二十五日（レディ・デー——聖母マリアのお告げの祝日）を、法律と民事の目的に合わせて一年の最初の日と定めていたために、ことがいっそう複雑になった。商人たちは欧州大陸との取引では苦もなくこれを乗り越えて、二つの暦のあいだをたやすく行き来したり、しばしば二重の日付記入を用いたりした。したがって、この物語の最初で、サー・シオドア・ジャンセンがロバート・ナイトに会ったあとイスブラント・ド・フリースに送った手紙には、おそらく一七二〇年一月十九日と、一七二一年一月三十日の二重の日付が記されていただろう。大陸の暦での日付は新暦《ニュー・スタイル》といわれ、英国の暦での日付は旧暦《オールド・スタイル》といわれた。（グレート・ブリテンがついにグレゴリオ暦を採用したとき、一年の始まりも一月一日に移行した。だが、金貸しは十一日ぶんの利息を失うことを承知しなかったし、いわんや、三ヵ月ぶんのほとんどを失うことなどもってのほかだった。それゆえ、会計年度はそれ以後ずっと、三月二十五日に消えてしまった十一日を加えた四月六日から、始まることになったのである）

コーヒーハウス

こうした店は前世紀の十七世紀中頃から出現しはじめたが、コーヒーよりは、むしろそれ以外の多くのものを提供した。そこには男性だけが食事をしたり、飲んだり、議論をしたり、ギャンブルをしたり、新聞を読んだりする小部屋があり、店の装飾や行儀作法のレベルが高いために（ほんのわずかな差だったが）酒場と区別されていた。

ジャコバイト

一六八九年の名誉革命にもかかわらず、そのあとも依然としてジェイムズ二世こそが正統な国王であるとして支持した人々が、定義によればジャコバイトだったのである。（ジャコバイトの名称はジェイムズのラテン名、ジャコバスに由来している）しかしながら、この名称はしだいに、それに関して行動を起こすことを望み、その目的のために反逆的な陰謀に携わる人々にたいしてのみ用いられるようになった。一七〇一年に追放中のジェイムズ二世が死去したあとは、ジャコバイトは彼の息子をジェイムズ三世として認めた。一七一四年にジョージ一世が王位を継承したことがいっそう彼らを憤激させ——アン女王はすくなくとも王家の血筋をひいていた——それと同時に、正統なスチュアートの家系を回復させたいという彼らの望みを煽《あお》り立《た》てた。だがその望みは、つねに打ち砕かれる運命だったのである。

VOC

スペインによって地中海地方との貿易を禁止されたために、オランダは主な競争相手であるイギリスやポルトガルよりもずっと早く、東インド諸島での市場を開拓することになった。その市場を統制管理するためにオランダ国会は一六〇二年に東インド会社——VOC——を発足させた。連邦政府によってつくられたこの会社は、資本分担金の割合に応じて各州に理事を配置し、船団や守備隊や軍艦を保有して、東インド植民地（現在のインドネシアのほとんどを含む）の住民を統治し、ふさわしいと思われる地元の有力者と取引をする権限を委ねられた。ある意味でVOCは国家のなかの国家と言ってもいいほどの権力を持つに至った。ただし、その権力を行使する場所は地球の反対側の東インド諸島だったが。会社は年月の経過とともに、茶、コーヒー、スパイス、磁器、織物をヨーロッパに供給して莫大な利益をあげた。だが同時に、毎年、一隻か二隻の船が難破して甚大な損失を蒙った。大西洋やインド洋に沈んだままのそれらの難破した船が、皮肉なことに、VOCのかつての巨大艦隊の遺物として現在残っているすべてである。会社自体は一七九五年に解散し、沈まなかった多数の船のなかの一隻すら見本として残ってはいない。

オーストリア帝国とオーストリア領ネーデルラント

神聖ローマ帝国は、中世における、ただ一人のクリスチャンの皇帝のもとに中央ヨーロッパを統合しようとする企てだったが、この頃には消滅寸前の状態に立ち至っていた。ハプスブルク家の皇帝たちは、実際にはオーストリア＝ハンガリーの中核地域のみを統治していたが、これよりすこし前のオットマン帝国の侵略と征服によって、統治地域のほとんどは概念上の帝国の領土の外側に位置していた――そのために、この寄せ集めの領土はしだいにオーストリアと呼ばれるようになった。スペイン継承戦争で勝者の側についたために、戦争が終わったとき、オーストリアは以前のスペイン領イタリアのほとんどと、さらに以前のスペイン領ネーデルラント――スペインが統治していた北海沿岸の低地帯の南半分、つまり、今日のベルギーとルクセンブルクにほぼ相当する地域――を手に入れた。オーストリア領ネーデルラント（それ以後はこの名称で呼ばれることになった）は海上貿易で英国、フランス、オランダと競争する機会を皇帝に差しだした――それは確実に利益をもたらすものに見えたが、実際はきわめて欺瞞《ぎまん》的なものだった。

北部地区と南部地区

片方の国務大臣が外国業務を扱い、もう片方の国務大臣が国内業務を扱うという、外見的にも明白で自然な業務配分は、一七八二年までは英国政府に採用されなかった。一七二一年から二二年のころには、国内業務に関しては二人の国務大臣が責任を共有していた（そのとき、彼らのどちらがその場に居合わせたかによって担当が決まった）が、外国業務に関しては、いわゆる北方の強国（スカンディナヴィア、ポーランド、ロシア、ドイツ、ネーデルラント）と、いわゆる南方の強国（フランス、スペイン、ポルトガル、イタリア、トルコ）に分けて、彼らのあいだで責任を分担していた。上席大臣の資格は国務大臣として長く在職しているほうに与えられた。一七二一年の初めには、それはスタナップ伯であり、その年の終わりには、それはタウンゼンド子爵だった。

スペイン継承戦争

十七世紀が終わりに近づいたころ、ヨーロッパ諸国の主な関心事は、長らく病床にある、跡継ぎのいないスペインの国王カルロス二世が死去したとき、スペイン帝国をどう分割すべきかということだった。一七〇〇年十月にカルロスは、フランスのルイ十四世の孫であり、彼の遠縁にあたるアンジューのフィリッペを後継者に指名した。一ヵ月後にカルロスは死去した。グレート・ブリテンと連合州、ならびにオーストリア帝国は、フランスとスペインの王室が合体するのを認めないとの誓約を交わし、一七〇一年九月に、ネーデルラントとイタリアにあるスペインの領土をオーストリアが獲得するための大同盟を結成した。そのあとの十二年間、スペイン、イタリア、ドイツ、低地地方で激しい戦いが繰り広げられた。一七一三年に戦争が終結したとき、フィリッペとその後継者はフランスの王位を要求しないとの保証をとりつけ、それによって大同盟のもともとの目的はほぼ達成されたのだった。平和条約のなかでも歴史的に非常に重要な意味を持つのは、一七〇四年に英国が手に入れたジブラルタルが、恒久的に英国に割譲されたことだった。

ハノーヴァー

一般にはハノーヴァーとして知られているブラウンシュワイク＝リューネブルクは、神聖ローマ帝国の皇帝選定権を伝統的に所有していたドイツの王子の一人によって統治されていた。それゆえハノーヴァーの国王は選帝侯を名乗る資格を有していたのである。一七〇一年に成立した王位継承法によって、ジェイムズ一世の孫であり、アン女王のプロテスタントの最近親者であるハノーヴァー家のソフィア王女に、さらにはその子孫に王位継承者が限定された。一七一四年五月にソフィアが死去し、同年八月にアン女王が死去したために、一六九八年以来ハノーヴァーを統治していたソフィアの息子のジョージが英国の王位を継承した。それに伴って、選帝侯を名乗るジョージの資格が英国国王にも付与されることになった。しかしながら、公的にはハノーヴァーは、完全に別個の（穏健な独裁君主政体の）外国の国家であることに変わりはなく、偶然にも二つの国が同時期に同じ国王によって統治されたのである。

一七一五年と一七四五年のジャコバイトの反乱

この物語の時点では、十八世紀の有名な二度のジャコバイトの反乱のうち、最初のはいまだ記憶に新しいものであり、二度目のはまだ起こっていない。一七一五年の反乱は、一四年の夏にアン女王の後継者として、ドイツの王子が乗りこんできたことにたいする民衆の憤りに乗じて企まれた。しかし、反乱軍の指導者だったマー伯はまことにお粗末な軍事戦略家であることが判明し、一七一五年の十二月に王位僭称者のジェイムズ・エドワードがピーターヘッドに上陸したときには、反乱はもはや見込みのないものになっていた。ジェイムズ・エドワードは一七一六年の二月にマー伯とともにフランスへ退却し、彼らの軍隊の見捨てられた者たちはカドガン卿の軍隊によって追跡され掃討された。三十年後の四五年の反乱は、王位僭称者の息子であるチャールズ・エドワードがみずから指揮をとり、はるかに本格的な反乱となるのである。

|著者|ロバート・ゴダード　1954年英国ハンプシャー生まれ。ケンブリッジ大学で歴史を学ぶ。公務員生活を経て、'86年のデビュー作『千尋の闇』が絶賛され、以後、現在と過去の謎を巧みに織りまぜ、心に響く愛と裏切りの物語を次々と世に問うベストセラー作家に。本格的歴史ロマンである本書でも、その本領は十分に発揮されている。最新作Dying to tellも講談社文庫で刊行予定。

|訳者|加地美知子（かじ・みちこ）　1929年神戸市生まれ。同志社女子専門学校英語学科卒。訳書にホワイト『サンセット・ブルヴァード殺人事件』(講談社文庫)、ショー『殺人者にカーテンコールを』(新潮文庫)、ハイスミス『スモールgの夜』(扶桑社ミステリー)、ゴダード『リオノーラの肖像』『蒼穹のかなたへ』『闇に浮かぶ絵』(以上、文春文庫) など。

今《いま》ふたたびの海《うみ》(上)

ロバート・ゴダード|加地美知子《かじみちこ》 訳

講談社文庫

定価はカバーに
表示してあります

2002年9月15日第1刷発行

発行者――野間佐和子
発行所――株式会社 講談社
東京都文京区音羽2-12-21　〒112-8001
電話 出版部 (03) 5395-3510
販売部 (03) 5395-5817
業務部 (03) 5395-3615

Printed in Japan

デザイン―菊地信義
製版――豊国印刷株式会社
印刷――豊国印刷株式会社
製本――株式会社若林製本工場

落丁本・乱丁本は小社書籍業務部あてにお送りください。送料は小社負担にてお取替えします。なお、この本の内容についてのお問い合わせは文庫出版部あてにお願いいたします。

ISBN4-06-273538-5

講談社文庫刊行の辞

二十一世紀の到来を目睫に望みながら、われわれはいま、人類史上かつて例を見ない巨大な転換期をむかえようとしている。

世界も、日本も、激動の予兆に対する期待とおののきを内に蔵して、未知の時代に歩み入ろうとしている。このときにあたり、創業の人野間清治の「ナショナル・エデュケイター」への志を現代に甦らせようと意図して、われわれはここに古今の文芸作品はいうまでもなく、ひろく人文・社会・自然の諸科学から東西の名著を網羅する、新しい綜合文庫の発刊を決意した。

激動の転換期はまた断絶の時代である。われわれは戦後二十五年間の出版文化のありかたへの深い反省をこめて、この断絶の時代にあえて人間的な持続を求めようとする。いたずらに浮薄な商業主義のあだ花を追い求めることなく、長期にわたって良書に生命をあたえようとつとめるところにしか、今後の出版文化の真の繁栄はあり得ないと信じるからである。

同時にわれわれはこの綜合文庫の刊行を通じて、人文・社会・自然の諸科学が、結局人間の学にほかならないことを立証しようと願っている。かつて知識とは、「汝自身を知る」ことにつきていた。現代社会の瑣末な情報の氾濫のなかから、力強い知識の源泉を掘り起し、技術文明のただなかに、生きた人間の姿を復活させること。それこそわれわれの切なる希求である。

われわれは権威に盲従せず、俗流に媚びることなく、渾然一体となって日本の「草の根」をかたちづくる若く新しい世代の人々に、心をこめてこの新しい綜合文庫をおくり届けたい。それは知識の泉であるとともに感受性のふるさとであり、もっとも有機的に組織され、社会に開かれた万人のための大学をめざしている。大方の支援と協力を衷心より切望してやまない。

一九七一年七月

野間省一